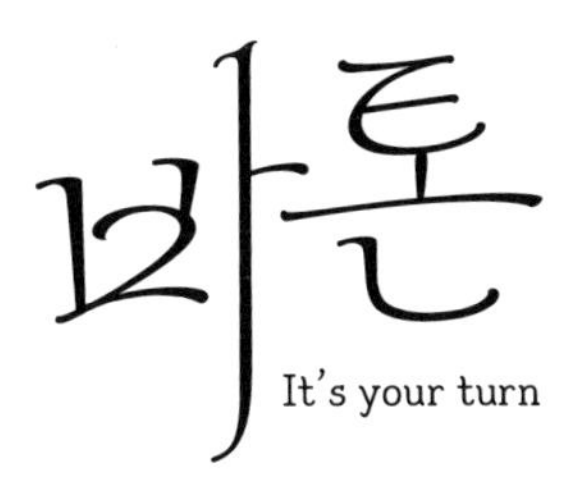

이상 공작소
More than more, More than ideal

과정에서 감동이 오는

과감한 인생

×

목차

GLOOMY
당신의 우울은
안녕하십니까?

Episode 1

당신의 우울은 안녕하십니까?

'수고했어, 오늘도.'

서늘한 한강의 바람과 눈에 들어오는 글귀, 그리고 그 앞에 우두커니 서 있는 한 남자까지. 예감은 틀리지 않았다. 한 걸음, 한 걸음 조심스럽게 다가가 그에게 말을 걸었다.

"선생님, 따뜻한 커피 한잔하시겠어요?"

그는 잘못 들었나 싶은 얼굴로 나를 쳐다봤다. 그러다 다시 멍하니 다리 위에 새겨진 글귀를 바라봤다. 그의 눈은 이미 초점이 없었다. 눈빛에서는 원한, 슬픔, 우울 등의 온갖 감정이 뒤섞여있다. 역시 익숙한 반응이었다. 여기에서 포기할 수는 없었다. 이것은 내가 해야 할 일이기 때문이었다.

"이 커피 좀 드시고 다시 생각해보세요!"

"대체 누구요? 돈이 필요해서 그런 거요? 그러면 그냥 제가 드릴게. 좀 가주소."

그가 울분 섞인 말과 함께 주섬주섬 지갑을 꺼냈다.

"아뇨, 돈이 필요해서 이러는 게 아니에요. 그냥 지금, 이 커피가 꼭 필요하실 것 같아서요."

철벽같이 단단하던 마음에 금이라도 간 듯이, 그의 얼굴이 미세하게 떨렸다. 지금이 기회다!

"선생님, 속는 셈 치고 커피 한잔 드시고, 오늘은 죽지 마세요. 값은 그걸로 대신하겠습니다. 이 커피를 마시면 내일 아침에 많은 것이 달라져 있을 거예요."

그는 한참을 고민하다가, 이내 커피를 받아들었다. 그리고는 화를 커피에라도 풀 듯, 한입에 들이키고 발걸음을 옮겼다.

"아싸!"

나도 모르게 멀어지는 그의 뒷모습을 보며 마음의 소리가 입 밖으로 새어 나왔다. 그가 떠난 뒤 조심스레 주머니를 열어 확인했다.

'어? 파란색이 네 개나 들어있다고? 역시 신선한 건 다르네!'

주머니 속에는 새롭게 생성된 파란색 알약이 있었다. 터져 나오는 기쁨을 가까스로 달래며 집으로 향했다. 나는 사람들의 우울을 사고 있었다. 거래 방법은 간단하다. 우울해 보이는 이들에게 캔 커피를 건넨다. 내가 준 커피를 마시는 순간, 거래는 성사된다. 그들이 커피를 마신 날, 하룻밤 자고 일어나면 우울한 감정과 기억들, 그 끝에 만난 나까지…. 처음부터 존재하지 않았던 것처럼 모두 깨끗하게 지워진다. 그들의 우울은 내 주머니 속 파란 알약으로 바뀐다.

꽤 오랜만에 구한 파란색 알약이었다. 집으로 가는 길에 더는 참지 못하고 하나 꺼내어 삼켰다. 입안에서 알약의 쓴맛이 단맛으로 바뀌는 순간, 몸이 떠오르는 느낌과 함께 그 남자의 우울함이 스쳐 갔다. 그리고는 이내 행복한 기분이 온몸을 감쌌다.

'아. 그래 역시 파란색은 달라. 이렇게 바로 효과가 온다니까.'

이번 파란색 알약은 평소의 그 느낌보다 더 강력했다. 얼마나 걸었을까. 행복한 기분에 취해 하염없이 걷다가 정신을 차리고 두 번째 알약을 꺼내려는데, '아니. 이럴 리가 없어.' 주머니 속 파란색 알약이

|

한 개밖에 들어있지 않았다. 분명 파란색 알약 세 개가 있어야 하는데 한 개뿐이라니 멘붕이 왔다. 혹시 조금 전에 알약을 꺼낼 때 흘렸는지 몰라 발걸음을 뒤로 옮겼다. 먹었던 알약의 느낌이 아직 남아있어 제정신이 아니었지만 사라진 알약을 찾아야만 했다. 바닥을 응시하며 걷다가 결국 우울을 샀던 그 다리에 다시 도착했다.

'하…. 도대체 어디서 잃어버린 거지…. 오랜만에 얻은 알약인데…. 어쩔 수 없나, 집에나 가자….'

허탈한 기분으로 다리를 빠져나와 집에 가려는데 저 멀리 다리 밑에 사람들이 모여 있는 게 보였다. 자세히 보니 누군가 누워있었고 사람들이 둘러싸 서 있었다. 아무래도 다리에서 투신한 것 같았다. 요즘에 투신하는 사람들이 한두 명이 아니라서 대수롭지 않게 생각했다. 다만 저 사람에게 우울을 샀다면 어땠을까 아쉬움은 있

었다. 지금은 저 상황을 신경 쓸 처지가 아닌 나는 알약을 찾지 못한 채 언짢은 마음으로 곧장 집을 향해 갔다.

집에 도착하니 갑자기 피곤이 밀려와 겉옷도 벗지 않고 침대에 곧장 엎드려 누웠다. 있어야 하는 파란색 알약 두 개가 눈앞에 아른거렸다. 계속 생각하니 화가 치밀어 올랐다. 어떻게 구한 알약인데 허무하게 사라져 버리다니 생각할수록 분했다. 남은 알약 한 개를 먹고 잠이나 기분 좋게 자야겠다고 생각한 나는 샤워를 마치고 침대에 앉았다. 남은 알약 한 개를 꺼내려는데, 뭔가 이상했다.

'어? 뭐지? 이건… 파란색이 아닌데?'

남은 알약 한 개가 당연히 파란색 알약이라고 생각했지만, 파란색 알약은 온데간데없고 검은색 알약이었다. 조금 전 약 기운 때문에 색을 미처 확인하지 못한 것 같았다. 물론 확인할 필요도 없었다. 색이 바뀐 경우는 이번이 처음이니까. 불을 켜고 이 검은색 알약을 유심히 살펴보았다. 그냥 검은 것이 아니라 아주 새까만 색, 파란색 알약에 비하면 약간 무게감이 느껴지고, 조약돌처럼 반들반들했다. 보면 볼수록 꺼림칙했지만, 예쁜 보석 같기도 했다. 문득 검은색 알약은 어떤 맛일지 궁금해졌다.

'맛있게 생기진 않았는데, 파란색 알약처럼 기분이 좋아지려나? 설마 먹고 죽는 건 아니겠지?'

처음 보는 알약을 먹는 것이 망설여졌지만, 평소에 호기심이 많은 나는 이 알약을 끝내 먹게 될 거라고 스스로 생각했다.

'흠… 죽기야 하겠어? 궁금한 건 못 참는데… 먹어볼까? 모르겠

다, 먹어보자. 먹어보면 알겠지, 뭐.'

먹기로 마음을 먹고 심호흡을 한 뒤 검은색 알약을 삼켰다. 내 몸의 변화를 느낄 새도 없이 순식간에 알 수 없는 기분이 내 몸을 완전히 감쌌다.

"흐윽!"

"하악!"

나도 모르게 신음이 입 밖으로 튀어나왔다. 알 수 없는 이 기분은 자극적이고 짜릿했다. 파란색 알약을 먹었을 때와 비교할 수 없을 만큼 황홀했다. 이 기분은 일반적인 삶을 산 사람이라면 죽을 때까지 절대 느낄 수 없는 것임을 확신했다.

약효가 서서히 떨어질 즈음에 낮에 우울을 샀던 남자의 일생인 듯한 장면들이 머리를 스치기 시작했다. 태어나는 모습부터 시작해 그의 유년기, 청년기, 모든 일상, 행복한 일, 슬픈 일, 작은 일, 큰 일…, 다리에서 만난 나, 다시 돌아와 나를 만났던 다리 위 같은 자리에서 투신하는 장면까지 몇 분이 채 안 되게 순식간에 머리를 스쳤다.

'…어?'

|

새로운 사실을 알게 되었다. 내가 우울을 샀던 남자는 나만 만났던 게 아니었다. 그는 내가 준 커피를 받아 들고 다리 끝자락에 서 있던 한 여자를 만났다. 키는 160센티미터 후반 정도, 검은 생머리에 매서운 눈을 가진 여자. 어떤 대화를 주고받았는지는 모르겠다. 하지만, 마지막 장면을 토대로 그 여자를 만난 뒤에 다시 다리 위로 올라가 투신하게 되었다는 것을 알 수 있었다.

'그 여자는 누구일까.'

주마등처럼 그의 기억이 스쳐 지나가고 짜릿한 느낌은 더 들지 않았다. 이 쾌감을 계속 느끼고 싶었지만 남은 알약이 없었다. 내일 아침이 되면 우울이 가득한 사람들에게 가서 많은 알약을 얻어내야겠다고 생각하며 침대에 누웠다.

'파란색 알약이 사라진 것도, 검은색 알약이 생긴 것도, 이 여자

와 관계가 있을까?'

의문만 남긴 채 나는 또다시 검은색 알약을 얻는 상상을 하며 잠을 청했다. 그 알약들로 인해 내 인생이 망가져 가는지도 모르고….

아침이 되자 나는 다시 알약을 얻기 위해 집을 나섰다. 오늘은 다른 곳을 가볼까 잠시 고민하다가, 어제 갔던 다리로 향했다. 그곳만큼 우울을 구하기 적합한 곳은 없기에. 다리에 도착하자마자 얼마 안 가 다리 밑바닥을 한참 동안 바라보고 있는 한 학생이 보였다. 이 학생이라면 파란색 알약을 한 개 정도는 얻을 수 있지 않을까 하는 생각에 조심히 다가가 말을 걸었다.

"커피 한잔하시겠어요?"

"저, 커피 써서 싫어해요."

'아…' 커피 없인 못 사는 시대라고 하지만 개인 취향은 늘 존재하기에…. 나는 단호한 학생의 태도에 멋쩍게 자리를 옮겼다. 괜찮다. 우울한 사람만 있겠는가. 그리고 항상 첫 시작부터 좋을 순 없으니. 다른 사람을 찾으면 된다.

"커피 한 잔 하…"

"저 남자친구 있어요."

'젠장' 오늘은 계속 허탕만 쳤다. 허공에 발길질하며, 다리 끝자락에 도착할 때쯤, 신발을 가지런히 벗어놓고 난간에 기대어 있는 한 여자를 발견했다. '이 사람이다. 이 사람에게 우울을 산다면 적어도 네다섯 개는 나오지 않을까.' 행복한 상상을 하며 그녀에게 조심히 다가갔다.

"저기요."

그녀가 초점 없는 눈동자로 나를 바라봤다. 우울을 샀던 사람들의 모습이 보여 설렜다. 피어오르는 웃음을 애써 감추며 그녀에게 말을 걸었다.

"날도 추운데 신발은 다시 신으시고, 여기 따뜻한 커피 한잔하세요."

그러자 그녀는

|

놀란 표정을 짓더니 내게 알 수 없는 말을 하기 시작했다.

"어… 내가 왜 여기에…? 그쪽은 누구세요?"

"그냥 지나가는 길이었는데, 다리 난간에 서 계신 걸 보고 안 좋은 생각을 하시는 줄 알고 말을 걸었어요. 혹시 방금 왜 여기에 있었는지 알려주실 수 있나요?"

"글쎄요. 제가 왜 여기 있는지 기억이 잘…. 아까 어떤 사람을 만난 것 같은데, 그 뒤로는 기억이 안 나요."

나는 굉장히 당황스러웠다. 이런 일은 처음 겪는 일이었다. 분명 투신하려던 사람이 왜 여기에 있는지도 모르다니. 그리고 어떤 사람을 만났다면 혹시 어제 투신한 남자가 만난 그 여자인가?

"혹시 아까 만났다는 사람이 키가 160 정도 되는 검은 생머리의 여자인가요?"

"아…, 기억은 잘 안 나지만, 여자였던 것 같아요."

도대체 무슨 일이 일어나고 있는 건지 알 수가 없었다. 어제 내가 만난 남자는 내가 준 커피를 마셨음에도 불구하고 다리에서 뛰어내렸다. 심지어 방금 만났던 여자는 왜 뛰어내리려 했는지조차 기억하지 못했다. 많이 혼란스러웠지만, 더 알아낼 수 있는 정보가 없었다. 그리고 아침부터 계속 걸어 다닌 탓에 피곤해 일단 집으로 돌아왔다.

침대에 누워 곰곰이 생각했다. 만약 어제 투신한 남자가 만났던 여자와 오늘 다리 위에서 뛰어내리려던 여자가 만난 사람이 같은 사람이라면, 그 사람의 정체는 무엇일지. 또 사람들을 뛰어내리게 만드는 것이 그 사람이라면 그 목적은 무엇일지. 검은 알약은 무슨 의미일지. 궁금한 점이 한둘이 아니었다.

다음 날. 아침부터 그 의문의 여자에 대해 알아보기 위해 나갈 채비를 했다.

'어디에서부터 찾아야 할까? 일단 가장 수상한 곳인 다리 주변부터 돌아다녀 볼까?'

근처의 상가부터 다리 주변부터 돌아다니기 시작했다. 그리고 다리에 다다를 때쯤 다리가 한눈에 보이는 카페가 보였다. 여기에서 다리를 지켜봐야겠다고 생각했다. 그렇게 다리를 한참 지켜보다가 슬슬 지쳐갈 때쯤 수상한 광경을 목격했다. 마치 몽유병에 걸린 듯 어기적어기적 걷는 사람과 멀찌감치 서서 지켜보는 한 여자가 눈에 뜨인 것이었다.

'저 여자인가? 이제 어떻게 해야 하지? 조금 더 지켜볼까?'

고민하는 사이에

|

몽유병에 걸린 듯했던 남자와 이야기를 나누고 '무언가'를 건네받은 여자가 자리를 떠나려는 모습이 보였다.

'그 여자다!'

생각이 들자마자 황급히 카페에서 나와 그 여자를 따라가려고 하는데,

"저기요!"

거슬거슬하고 거친 손이 우악스럽게 나의 손목을 잡아챘다. 갑작스러운 고통에 뭐냐고 따져 물으려던 그때, 남자가 나에게 말했다.

"커피 한 잔 좀 주시죠."

커피? 이 일을 계속해오면서 내가 커피를 건네준 적은 많았어도, 여태까지 나에게 되레 커피를 달라고 했던 사람은 없었다. 거칠게 나를 잡아챈 것치고는 핼쑥한 얼굴, 멍한 눈에 삶의 의욕을 잃은 듯한 남자를 유심히 들여다보니, 아까 여자와 이야기하고 있었던 그 남자였다.

'이 사람은 커피가 무슨 의미인지는 알고 이러는 걸까?'

줘버리고 말면 그만이지만, 평소와 다른 상황에 당황스러워 거절하려던 순간,

"난 살고 싶어. 이대로 우울해하고 싶지 않아. 당신한테 커피를 받으면 된다던데."

혼란스러웠다. 우울해하고 싶지 않다고? 내 커피에 대한 것을 알지 않고서야 할 수 없는 말이었다. 내가 하는 일에 대해서 그 누구도 궁금해하지도, 그 누구도 알아챈 적도 없었다. 역시 그 여자인가? 그 여자가 나에 대한 것을 알고 있는 것일까? 갑작스러운 상황에 토악질이 나올 것 같았다. 그때 그 남자가 내 가방을 뒤지기 시작하더니 커피를 꺼내 갔다.

"꿀-꺽, 꿀-꺽."

그는 마치 며칠 동안 물이라곤 구경도 못 한 사람처럼 커피를 게걸스럽게 목구멍으로 쏟아부었다. 그리고 나서는 아무 말도 없이, 방금까지 대화하던 사람이라고는 생각할 수 없을 정도로 무심하게 내 옆을 스쳐 지나갔다. 그를 잡아보려 했으나 그는 이제 아무 상관이 없는 것처럼 공허한 표정으로 자기 갈 길을 갈 뿐이었다. 너무나 갑작스럽고, 이해되지 않는 이 상황에 혼란스러웠다. 하지만 내 손은 습관처럼 주머니를 만지작거렸다. 주머니에는 파란색 알약이 네 개나 들어있었다. 평소라면 기뻤을 상황이었겠지만, 평소와 다른 이 상황에 '대체 이게 어떻게 된 일이지…?' 라는 의문만이 머릿속에 가득할 뿐이었다. 망부석처럼 그 자리에 서서 이 상황을 이해하려 애썼지만, 의문의 끝에는 결국 그 여자만이 떠올랐다. 몇십 분이 흘렀을까. 여전히 멍한 상태로 그 여자를 찾으면서, 그 남자가 갔던 방향으로 한강을 바라본 채 걸어가고 있었다. 분명 아까까지만 해도 아침이었는데, 혼란스러워하던 사이에 오후가 되었는지

점심을 먹고 나온 회사원들, 자전거를 타고 가는 사람들 몇몇이 보이기 시작했다.

"꺄아아아아아악! 사람이! 사람이 빠졌어요!"

"119!! 119 불러요 빨리!!"

적막했던 한강대교에 사람들의 비명과 경악에 찬 목소리가 울려 퍼졌다. 누가 빠졌는지 보지 못했음에도 자연스럽게 내 손은 주머니로 향했다. 주머니엔 또다시 파란색 알약은 사라지고, 검은색 알약 한 개만이 남아있었다. 혼란스러운 와중에도 그때의 쾌락이 떠올라 비죽비죽 웃음이 새어 나오고 있을 때, 뒤에서 그 여자가 말을 걸었다.

|

"표정을 보아하니 검은색으로 변했나 보네요? 이번에도 성공적이네."

"네? 뭐라고요?"

그 말을 듣고 화들짝 놀라서 새어 나오던 웃음이 멈추고 주머니에 있던 검은색 알약을 실수로 바닥에 떨어뜨려 버렸다. 그러자 그녀는 그 모습을 보고 말했다.

"조심하세요. 어렵게 구한 건데, 소중히 대해야죠."

그녀는 내가 겪었던 모든 일을 알고 있는 것처럼 말했다. 마치 본인이 계획한 일처럼 말이다. 궁금증이 여전한 가운데 바닥에 떨어진 검은색 알약을 줍고 있는 와중, 구급차와 경찰이 도착했고 바로 현장을 수습하기 시작했다. 그 현장을 바라보던 그녀가 작은 목소리로 뭐라고 중얼거렸다.

"모든 시작은 그 일 때문인데…. 그 일만 아니었어도 이런 상황은 일어나지 않았을 거야…. 이 알약도 마찬가지일 거고."

그녀는 그렇게 알 수 없는 얘기를 되풀이했다. 그녀에게 궁금한 것들을 물으려 했지만, 혼란스러운 상황 속에서 뭐라고 해야 할지 도무지 알 수 없었다. 어느덧 상황은 마무리가 된 듯했고, 점점 희미해지는 사이렌 소리와 함께 구급차는 한강대교를 벗어나고 있었다. 답답한 마음에 떠나는 구급차만 하염없이 바라보다 다시 그녀를 찾아보았지만, 이미 사라진 뒤였다. 그렇게 집으로 돌아와 어김없이 침대에 앉아 주머니 속에 넣어둔 검은색 알약을 꺼내 손에 쥐고 오늘 겪었던 일들을 돌아보았다. '그녀가 말한 모든 일의 시작은 무엇일까? 그리고 그녀는 모든 일을 알고 있는 것일까?'라는 생각과 함께 갑자기 번뜩 좋은 생각이 떠올랐다.

'이 검은색 알약을 먹으면 아까 그녀가 몽유병에 걸린 남자와 다리 위에서 한 이야기와 물건을 볼 수 있지 않을까? 그러면 그 이상한 얘기가 무슨 말이었는지 알 수 있을 거야.'

바로 손에 쥐고 있던 검은색 알약을 먹으려던 찰나, 문득 걱정됐다.

'잠깐만…. 이거, 지난번처럼 먹었다가 자극적이고 짜릿한 쾌락만 느끼다가 잘못돼서 오히려 원하는 내용을 못 볼 수도 있는 거 아

니야? 혹시라도 못 보면 안 되는데….'

그래도 방법은 이것뿐이라고 생각했다. 숨을 한번 크게 고르고 손에 쥐고 있던 검은색 알약을 삼켰다. 예전처럼 순식간에 알 수 없는 기운이 온몸을 감쌌고, 짜릿한 느낌과 함께 거친 호흡을 일으켰다. 뒤이어 낮에 마주쳤던 그 남자의 기억이 서서히 머릿속에 드러나기 시작했다.

|

지금까지와는 다르게 그 남자의 감정이 느껴지지 않았다. 사방은 까맣게 물들어있고, 눈의 초점은 없지만 혼자 무언가를 향해 걷고 있는 한 남자만 보일 뿐이었다.

'뭐야…. 살아있던 사람 맞아? 죽기 전까지 기억이 뭐 이래…. 이미 죽은 사람 같잖아.'

마치 자신의 의지로 걷는 느낌이 아닌 몽유병 환자 같았다. 그렇게 끝나는 줄 알았던 남자의 기억 끝자락에 그 여자가 서 있었다. 이 어둠 속에서 그 남자는 그 여자에게 이끌리듯 걸어갔다. 그렇게 여자에게 건넨 물건은 다름 아닌 '검은 알약'이었다.

"검은 알약을 만드는 게 당신이야? 이거 가져가 제발…. 그리고 이 밤에서 벗어나게 해줘, 점점 나를 잃어가고 있어…."

"호오? 검은 알약을 안 먹고 가져온 사람은 오랜만인걸? 좋아, 기회를 줄게. 밤에 완전히 갇히기 전에 저기 카페에서 우릴 쳐다보는 사람과 거래해."

그녀가 제안했다.

'지가 뭔데, 기회를 줘? 왜 죽었냐고 그니까…. 밤에 갇히면 이 사람처럼 넋 놓고 다니게 되는 건가?' 나는 생각했다. 잠시 후, 기억 속, 나에게 우울을 판 남자는 카페에서 나와 그 여자를 다시 만났다.

"안타깝지만, 네가 벗어날 방법은 죽어서 다른 사람의 검은 알약이 되는 것 말곤 없어."

절망적인 여자의 말을 들은 남자는 포기한 것인지, 수긍한 것인지 한 치의 망설임 없이 다리로 달려가 뛰어내렸다. 그 남자의 마지막을 끝으로 약효는 떨어졌고 정신이 돌아왔다.

"뛰어내려 죽는 게 방법이냐…? 아니, 약을 왜 안 먹고 여자에게 건네…. 미친 건가?"

검은 알약의 황홀함을 이미 경험한 나로서는 이해할 수 없었지만, 이 기억으로 검은 알약은 황홀함과 함께 무언가 부작용이 있을 것으로 생각하게 되었다. 기억으로 봤던 것만으론 궁금증이 풀리지 않았다. 생각이 정리되지 않아 잠을 이룰 수 없어 뒤척이다 밖으로 나와 한참을 걸었다. 혼자 캄캄한 어둠 속을 터덜터덜 걷고 있는데, 주위의 적막을 뚫고 말소리가 들려왔다.

"내 밤은 끝나지 않아…. 빛을 본 게 언젠지…."

소리가 나는 쪽으로 다가가 보니, 백발의 노인이 길 한편에 앉아 있었다. 노인의 눈을 보고 있자니 빛 한줄기 들어오지 않는 깊은 바닷속 같은 고요한 외로움이 느껴졌다. 지금껏 봐왔던 우울의 크기와는 비교할 수 없는 느낌이었다. 나는 이 기회를 놓칠 수 없다는 생각에 바로 말을 붙였다.

"어르신, 밤이 쌀쌀해요. 따뜻한 커피 한잔 드시면서 몸 좀 녹이시고 들어가서 주무세요."

"또 자넨가…. 커피는 이제 지긋지긋해. 난 돌아갈 곳이 없어…. 남의 감정을 훔치며 살아온 대가지…."

노인은 나를 아는 듯이 말했지만, 나는 이 노인을 만난 기억이 없었다.

"자네도 나와 몇 번을 보았으면서도 기억하지 못하는 걸 보니, 결국 우린 실패한 거야…."

알아듣지 못할 소리를 하는 노인에게 싫증이 나, 포기하고 집으로 돌아가기로 마음먹었다.

"우리요? 저는 돌아갈 집이 있어요. 어르신도 얼른 집으로 들어가세요."

고개를 홱 돌리며 빠르게 발걸음을 옮기는데, 어느새 어슴푸레 동이 트기 시작했다.

'벌써 해가 떠? 시간만 버렸네. 하…. 몰라. 일단, 다시 그 여자를 만나 보는 수밖에 없겠어.'

"우린 틀렸어. 우린 그 여자랑 약에서 벗어나기 힘들 거야. 다시 말해 두지만, 검은 알약을 자꾸 먹으면 처음엔 좋을지 몰라도, 그 약이 점점 우리의 소중한 기억들을 좀먹을 걸세. 조심하게!"

거듭 자신과 나를 엮는 노인의 조언이 불편하여 고함을 질렀다.

"자꾸 우리, 우리 하지 마시라고요! 뭐, 알아먹게 얘기를 하던가…."

그렇게 뒤를 돌았을 땐,

|

하려던 말을 잇지 못하고 노인의 말에 벌렸던 입을 다물었다.

"자네 역시 한계야. 나를 기억하지 못하지 않나. 제발 그 이상으로 행동하는 것을 그만두게. 나는 밤에 갇혔어. 이곳도, 그곳도 전부 다 새까만 밤이지."

그의 이해할 수 없는 말 중에서 한 가지 확실한 것은 파란색 알약, 아니, 우울을 위해 커피를 사고, 파는 일들이 내가 아는 것보다도 오래전부터 반복되고 있었다는 사실이었다. 게다가 그 노인의 눈동자는 완전한 밤을 담고 있었다. 깜빡. 주름살이 겹겹이 진 눈꺼풀을 몇 번이고 팔락여도 동일한 풍경이었다.

"나 역시 우울을 탐하는 마음에 몇 번이고 커피를 건넸었다네."

"자네는 어떤 이유에서 우울을 사는가? 그것이 무에 좋아서, 그렇게 우울을 탐하는가? 자극적인 환각제에 불과해. 끝은 완전한 어둠이지. 나 역시 이 일의 시작은 알 수 없지만… 우울들은, 새로운 이들에게 전해져서… 계속 반복되는 거야…."

노인은 새로운 이들이라는 대목에서 앙상한 손가락으로 본인 가슴께를 쿡쿡 찌르더니 이어 나를 향해 가리켰다. 허억. 날카로운 창에 찔린 듯 앙상한 손가락이 자신을 스스로 가리키자 다급히 숨을 들이켰다.

"우울들이라니, 그런 건…."

내가 이 노인의 우울을 탐해서 커피를 건넸었다고? 기억을 잃는다거나, 결국에는 밤에 빠진다거나 하는 말들에 나는 차라리 노인이 미친 것이길 바랐다. 그 순간 시선이 자연스레 불룩한 주머니로 향했다. 울룩불룩 못나게 튀어나온 주머니는 가볍지만, 확실하게 무엇인가 담겨 있었다. 꼴깍. 마른침을 삼키고, 불룩한 주머니에 손이 향했다. 우울들이 손바닥 위를 뒹굴었다. 과거 한 알 두 알이 소중했던 것이 무색하게 개중에는 서로 부딪히고 굴러, 모나게 찌그러진 것들도 있었다. '이것들을 또 언제 이렇게나 모았던 거지?' 아무리 머리를 쥐어짜도 손바닥 위에서 구르는 우울들의 출처를 떠올리지 못한 나는 연신 꼴깍이는 시늉밖에 할 수 없었다. 언제부터 누군가에게 커피를 건넸더라? 그래, 그 시작에 분명

|

나는 평범한 취업 준비생이었다. 하지만 너무나 평범했는지 이력서를 제출했던 많은 회사로부터 거절당하기 일쑤였다. 그랬던 상황에서 유일하게 면접을 보자고 했던 회사가 있었다.

[… 실험… 합니까?]

[어렵지… 습니다. 이 약….]

머리가 어지러웠다. 좀 더 기억하려고 하는 순간, 순식간에 주마등처럼 빠르게 많은 장면이 지나갔다가 조각나면서 흩어졌다. 분명, 면접을 보고 있던 게 마지막이었는데…. 면접관이 나에게 긴장을 풀라며 건넨 물이 무척 달콤했다. 그래, 그 물의 맛이 내가 늘 모아왔던 파란색 알약의 맛과 같았다. 나는 조금 더 떠올리려고 애썼다.

[우리는 사람들에게 행복한 순간을 약으로 선물하는 일을 합니다.]

[이 검은 약을 만들기 위해, 우리는 아이러니하게도 우울한 감정을 모아야 합니다.]

[맛이 참 달죠? 우울한 감정에서 나온 파란 약도 맛이 좋은데, 검은 약은 어떻겠습니까.]

[우수 사원에게는 본인의 할당량을 초과한 파란 약은 보상으로 수거하지 않도록 하겠습니다.]

그리고 다시 머릿속이 새까매졌다. 하지만 이제 겨우 알 수 있었다. 나는 처음 맛본 파란색 알약의 맛에 빠져 필사적으로 약을 모으려고 애썼다. 그리고 할당량을 초과해서 남은 약은 따로 열심히 모았다. 가끔은 자신을 향한 보상으로 모아뒀던 파란 알약을 먹기도 했다. 처음에는 쓴 것 같아도 이내 입안 전체를 감도는 최고의 단맛은 절대 질리지 않았다. 그렇게 열심히 사람들이 우울한지 안부를 묻고, 열심히 약을 만들었는데 왜 지금 나의 기억 속에서는 남는 장면이 없는 것일까. 내가 했던 일은 그저 열심히 약을 모으고, 가끔

약을 먹은 것이 다였다. 노인의 말처럼, 나는 우울을 탐하다가 점점 나를 잃어버리고 있는 것일까. 그렇지만 파란 알약을 많이 먹었을 뿐, 검은 알약은 이제 겨우 두 번 먹었을 뿐이었다. 나의 기억을 흩어지게 한 것은 파란 알약일까, 검은 알약일까. 검은 알약은 행복한 순간을 선물한다고 했었는데, 나는 과연 누구의 말을 믿어야 하는 걸까. 갑자기 혼란스러워졌다.

"자네의 눈빛을 보니, 무언가 기억나는 게 있는 겐가…."

"기억나는 장면이 있지만, 모르겠습니다. 빌어먹을, 하나도 모르겠어요!"

"그래도 이미 한참 늦어버린 나보다는… 자네가 낫겠지."

그리고 노인은 떨리는 손으로 나에게 작은 상자를 건넸다. 상자를 받아서 열어보니, 그 안에는 반짝이는 은빛의 액체가 담긴 병이 들어있었다.

"딱 한 번, 잃어버린 순간들을 모두 돌려주는 약이라네. 어두운 밤을 밝혀주는 약이지."

"이런 약은 처음 보는데, 어떻게…."

"이제 이 약을 어떻게 받았는지도 기억이 나지 않아. 상자 안에 새겨진 글귀가 아니었다면 난 이 약의 용도조차 기억하지 못하고 있겠지. 나는 욕심을 부리다 약을 마실 타이밍을 잃었어. 그렇지만 자네라면 아직 돌이킬 수 있다고 믿네."

"왜 저에게 이런 걸 주십니까."

노인의 설명이 사실이라면 몹시 귀한 약인 것이 분명했는데, 그저 자신이 타이밍을 잃었다는 말로 나에게 주기에는 몹시 과한 것이라 느껴졌다. 의심스러운 눈초리로 바라보자, 그는 그저 씁쓸하게 웃을 뿐이었다.

"그저 누군가는 이 끊임없는 악순환의 고리를 끊어주길 바랄 뿐이야."

정말로 이 약이 잃어버린 순간을 모두 돌려줄 수 있을지는, 마시기 전까지 알 수 없었다. 그러나 마시지 않고 혼란스러워하며 보내는 것보다는 차라리 마시고 겪을 변화를 맞이하는 것이 낫겠다는 생각이 들었다. 그래서 나는 병에 든 액체를 단숨에 삼켰다.

|

그리고 쓰러지듯 잠이 들었다.

삐빅 – 삐빅 – 삐빅 –

시끄러운 알람 소리에 눈이 떠졌다. 새벽 6시를 가리키는 시계의 알람 소리를 황급히 끄며 방안을 두리번거렸다.

'6시? 뭐야…. 여기가… 어디야?'

노인이 준 약을 먹고 잠이 들었을 뿐이었는데, 잠에서 깬 나는 낯선 곳에 있었다. 아니, 어쩌면 이곳이 내가 그 빌어먹을 알약에 미치기 전의 삶일지도 모른다. 걱정 반, 기대 반이었던 나는 벽에 걸린 달력을 보았다.

'어? 뭔가 이상한데.'

이럴 수가. 멍한 표정을 하고 여기저기 손을 헤집다 집힌 휴대폰으로 다시 확인하기를 여러 번. 정확히 5년 전이었다. 그렇구나. 알약으로 인해 피폐해지기 5년 전의 나는 이렇게 살았구나. 돌아갈 수 있겠구나. 방 하나에 작은 창문, 좁은 화장실이 있는 단칸방에서 지내는 나를 확인했지만, 다른 이들의 우울을 사며 내 기억을 잃는 삶에서 벗어났다는 것에 행복을 느꼈다. 당장 무엇을 하면 될까 고민하던 중에 전화가 울렸다.

"여… 여보세요?"

"너 왜 안 오니? 오늘 오픈 타임인 거 몰라?"

"오픈 타임이요?"

"이게 알바 잘리고 싶나. 30분 내로 안 오면 죽을 줄 알아."

5년 전, 아니, 지금의 나는 아르바이트를 하고 있나 보다. 열심히 살던 과거의 내가 멋있다고 느끼며 출근 준비를 했다. 지하철을 타기 위해 주머니 속 지갑에 있는 카드를 찍었다. 이렇게 일찍 일어나서 나왔는데도 사람으로 꽉 찬 지하철에는 발 디딜 틈조차 없었다. 지도를 보며 간신히 도착한 나는 간판을 한참 동안 바라보았다. 내가 일했던 가게는 분식집이었나 보다. 들어가 사장으로 보이는 사람에게 밝게 인사를 건넸다.

"이 녀석아. 빨리빨리 다녀. 아 참, 너 오늘 회사 합격 발표 날 아니냐?"

"네…?"

"아직 확인 안 했구나? 좋은 소식 있으면 늦지 않게 말해줘."

그때 문득 어떤 기억이 스쳤다. 하고 싶은 것은 딱히 없었지만, 남들 시선에 맞춰 여러 회사에 이력서를 지원하고자 몇 번의 증명사진을 찍었고, 몇십 번의 자기소개서를 적었던 내 모습들이었다. 왠지 모를 익숙한 감정과 함께 휴대폰의 채용 불합격 소식을 읽었다.

"야, 인마, 내 말 듣고 있는 거야?"

사장으로 보이는 사람의 말에 대꾸도 없이 휴대폰에서 눈을 못 떼고 있던 나는 마저 다음 문자를 확인했다.

[독서실 정액제 카드 충전 요망 안내 -희망 독서실-]

'뭐야, 이거…. 설마 이 일 끝나면 바로 공부하러 가는 거야?' 문자를 본 나는 생각했다.

아르바이트를 끝내고 문자 내용 속 독서실로 발걸음을 옮겼다. 독서실 안의 사람들을 지나쳐 내 이름이 적혀있는 자리에 앉았다. 오랜 기간이 지나 낡은 책들, 책상 한구석에 놓인 영양제들과 정신과에서 처방받은 것으로 보이는 약 봉투들…. 나는 늘 이 자리에서 하루를 마무리했던 것으로 보였다.

혹시 나도 누군가가 내 우울을 없애주길 바라고 있던 사람 중 한 명이었을까? 나는 나 자신이 그다지 행복한 삶을 살고 있지 않았다는 것을 새삼 깨달아가는 중이었다. 혹시 이게 꿈은 아닐까. 한순간에 많은 생각이 스쳤다.

"이런 내가 왜 다른 사람에 우울을 그렇게 탐한 거지? 그 여자와 노인은 누구였던 거야?"

그때, 휴대폰 알림이 울렸다.

[당신의 지원에 감사합니다. 우리 회사에 합격하셨습니다.]

내가 우울을 사는 일을 하게 되었던 회사로 보이는, 그곳의 채용 합격 문자로 보였다.

"가면 모든 진상을 알 수 있을지도 몰라…. 아, 아냐. 그러다 다시 그렇게 약을 탐하는 일에 중독이 되어버리면…."

나는 휴대폰을 손에 든 채, 꽤 오랜 시간 동안 생각에 잠겼다.

|

잠시 후, 정리를 해봐야겠다는 생각에 내 자리에 있던 빈 노트를 펼치고 생각들을 적어나갔다. 내가 지금 여기에 와있는 이유는 무엇일까. 노인이 말했던 악순환의 고리를 끊는다는 게 무슨 의미일까. 난 그 노인과 무슨 관계였던 거지? 머릿속을 뒤덮은 생각들을 하나하나 적다 보니 어느새 노트 한 페이지가 빽빽하게 채워졌다.

'톡톡… 톡… 톡…'

나도 모르게 노트에 내려치던 볼펜 소리를 의식할 즈음 나는 결국 다른 방법이 없다는 것을 깨달았다.

"결국은…."

미간을 찌푸린 채 다시 휴대폰을 봤다.

[당신의 지원에 감사합니다. 우리 회사에 합격하셨습니다.]

'궁금한 것들을 알아내기 위해선 다시 여기로 가는 수밖에 없다.'

'…아니야. 그냥 무시하고 모르는 척 다시 살면 되잖아? 그래…,

그러면 돼…. 지금처럼만….'

이질적인 생각들로 내 머릿속을 헤집던 중 적막한 책상 위 약 봉투와 눈이 마주쳤고, 그 순간 머릿속은 두려움으로 가득 찼다.

'이대로 다시 취업을 준비하며 살아갈 수 있는 걸까…?'

또다시 여러 가지 생각들이 겹쳤다. 문득 이상하다는 생각이 들었다. 아무리 5년 전으로 돌아왔다지만, 아무것도 기억이 나지 않는다니…. 내가 공부하며 지냈을 이 자리, 이 공간…. 낮에 아르바이트할 때도 그랬다. 마치 남 얘기를 하는 듯한 생각까지 들 정도였다.

"도대체 어디서부터? 언제부터 내 기억들이 사라진 거지…?"

수많은 생각에 뒤덮인 탓인지 이제 무엇이 사실인지 분간되지 않는 지경까지 이른 느낌이었다. 나는 결국, 다시 돌아가야겠다는 생각과 동시에 습관적으로 주머니에서 알약을 찾는 나를 발견하며 '피식' 쓴웃음이 나왔다. 사실 아직도 잊히지 않았다. 검은색 알약의 그 황홀함…, 짜릿함….

"어쩌다 내가 이렇게 된 거지…?"

그렇게 나는 5년 전으로 돌아온 첫 밤을 지새우듯 흘려보냈다. 다음 날 아침, 나는 결국 5년 전에 했던 선택을 다시 하기로 했다.

[Blues Pastille Company] 줄여서 B. P. C

블루스 파스틸 컴퍼니. 타 회사와 비교하면 매우 높은 신입 연봉이 책정되어 있던 회사. 그냥 따로따로 직역하자면 블루스 알약 회사였다. 지금 와서 생각해보니 회사 이름도 매우 적나라했다. 블루

스는 파란색의 복수형이기도 하며, 우울이라는 뜻에서 파생된 노래 장르이기도 했다. 거기에 파스틸, 목캔디 같은 빨아먹는 알약이라는 뜻. 파란색 캔디, 알약, 지금 생각해보면 이름 한번 참…. 회사 앞에 도착해 건물을 올려다보니 새삼 참 으리으리했다. 예전에 왔을 때는 무슨 생각으로 면접을 봤더라….

'에라…. 모르겠다. 밑져야 본전 아니야?'

성큼성큼 발걸음을 내디뎠다. 매우 깔끔했지만, 온기가 없는 분위기…. 곳곳에 지나가는 사람들을 보니 5년 전엔 신경 쓰지 않았던 이상한 점이 눈에 들어왔다.

"명찰 색이 다르네…. 어?"

자세히 살펴보니 검은색 명찰을 단 사람들과 파란색 명찰을 단 사람들, 두 부류로 나뉘어 있는 게 아닌가…. 나도 모르게 조용히 검은색 명찰을 단 사람들을 따라갔다. 뭐라도 발견해야겠다는 절박함 때문이었을까. 그들 뒤에서 정신없이 주변을 두리번거리며 살피던 그 순간이었다.

'근데 왜 아무도 나를 신경 쓰지 않는 거지? 이렇게 큰 회사의 보안이 이 정도로 허술해도 되는 거야?'

내 잃어버린 삶에 대한 실마리를 찾을 수 있을 것이라는 생각이 든 그때, 검은색 명찰을 달고 사람들을 몰고 다니던 사람이 자연스럽게 대화를 이끌어가기 시작했다.

"실험에 참여하시겠습니까?"

"어렵지 않습니다. 사람들의 우울을 치료해…."

그의 설명에 각기 다른 반응들로 질서정연하게 움직이는 사람들이 보였다. 그렇게 사람들 사이에 섞여 자연스럽게 발걸음을 옮기던 중 익숙한 느낌이 드는 한 공간이 눈에 들어왔고, 내 의지와는 상관없이 그곳을 향했다.

"여긴 뭐지…?"

낯설면서도 익숙한 곳…. 이곳이 내가 처음으로 실험에 참여했던 곳인가? 기억이 잘 나지 않았다. 너무나도 익숙한 이 공간에 대한 기억을 떠올리려 애쓰던 그때, 어디선가 익숙한 목소리가 들려왔다.

"당신의 우울은 안녕하십니까? 저희 B.P.C에서는 여러분의 행복을 바랍니다."

그녀다. 검은 알약의 기억, 그 기억과 함께 항상 존재했던 사람. 의문의 말만 남기고 사라졌던 그녀…. 기억 속의 모습과는 다르게 과거의 그녀는 누구보다 환하게 웃고 있었다. 기억을 더듬어 보려고 나도 모르게 그 모습을 빤히 쳐다보던 사이, 고개를 돌리던 그녀와 눈이 마주쳤다.

'이런, 씨.'

과거의 그녀는 나를 모르겠지만, 왠지 모르게 들켜서는 안 될 것 같다는 생각에 곁눈질하며 살짝 고개를 숙였다. 곁눈질에 잠깐 스친 그녀의 입가에 얼핏 미소가 보인 것만 같았다.

'하악. 하. 후우….'

고개를 숙인 채 조심스레 뒤로 돌아, 들키지 않았다는 안도감에 작은 숨을 뱉고 나서 건물 밖으로 나가기 위해 고개를 들었다. 고개를 들자마자 건물 입구 문 앞에서 나를 쳐다보며 서 있는 그녀와 눈이 마주쳤다.

그녀다.

그녀가 서 있다.

이해할 수 없는 이 상황에 온몸이 굳어버렸다. 나는 당황해서 눈동자조차 움직일 수 없었다. 그 순간. 그녀가 나를 향해 걸어오며 은은한 미소와 함께 소리 없이 입 모양만으로 내게 어떤 말을 전하려는 것 같았다.

'여. 기. 서. 보. 네?'

그녀의 입 모양을 읽은 순간, 손끝과 발끝부터 온몸에 소름이 끼쳤고, 이내 온몸 구석구석 알 수 없는 통증과 함께 눈앞이 깜깜해졌다.

"으윽…."

얼마나 시간이 흘렀을까. 통증이 점점 사라지면서 함께 정신이 돌아왔고, 깜깜했던 시야도 밝아지면서 점차 익숙한 천장이 보였다.

'우리 집이다….'

"… 집?!"

다시 집이라는 것을 알아채자마자 소스라치며 몸을 일으켰다. 그 충격이었는지 머리가 핑 돌았다. 일어나자마자 다시 자리에 주저앉고 말았다. 머리를 부여잡은 채 두리번거리며 내 몸을 확인했다. 주머니에서 만져지는 알약들…. 다시 현재로 돌아온 것 같기는 한데, 과거로 돌아갔던 것은 잠시뿐이었던 건가? 혹시 꿈이었던 건가?

복잡한 생각을 할 새도 없이 나는 그 노인을 다시 찾아야만 한다는 생각에 집 밖을 나서 달리기 시작했다.

탁, 탁, 탁, 탁.

여기저기 돌아다녀 봤지만, 노인은 보이지 않았다.

'내가 과거에 가 있던 사이에 시간이 얼마나 지난 거지? 그 사이에 무슨 일이라도 생긴 건가? 게다가 내가 마지막으로 본 그녀의 말…. 내가 과거로 올 줄 알고 있었다는 걸까? 복잡해. 뭐 하나 해

결된 게 없어….'

계속 두리번거리며 노인을 찾던 그 순간, 뒤에서 또다시 익숙한 목소리가 들려왔다.

"거기 없어요."

그녀의 목소리에 나는 뒤를 돌았다.

"？"

"거기 없다구."

그녀였다. 바로 내가 찾던 그녀가 말하고 있었다.

"당신, 도대체 뭐야?"

"음…. 사람들의 우울한 기분을 해결해 주는 사람? 구원자? 누군가는 나한테 검은 밤이라고도 부르죠."

키득키득 뭐가 재밌는지, 나는 순간 헛웃음이 나왔다.

"당신도 파란 알약을 구하기 위해 열심히 했잖아요? 한순간의 쾌락을 위해 다른 사람들의 우울을 사면서…."

"……."

"킥킥. 열심히 그 노친네를 찾는 거 같은데…, 그 사람 이제 여기에 없어요. 여기 있는데."

신난 듯 그녀가 흔들어 보이는 무언가…. 그녀의 손에 들려있는 것은 다름 아닌 검은 알약이었다. 설마…. 이어지는 그녀의 말에 곧바로 내 눈빛은 차갑게 식었고, 동공은 사정없이 흔들리기 시작했다.

"나하고 게임 하나 할래요?"

"네?"

짜증이 올라왔다. 이 상황에 무슨 게임이야. 머리가 터질 것 같았다.

"아니, 잠시만요. 뭐라도 좋으니 설명을 좀 해주세요."

"뭘요?"

"나한테 무슨 짓을 한 거예요?"

내 질문에 돌아오는 건 흥미롭다는 표정뿐이었다. 답답함에 목소리가 커졌다.

"게임이고 뭐고…, 나한테, 내 기억에 무슨 짓을 했길래 내가 알고 있는 게 하나도 없냐고요!"

"벌써 아는 게 없어요? 생각보다 열심히 했나 보네."

미칠 것 같았다.

"이거 필요하지 않아요?"

그녀는 미소를 띤 채 검은 알약을 내밀었고, 나도 모르게 알약을 받았다.

"내일 봐요. 그 다리에 있을 테니까."

"그게 무슨…."

나는 또다시 정신을 잃었다.

그 여자가 그 말을 마치자마자 머릿속의 불이 꺼진 듯 쓰러졌고, 일어나 보니 이미 집이었다. 내가 꿈을 꾸었기를 간절히 바랐지만, 주머니 속 검은 알약은 그것이 꿈이 아니었음을 증명하고 있었다. 하지만 내게 여유 따위는 없었다. 내 기억이 불안정한 것이라는 빠른 인정과 함께 펜을 집어 들었다. 금방이라도 기억이 사라질 것 같아 머릿속에 들어있는 것들을 침대 옆 하얀 벽지에 마구 적어나갔다.

"그 여자… 그 노인… 검은 알약…… 알약… 하… 씨…."

적을 수 있는 최대한 많은 것들을 적어 놓고, 중요한 사실들을 중심으로 되새기다가 검은 알약이 눈에 들어왔다. 노인의 검은 알약이었다. 이것을 먹으면 뭘 좀 알아낼 수도 있을 것 같았지만, 동시에 겁이 났다. 이젠… 검은 알약은 먹으면 안 될 것 같았다.

"하……. 미치겠네……."

마음의 결정을 내린 뒤, 눈을 꽉 감고 침대에 누워 알약을 입에 넣었다. 이젠 모르겠다. 이미 너무 멀리 왔다.

"으하아악!!"

차원이 다른 짜릿함이었다. 이를 악물고 숨을 거칠게 쉬며 뭐든 기록해 놓기를 잘했다는 생각이 들었다. 이성적인 생각은 그게 마지막이었다. 뒤이어 그 노인의 일생인 듯한 장면들이 머릿속에 펼쳐지기 시작했고, 이내 겨우 정신 줄을 붙잡을 수 있었다. 노인이 40대로 보이는 모습이 될 때까지는 40초도 채 걸리지 않은 것 같았다.

'그 여자다!'

그 여자의 얼굴과 B.P.C가 보이기 시작했다. 회사는 과거의 기억

속에서 봤던 그대로였고, 그 여자 또한 마찬가지였다.

'이때부터 시작이군….'

순간 그 여자의 외모가 그 옛날에도 어제와 똑같다는 사실이 머릿속을 스쳤다.

|

그리고 40대로 보이는 그는, 정확히는 '그 노인의 40대 모습'은 흰 가운을 입고 있었다. 명찰에는 이름 부분이 흐릿하기는 했으나, 직책은 '수석연구원'이라고 적혀있었고, 같은 흰 가운을 입은 사람들이 젊은 그를 보고 고개 숙여 인사하며 지나갔다.

'지금 이게 무슨 상황이지?'라는 생각하는 찰나, 저 멀리서 한 연구원이 뛰어오며 그를 불렀다.

"선배님! 한참 찾았잖아요. 회의, 안 들어가세요? 오늘 중요한 날이잖아요!"

노인의 이름이 흐릿하게 잘 보이지 않았던 탓인지, 연구원이 노인을 부르는 이름 또한 흐릿하게 들렸다. 얼떨결에 손에 이끌려 들어간 연구실에는 딱 봐도 높아 보이는 사람들과 여전히 똑같은 모습의 그 여자가 앉아있었다. 이 노인의 수십 년 전 기억의 그 여자 모습이 지금과 하나도 다르지 않다는 것이 믿기지 않았다.

"지금부터 B.P.C 기밀 프로젝트에 대한 브리핑을 시작하도록 하겠습니다."

그리고 시작된 회의의 내용은 가히 충격적이었다. 여자가 늙지 않은 모습으로 그대로일 수 있었던 이유, '알약'의 정체…….

하나, 둘 퍼즐이 맞추어지기 시작했다. 블루스 파스틸 컴퍼니는 선망받는 제약회사이기는 했지만, 여느 회사가 그렇듯 베일에 싸인 부분이 많은 곳이었다. 노인과 내가 그동안 받았던 파란 알약의 초기 목적은 사람들의 감정을 매개로 한 우울증 치료제의 개발이었다. 하지만 임상시험 단계에서 심각한 부작용이 드러났는데, 감정 알약을 받은 많은 사람이 감정에 잠식되었고 몇몇은 죽음에 이르렀다. 실험 도중에 일부 약들은 '검은 알약'으로 변하기도 했는데, 그 검은 알약은 놀랍게도 '불로(不老)'. 즉, 늙지 않고 젊음을 유지하는 효과를 가져온다는 것이었다. 이 노인, 그러니까 노인의 기억 속으로 들어온 내가 이 회의실에 앉아있는 이유는 이 약의 개발을 함께 한 사람으로서 기밀을 유지하기 위해 직접 임상시험에 참여하는 사람이었기 때문이었다. '안돼. 그만둬!'라고 머릿속으로 생각했지만, 아무것도 할 수 없었다. 과거의 노인을 비롯한 많은 연구원은 그저 주의사항을 듣고만 있었다.

얼마 뒤. 회의실 문이 열렸고 파란 명찰을 달고 있는 누군가가 들어왔다. 노인의 시점에서 문 쪽을 바라보고 있던 나는 소스라치게 놀라지 않을 수 없었다.

'저건 나잖아!?'

늙지 않는 여자가 소개를 이어 나갔다.

"이번 연구에 투입될 신입 사원입니다."

아직 아무것도 모를 과거의 나는 겉으로 드러난 알약에 대한 설명을 듣고 있었다. '도망쳐!' 그 약을 먹으면 안 돼!'라고 크게 외쳤지만, 노인의 과거 속 장면만 계속 재생될 뿐, 내 목소리는 밖으로 나오지 않았다.

"그리고 이건 아직 불완전하지만, 해독제입니다. 임상시험에 지원하긴 했지만, 당신은 유능한 연구원이니까 당신의 알약이 검은 알약으로 변하면 우리도 타격이 커요. 그러니 시험 도중에 이상함을 느끼면 꼭 이 약을 먹어요."

그 여자가 과거의 나에게 해독제라며 건넨 것은 노인에게 받았던 반짝이는 은빛 액체가 든 병이었다. 내가 병을 받아드는 모습을 보자마자 다시 한번 소용돌이가 나를 덮치며 장면이 바뀌기 시작했다.

임상시험에 참여한 나이 들어가는 노인의 모습, 현실의 나와 마주쳤던 그 모습들이 주마등처럼 스쳐 지나가기 시작했다. 노인은 나처럼 커피를 건네고 있었고, 파란 알약을 먹었으며, 중간중간 그 여자와 만나 연구에 관한 이야기를 나누기도 하다가, 점차 내가 만났던 노인의 모습으로 변하고 있었다. 그러다 노인은 기억을 점점 잃어가는 듯했고, 수석연구원이었다는 사실을 도저히 알아볼 수 없을 만큼 눈의 총기도 사라졌다. 마지막으로 노인이 '당신은 어떻게 안 늙고 있는 거지? 설마 이 알약 때문인가?'라고 여자의 정체에 대해 의심을 가질 때쯤, 여자는 '실험이 종료되었고, 당신은 실패했어요.'라며 잔인하게 통보했다.

"당신도 곧 검은 알약이 되겠네요. 덕분에 선택받은 소수의 사람은 젊음을 유지하겠지만요."

그 말을 끝으로 노인의 기억 회상이 종료되었고, 비로소 다시 현실의 나로 돌아왔다.

|

더 이상 이 수수께끼 같은 문제를 혼자 힘으로 헤쳐 나갈 자신이 없어졌다. 나는 출구를 잃어버리고 갇혀 버린 미로의 한가운데 덩그러니 서 있는 무기력한 기분이 들었다. 단지 약을 구하기 위해 열심히 우울을 사러 다니던 나였다. 노인이 부탁한 악순환의 고리는 점점 더 끊어지지 않을 단단한 목줄처럼 내 목을 죄어왔다.

"이제 나 혼자 뭐 어쩌라고…."

오히려 과거의 일을 다시 기억해 보니 5년 전의 내 생활보다 약을 하며 지내는 지금의 생활이 행복한 것 같다는 생각까지 들었다. 아무리 열심히 살아도 바뀌어 버리지 않는 현실의 잔혹함에 '약'은 내게 도피처로 자리 잡은 탓일까.

"젠장…. 그렇다고 죽고 싶진 않아. 이러다 나도 죽게 되는 거 아니냐고…. 그 여자한테 살려 달라고 빌어라도 볼까…."

횡설수설하기만 수십 분째. 어쩔 도리가 없던 난 그 여자를 찾아보기로 했다. 매일 같이 우울을 사러 다니던 그 다리 위로 가서 그 여자를 찾기 위해 걸었다. 평소와 다를 것 없이 다리 위는 당장이라도 밑으로 몸을 던져버릴 것만 같은 사람들로 가득했다. 그 사람들 틈에서 그 여자를 찾는 것은 어렵지 않았다. 못 찾으면 이상하리만

치 그 여자를 향해 사람들이 모이는 것이 마치 좀비 영화의 주인공을 방불케 했다.

“왔어요? 생각보다 빨리 찾았네, 우리 요즘 너무 자주 본다.”

선선한 바람이 불어와 날은 분명 좋은데, 긴장한 탓인지 이 여자 앞에만 서면 온몸의 땀구멍을 비집고 물이 새어 나오는 게 느껴졌다. 말을 어디서부터 시작해야 할지 몰라 입을 열기 어려웠다.

“이 다리에서 아래를 내려다보면 참 이상해. 여기 있는 사람들은 하나같이 사정 있는 사람들만 찾아오는데, 다리 밑에 사람들은 세상 행복해 보인단 말이야…. 참 불공평해. 맞죠?”

그동안 다리 위에서 만나왔던 많은 사람이 떠올랐다. 매일 똑같은 하루를 보내며 매너리즘에 빠진 회사원들. 한순간의 실수로 자신의 모든 것을 날려버린 사람들. 멀지 않은 공간에서 다리 하나를 사이에 두고 이런 차이가 느껴진다는 게 허탈하기 짝이 없었다.

“그러게요, 그래서 행복한 사람들에게 질투심이 느껴져 약을 만드는 건가요? 왜죠? 노인도 검은 알약이 되고, 이젠 내 차례가 된 건가요?”

여자에게 빌기로 마음먹고 찾아왔지만, 그 여자의 말에 고분고분 공감해도 모자랄 판에 그럴 여유가 없던 나의 입에서는 생각과는 다른 말들이 튀어나왔다. 그녀의 좌우 눈썹이 서로 붙을 듯이 일그러지고, 뭐가 웃긴 건지, 입꼬리를 씨익 올리며 하찮다는 표정을 지었다. 그런 기괴한 표정의 그녀가 입을 열었다.

“질투라니. 풉. 다리 밑에 가본 적 있어요? 다리 위에서 만난 사람들은 도와줄 사람 한 명 없이 무관심 속에서 홀로 우울한 밤을 보내고 있는데, 다리 밑에 떨어져서야 사람들은 관심을 주죠."

지금까지 다리 밑으로 떨어진 사람들이 관심이 필요했다고 말하고 싶은 것인가, 이 여자 미친 게 확실해 보였다. 우선 도망쳐야겠다는 생각이 들었지만, 그 여자의 말에 내 발길은 얼어붙었다.

"이상하지 않아요? 그 노인네랑 몇 번을 봐도 새롭게 느껴지는 게? 당신도 아주 힘들었구나. 몇 번의 기회가 있었음에도 다시 돌아오다니."

다시 돌아온다는 건 무슨 의미인지…. 나 스스로 이 생활을 추구하고 있었단 말로 느껴졌다. 생각해보니 나는 과거로 돌아갔을 때도 나의 삶이라고 느껴지지 않을 정도로 이질감이 느껴졌다. 내 우울했던 과거를 잊게 된 건 나 스스로 선택한 길일지도 모르겠다. 나도 이제 돌이키기에 늦어버린 것일까…. 모든 걸 되돌려 줄 거라던 노인의 말은 잘못되었던 걸까?

'가만…. 과거로 돌아갔을 때 분명 5년 전에 노인과 이 여자를 처음 봤던 것 같은데…. 노인의 기억 속에서는 이 사람들과의 만남은 분명 수십 년….'

내 얼굴을 점점 잿빛으로 변해가고 있었다. 검은 알약의 불로 효과를 본 것일까. 얼마나 빠른 속도로 내 기억을 갉아먹으며, 나를 잃어가고 있는지 혼란스럽기만 했다.

"그렇지! 뭔가 알아냈구나. 무얼 봤을까요?"

"나… 나도 당신처럼 늙지 않는 거야?"

내가 자신의 마음을 알아채 주길 바라던 것인지, 한껏 실망한 듯 어딘가 씁쓸해 보이는 그녀가 나를 응시하며 입을 열었다.

"노인네가 준 해독제를 마셨으니, 너의 시간은 다시 흐를 거야. 네 주머니에 있는 알약들 양만 봐서는 금세 물거품이 되겠지만 말이야. 바보같이 그걸 네게 줄지는 몰랐는데…."

이런 귀한 해독제를 준 노인의 마음이 어떤 마음일지 상상이 안 갔다. 다시금 어깨가 무거워졌다.

"노인의 검은 알약을 먹고도 알아낸 게 그게 다야? 그 노인네가 내 아빠라는 건? 이 일의 시발점은 내가 아니라 그 사람이라고…."

그녀가 아빠라는 말을 꺼낸 뒤, 나도 그녀도 서로의 눈만 끔뻑끔뻑 바라보기만 했다. 순간, 정적이 흘렀다. 노인과 딸이라니…. 노인의 기억을 지나오면서도 너무 빠르게 흘러온 탓에 미처 신경 쓰지 못했던 것 같았다. 노인은 딸도 못 알아볼 만큼 자신의 전부를 잃었다. 하지만 그런 아버지를 검은 알약으로 만들어 버리다니. 그녀의 가혹함에 단지 살고 싶었던 나의 작은 바람은 공기 중으로 흩어졌다. 자포자기하고 있던 그때였다. 그녀는 지금껏 보여준 여유로운 모습과는 다르게 노인에 대한 감정을 되새기는 듯했다. 한없이 매서웠던 눈엔 금세 떨어질 것만 같은 눈물이 맺혔다. 나는 노인과 그녀 사이에 잘못 엮여버려 억울하게 뒤통수를 맞은 것만 같았다. 방향을 잃은 내 감정의 화살이 이 여자를 향하기 시작했다.

"아빠를 검은 알약으로 만들어 버려? 당신 미쳤…."

"미쳤지. 나도, 그 사람도…. 나도 이 검은 알약의 피해자라고! 이딴 게 뭐라고…. 나도 이렇게 살고 싶지 않았어. 나도 이딴 밤을 바란 게 아니었다고!"

여자의 울분 섞인 말에 나도 그대로 얼어 버렸다. 아니, 입을 열기 어려웠다. 당최 알아들을 수 없는 말이었다. 검은 알약의 피해자라니…. 내가 'B.P.C'에서 보았던 것들로 미루어 보았을 땐 여자의 말은 미친 소리로 들렸지만, 지금이 아니면 다시는 진상을 알 기회가 오지 않을 것 같았다.

"피해자라뇨. 당신이 피해자면 저도 피해자잖아요…. 그리고 부모가 해봐야 자식에게 얼마나 큰 잘못을 한다고 이런 짓을 벌입니까. 예?"

싸늘한 시선이 느껴져 힐끔 그녀를 보았다. 안 그래도 무서운 눈으로 쏘아붙일 듯이 나를 째려보고 있었다. 더 이상의 꼼수는 역효과를 불러일으킬 것만 같았다.

"아뇨…. 제 말뜻은 그게 아니라, 분명 부모들도 잘못이 있겠지만, 사랑하는 마음은 어느 부모나 똑같다는 말인데요…. 그러니까 부모도 부모가 처음이니까…"

내일이 없을 것 같이 필사적으로 핑계를 대고 있는 내가 무안해지게 그녀는 내 말을 가로챘다.

"사랑? 허… 이 검은 알약을 나에게 처음 실험한 건 노인네 기억에서 못 봤나 봐?"

자신이 끊어내지 못했던 악순환의 고리를 결국 내게 떠넘긴 것인가…. 노인에게 받은 배신감에 뭔가 잘못되었음을 깨달았고, 머리가 하얘지기 시작했다.

"제길… 뭔가 이유가 있었을 거야, 그렇지 않고서야 그런 짓을 할 리가…."

"난 어린 시절부터 지금까지 쭉 혼자였어. 엄마도 이 다리 위에서 떨어져 죽었다더군, 그 노인네는 네가 알다시피 우울 치료에 몰두하느라 나 같은 건 안중에도 없었지…. 죽고 싶었어. 매일, 이 다리 위에 올라 떨어지면 편해질까…, 이런 상상으로 하루를 보냈어."

약의 부작용으로 내 공감 능력까지 사라진 걸까? 내가 겪어 보지 못한 그녀의 감정에 공감할 만한 부분을 찾지 못했다. 여자가 약해 빠졌다는 생각과 한심하다는 생각이 들었다.

"세상에 당신보다 힘든 사람이 얼마나 많은 줄 알아? 도움을 청해보긴 한 거야? 제길…. 먼저 마음을 열고 다가갈 순 없었냐고!"

"물론 해봤지. 하지만 내 얘기에 귀 기울이지 않았어, 자기가 실험 중인 약으로 모든 걸 해결할 수 있다고 생각한 거야. 웃기지? 내가 필요한 건 그게 아니었는데 말이야…. 덕분에 난 더 외로이 이 밤을 거닐게 됐고 그 이후로 다짐했지. 남의 감정을 쉽게 생각하는 사람들에게 똑같은 하루를 보내게 해주겠다고."

내가 커피를 건넨 사람들에게 진정 필요했던 게 무엇이었을까. 다른 이들의 우울을 구하기 위해 돌아다녔지만, 누군가에겐 그것마저도 위로가 되지 않았을까. 5년 동안 걸어온 나의 인생이 부정당하는 듯한 이 여자의 말은 참아왔던 내 인내심에 불을 붙였다.

"누가 쉽게 생각을 한…."

그 순간, 노인의 기억이 다시 한번 내 머리를 스쳤다. 노인은 열심히 우울을 모아 왔지만, 단순히 쾌락을 위해 모아온 나와는 확실히 달라 보였다. 먹지도 않고 한껏, 한데 모아 여자에게 건네는 노인이 보였다.

"내 실수였어…. 자살까지 생각하는 딸을 보며 아비로서 해줄 수 있는 게 이것뿐이라고 생각했다. 제발 그만하자, 지금이라도 해독제를 마시고 네 인생을 살아 다오…. 아비로서 마지막으로 부탁하마…."

"뭘 그만해? 이제 와서 아빠 노릇이야? 당신을 보면 내가 잘하고 있구나, 생각 들어. 죽지 마, 검은 알약이 되어 편안해질 생각도 하지 마. 그러니 해독제는 당신이나 마셔. 내 옆에서 당신이 이렇게 만든 날 보며 평생 고통스러워하며 지내라고. 그게 날 위한 거니까."

노인은 절망적인 표정을 숨기지 못했고, 딸의 복수와 원망의 대상인 자신이 사라져야 끝낼 수 있다고 생각했다. 노인은 그 이후로 계속 약을 먹기 시작하여, 자신을 스스로 밤에 가두고 있었다. 내게 악순환의 고리를 끊어 내주길 바란다던 노인의 말은 어쩌면 자신의 실수로 돌이키기엔 너무 멀리 가버린 이 미친 여자를 구해달라는 부탁의 메시지였던 것 같았다. 노인의 기억을 보고 나니, 이 여자를 구해주는 것도 벗어나는 것도 더더욱 내 힘으론 불가능하다는 것을 알았다.

"넌 고작 노인에게 복수할 계획인 거였어. 그렇다면 너도 노인과 다를 게 없다고!"

"네 쾌락을 위해 우울을 거래한 넌 아버지랑 다르고? 난 사람들의 우울을 모으라 했지, 우울을 탐낸 건 너와 검은 알약이 된 네 옛 동료들이야. 나는 달라."

그 순간 노인의 말이 떠올라 뜨끔했다. 우울은 계속 반복된다고. 내가 전하던 것들은 위로가 아닌 다른 우울이 되어 뫼비우스의 띠처럼 내 앞에 돌아왔다.

"개 뭣 같은 소리 하고 있네. 옛 동료? 그래, 네가 다 죽인 거야…. 그러고도 무사할 것 같아?"

"내가 누굴 죽여? 하하하, 평생을 커피나 건네며 배회할 이들에게 편안해질 방법을 귀띔해 줬을 뿐. 우울을 탐내다 미쳐버린 그들이 서로 커피를 건네며 자멸하는 모습이 음…. 꽤 우스웠지."

자멸…. 점점 괴물이 되어가는 우리를 보며, 과거에 다짐했던 복수심에 환희를 느꼈을 이 여자의 모습을 상상하니 충격적이고 허망했다.

"결국, 당신도 무너져 버릴 거야…. 또 다른 복수를 낳을 거야."

"아니? 우울이라는 것이 존재하는 한 내 세상의 균형은 무너지지 않아. 네가 아니어도 또 다른 누군가는 지금, 이 순간에도 커피를 건넬 궁리를 하고 있겠지."

"미친…."

"이제 완성된 거야. 너를 포함해 여기 있는 모든 사람도 내가 구원해 주는 거지. 우울증으로 힘들어하는 사람들에겐 심심한 위로를…, 우울을 탐내는 사람들에겐 영원히 어두운 밤을 선물하는 거야."

"남의 감정을 가지고 이런 짓을 하게 만들다니…. 내게 왜 이런 어둠을 준 거야! 돌려내…. 돌려내라고!"

"착각하지 마. 나는 강제로 돌아오게 만든 적 없어. 모두 스스로 선택해 돌아오는 거지. 이곳은 우울이라는 공통점으로 묶인 이들을 보듬어줄 유토피아가 된 거야. 자, 너도 이젠 힘들었던 그곳은 그만 잊고, 나의 세상에서 영원한 밤에서 살아가는 거야."

모든 건 자신의 선택이었다니. 내 우울했던 인생을 바꿀 수 있는 사람은 결국 나라는 걸 왜 몰랐을까…. 마음이 아픈 이들에게 나는 무슨 짓을 한 걸까, 지금껏 건넨 커피와 따뜻하지도 않은 괜한 말로 위로를 전하려던 나보다 어쩌면 우울로부터 도망치듯 떠나온 이 여자의 세상이 진정한 위로를 전할지도 모르겠다고 생각했다.

“진정이 좀 됐나 보네. 내가 게임 하나 하자 했죠? 당신에게도 마지막 선택권을 드리죠.”

어느새 검은 알약 빛깔처럼 캄캄한 어둠이 나의 내면에 드리웠다. 그들과는 다른 길을 걷고 있다고 생각했지만, 나도 그들과 다를 것 없이 같은 방향을 향해 걸어온 외로운 인간이었다.

“내게 당신의 우울을 팔아요, 우울하지 않은 사람은 이곳에 더 필요하지 않은 존재죠, 자신 있으면 내보내 줄게요. 만약 다시 이곳을 찾는다면 당신은 누군가의 검은 알약이 되어 영원히 자신을 잃어 외로이 어두운 밤을 홀로 거닐며 살게 될 거예요.”

그간 이곳에서 우울과 알약을 통해 ‘나’라는 존재의 의미를 찾았지만, 다른 이들의 우울을 거래하며 스스로 의미를 부여하던 내가 결국 악순환의 근원이었다.

‘끊어낼 수 있다.’

한강을 화려하게 비추던 불빛들이 하나둘 꺼져나가기 시작했다. 내 안에 남아있는 어둠은 더 짙은 밤으로 덮였다. 때마침 추적추적 비가 내리기 시작했고, 작은 빗방울은 잔잔한 한강 표면에 작은 파동을 일으키며 퍼져나가고 있었다.

'풍-덩'

새가 지저귀는 소리, 눈부신 아침 햇살이 어두운 밤을 걷어내며 나를 맞이했다. 끝나지 않을 것만 같던 긴 꿈을 꾼 것만 같았다. 분명 현실과 분간이 잘 안 갈 정도로 생생했다. 꿈에서 깨어나면 항상 기억은 조각나 흩어졌지만, 무언갈 땅에 묻고 온 느낌이었다.

"오늘 퇴원하시는데 기분은 좀 어떠세요?"

"으악!"

아침에 눈을 뜨면 검은 명찰의 선생님이 얼굴을 들이밀며 나의 안부를 물었다. 죄송스럽게도 언제나 귀신이라도 본 것처럼 소스라치게 놀라버렸다. 나 말고도 매일 다른 이들의 아침을 깨우는 익숙한 광경이었다.

"죄송해요…. 퇴원이라 신나서요. 하하…. 선생님! 오늘 컨디션 너무 좋아요! 다시 들어오게 될 일은 없을 것 같아요. 하하."

"그럼요. 이제 다시 돌아오시면 안 돼요. 저랑 너무 자주 보시는 거 같아요."

주위를 둘러보니 같은 병실을 쓰던 원빈 아저씨의 자리가 깔끔히 청소되어 있었다. 나보다 먼저 퇴원을 한 모양이었다. 환자마다 우울한 감정의 깊이는 알 수 없지만, 서로에게 힘이 되어줘도 모자라는데, 아저씨는 아픈 이들에게 한 번 더 상처를 주려고 작정한 사람 같았다.

'젊은 사람들이 뭔 고생을 해봤다고 이런 델 와. 이게 다 먹고살기 좋아져서 그래.'

이 말을 입에 달고 살던 아저씨를 보며 속으로 욕도 했지만, 한편으론 자신을 고립시키는 아저씨가 안쓰럽기도 했다.

"선생님. 원빈 님도 퇴원하시는 날인가 봐요?"

"글쎄요? 퇴원하실 수 있을진 좀 더 두고 봐야 알 것 같은걸요?"

알 수 없는 선생님의 아리송한 표정과 날 챙겨주시는 선생님 식 아침 인사였다. 놀란 마음에 내내 멋쩍은 웃음을 지었지만, 퇴원하는 나의 발걸음은 어느 때보다도 가벼웠다.

[B.P.C 정신병원]

이곳의 구조는 참 신기했다. 우울증 치료제 개발 회사에서 운영하는 정신병원이다 보니, 많은 이들의 우울증을 치료해 큰 신뢰를 얻었다. 병원은 언제나 환자들로 들끓었다. 이곳에 오기 전엔 이렇게나 많은 사람이 마음의 병을 앓고 있는지조차 알 수 없었다. 나는 여기 같은 아픔을 겪는 이들로 인해 살아갈 용기를 얻었다.

'이제 곧 이 병원에서도 나가게 된다. 많은 이들의 우울이 거쳐갔을 이 병실….'

다시는 오지 않겠다고 마음먹은 나는 서로에게 힘이 되어준 정든 병원 사람들과 작별 인사를 건네며 병원을 거닐고 있었다. 그런데 검은 명찰을 찬 사람들이 어떤 사람을 향해 우르르 모이기 시작했다. 정신병원 선생님들은 아닌듯해 보였다. 어쩐지 낯설지 않은 광경이었다.

'어? 저 사람 원빈 아저씨 아니야?'

[관계자 외 출입 금지]

폐쇄 병동과 개방 병동을 나누는 문이었다. 중증 이상의 우울증 환자들은 폐쇄 병동에 입원하여 B.P.C의 약물 치료를 받았다. 어떤 신통한 약을 쓰는지 개방 병동으로 옮겨진 환자들은 하나같이 우울증이 뭔지도 몰랐던 것처럼 밝아졌다. 한 가지 이상한 점이 있다면, 치료받은 사람들이 모두 나처럼 자세한 기억은 잃고, 찝찝한 꿈을 꾼 것 같다고 한다는 것이다.

'뭐지. 저 사람들이 폐쇄 병동엔 무슨 일일까…. 저 아저씨…. 가운은 왜 입고 있는 거야. 아오, 궁금해! 아니야…. 오지랖이야….'

하지만, 호기심 많은 나의 발걸음은 자연스레 문 앞에 멈췄고, 손잡이를 잡았다 떼기를 반복하며 한참을 서성였다. 문틈 사이로 안에서 나누는 대화가 새어 나왔다.

"우리는 사람들에게 행복한 순간을 약으로 선물하는 일을 합니다, 이 검은 약을 만들기 위해 아이러니하게도 우리는 우울한 감정을 모아야 합니다. 이번 실험에 새로 투입될 인원입니다."

'우울한 감정을 모은다고? 호오. 뭔 소린지 몰라도 역시 맛집에는 비법이 있구나.'

그 순간 기억의 조각들이 한군데 모여 깨질듯한 두통과 함께 뇌리를 스쳐 지나갔다.

[실험에 참여하시겠습니까? 어렵지 않습니다. 사람들의 우울을 치료해….]

'으…. 뭐야, 내가 왜….'

흰 가운을 입고 방금 봤던 B.P.C 직원들 사이에 자연스레 함께 있는 나의 모습이 떠올랐고, 불현듯 떠오른 알 수 없는 기억에 넋이 나가 한참을 고민했다. 잠시 후, 나는 마주할 현실에 겁이 났지만, 문을 열기로 굳게 마음먹었다. 조심스레 잡고 있던 손잡이를 힘차게 열어 안을 확인하려는데, 거대한 벽에 마주한 나는 털썩 주저앉았다.

"길을 잃으셨나 봐요. 오늘 퇴원일 텐데요? 아쉬움이 남으셨나."

입만 삐죽 올라와 웃고 계신 선생님의 얼굴에 섬뜩함을 느낀 나는 다른 생각을 할 수 없었다. 설명하기 힘든 공포가 내면을 휘감아 머리가 어지러운 지경에 이르렀다. 이 자리를 당장이라도 떠야 할 것 같았다.

"죄송해요…. 어딘가 익숙한 기운이 맴도는 장소라 확인하고 싶었나 봐요."

"음. 그럴 수 있죠. 길을 잃으시는 분들이 종종 있어요. 그런데 자꾸 이렇게 돌아다니시면, 퇴원 수속 밟기 어려우세요."

그 말이 떨어지기 무섭게 급히 고개를 굽혔다.

"안녕히 계세요! 그동안 돌봐 주셔서 감사했습니다. 앞으론 밖에서 뵈었으면 좋겠네요."

선생님은 히죽히죽 웃으며, 마치 어머니가 자식을 배웅해 주는 것처럼 다녀오라는 듯 손을 흔들었다.

'그래. 약 기운 때문에 망상까지 하게 될 줄이야. 후…. 얼른 나가서 이젠 진짜 현생을 살자! 아자아자!'

그렇게 나는 병원을 부리나케 빠져나왔다. 부모님이 마중을 나와 계셨다. 엄마는 눈물을 보이셨고, 아버지는 어딘가 불편해 보였다.

"아들…. 많이 힘들었지. 다 엄마 탓이야. 내가 잘못한 거야…."

엄마는 언제나 내 걱정으로 평생을 사셨다. 내게 안 좋은 일이 생겨도, 실수를 해도 모두 본인 탓이라니…. 이런 엄마한테 언제나 아픔을 주는 내가 싫었다.

"다 큰 사내자식이 취직도 못 하고, 정신병원에서 퇴원하는 게 뭐 대단한 일이라고. 네가 힘든 게 뭔진 아냐? 너 키우려고 내가 얼마나 고생했는데. 쯧쯧."

우리 아버지는 내 유년 시절부터 줄곧 어둠을 주시는 분이셨다. 홀로 설 수 있을 때까지 적응해야 했기에, 아버지가 주시는 어둠으로부터 자신을 지키기 위해 선택한 방어기제는 회피였다.

"죄송해요…. 이제 신경 쓰실 일 없도록 할게요."

퇴원하는 내 가벼운 발걸음을 물에 젖은 신발처럼 천근만근 무겁게 만드시는 부모님이었다. 그렇게 나는 주눅이 든 채로 집으로 돌아왔다. 바뀐 건 없었다. 방 하나에 빛도 잘 들어오지 않는 작은 창문. 이곳이 폐쇄 병동과 다른 점이 있다면 나에게 관심 가져주는 이가 하나도 없다는 것. 내 일상을 되찾는 데 오래 걸리지 않았다. 집이 가난한 탓에 손을 벌릴 수 없어 당장 생계를 유지하기 위해 바로 시작해야 하는 아르바이트. 초등학교, 중학교, 고등학교, 언젠가 끝나겠지, 생각하며 버틴 이 끝나지 않는 공부. 오늘도 내일도 똑같은 하루를 반복하며 희망이라는 단어가 내 주위를 겉돌고 있을 뿐이었다.

서울, 이 수많은 회사 중에서 내 자리 한 칸 내어주는 곳이 없다는 현실은 비참했다. 그러나 비참해 있을 수만은 없었다. 나는 다짐하고, 행동하기로 마음먹었다. 내 고집과 자존심을 내려놓고, 어느 곳이든 채용공고가 뜨면 무차별적으로 지원하기 시작했다.

'띠-링'

[당신의 지원에 감사합니다. 우리 회사에 최종 합격하셨습니다.]

그렇게 난 현실과 타협해 하고 싶은 일이 아닌, 잘할 수 있는 일을 찾아 오롯이 생계만을 위해 회사에 들어갔다. 그러나 내심은 타협하지 못했는지, 생각과는 달리 우울한 현실에 적응해가며 똑같은 하루를 보냈다. 맞지 않은 옷을 입은 나는 노력해도 안 되는 것이 있다는 것을 깨달았다.

"야! 넌 이딴 일도 제대로 처리 못 하고 퇴근을 하고 싶니? 도대체 너 뭐 하는 놈이냐? 지잡대 나왔으면 열심히라도 하던가. 인마. 이래서 입에 풀칠은 하고 살겠냐?"

오늘 퇴근길에도 부장님의 전화 잔소리는 어김없었다. 그러나 이젠 누가 나에게 어떤 돌을 던지더라도 아프지 않을 것 같았다. 마음의 병은 찾아왔다가 떠나가기를 반복하며 나를 무뎌지게 했다. 이제 퇴근이니, 그냥 죄송하다 하고 맥주 한잔 마시며 하루를 마무리하면 됐다. 어른이 되면 뭔가가 되어 있을 줄 알았던 나의 어린 시절이 가물가물하다. 나의 시간은 정답을 찾아 헤매다 눈을 감은 채 그냥 흘러가고 있었다.

"죄송합니다…. 내일 아침까지 수정해서 보고드리겠습니다."

오늘도 서울의 퇴근길은 조용하지 않았다. 조금만 늦어도 경적을 울려대는 차들과 어디론가 바삐 움직이는 인파 속 내 발걸음만 유독 느린 듯했다. 한 전광판 광고 문구가 내 시선을 사로잡았다.

[당신의 우울은 안녕하십니까]

나의 우울은 어땠을까. '너보다 힘든 사람 많아.' 주변 사람들이 힘내라며 건넨 위로의 말이었다. 어느 정도는 수긍하며, 깊은 곳에 묻어두고 방치했던 나의 우울들. 겪어 보지 못한 이들은 이해하기 어려울 것이다. 나 또한 마음 다친 이들에게 주저하지 않고 위로를 전했으니.

'띠리리리리- 띠리리리리-'

건널목 신호음이 들렸다. 그러나 난 멍하니 신호등의 파란불이 점멸되는 순간까지 전광판을 올려다보고 있었다. 순간, 내 가슴 어딘가에서 나를 부르는 듯한 소리가 느껴졌다.

'우리 인간은 우울과 평생을 함께했다. 쉽게 상처받고, 스스로 괴롭혔다. 벗어나려 노력했지만, 내 우울은 제자리를 찾아 돌아왔다.'

그렇다. 난 다시 기회가 오더라도 똑같은 선택을 할 것이다.

Episode 1

참여한 작가

노의근

01년생
대학생

김채영

01년생
간호학과 대학생

정지원

94년생
6년차 간호사

이기현

01년생
전기공학전공
대학생

김수연

93년생
프리랜서 디자이너

장석우

00년생
디지털콘텐츠
창작학과
대학생

임정환

94년생
5년차 자동차 정비사

엄지윤

04년생
대학생

김유나

91년생
7년차 데이터 분석가

정건주

95년생
3년차 은행원

이성은

93년생
웹기획자

이주이

01년생
간호조무사 준비생

오윤겸

99년생
불교계 취재기자

임정환

94년생
5년차 자동차 정비사

DReamIng

몽중몽설(夢中夢說)

Episode 2

몽중몽설

몽중몽설(夢中夢說)

[명사] 꿈속에서 꿈 이야기를 한다는 뜻으로, 무엇을 말하는지 종잡을 수 없음을 이르는 말.

어제와 다를 것 없는 평범한 아침이었다. 오늘도 항상 나보다 먼저 학교에 도착하는 혜지가 인사를 건넸다. 교실의 아침은 언제나 그랬듯 친한 아이들끼리 모여 떠드는 소리로 가득했고, 혜지와 나도 시시콜콜한 일상을 나눴다.

"야, 너 오늘도 내 꿈에 나왔어! 나 좋아하는 건 알겠는데, 그만 좀 찾아와!"

혜지의 말에 나는 잠시 흠칫했다. 하지만 티를 낼 수는 없었다. 사실 나는 사람들의 꿈속으로 들어갈 수 있기 때문이다. 타인의 꿈속에 들어갈 수 있다는 이 초능력이 평범했던 내 일상을 즐겁게 만들고 있다. 내가 다른 사람들의 꿈속으로 들어갈 수 있다는 사실을 알게 된 것은 얼마 되지 않았다. 이 말도 안 되는 능력을 혜지에게만은 말해주고 싶었지만, 혜지 성격에 믿어 주기는커녕 비웃을 것이 뻔했다.

"아, 왜 우리 오빠들이 안 나오고 너만 나오는 거야?"

"나랑 놀아서 재미없었어?"

"아니, 아니, 그런데 있잖아. 며칠 전에 기사에서 봤는데…."

혜지가 봤다던 기사의 내용은 평소 관심도 없던 연예인과 꿈속에서 데이트를 한 뒤, 그 연예인에게 푹 빠져 팬이 되었다는 이야기였다. 혜지는 갑자기 목소리를 낮추며 말했다.

"내가 만약 누군가의 꿈에 들어갈 수만 있다면, 꼭 오빠들 꿈에 놀러 갈 거야! 그럼 우리 오빠들이 나를 알아보고 좋아할 수도 있잖아? 생각만 해도 설렌다! 그렇지?"

혜지는 장난스럽게 이야기했지만, 나는 순간 진지해졌다.

'왜 진작에 그 생각을 못 했지?'

누가 나에게 이런 능력을 준 건지는 모르겠지만, 만나면 뽀뽀라도 해주고 싶었다. 내가 3년 동안 짝사랑하고 있는 현준이와 꿈에서라도 데이트를 할 수 있다는 생각에 혜지의 말은 하나도 들리지 않았다.

'오늘 밤까지 어떻게 기다리지?'

나도 모르게 시선이 현준이에게 향했다. 현준이는 책상에 엎드려 자고 있었다.

'우리 현준이. 피곤한가 보네…. 잠깐! 자고… 있네?'

지금이 기회다! 계속 혼자 떠들던 혜지를 뒤로 하고 책상으로 달려가 바로 엎드렸다. 그러고는 현준이의 꿈속으로 들어갈 수 있도록 온 신경을 집중했다. 방법은 간단하다. 두 손을 꽉 쥐고 잠만 들면 된다. 손에 힘이 빠지면 꿈에서 깨기 때문에 반드시 두 손을 꽉 쥐고 있어야 한다. 긴장한 탓인지 두 손은 이미 땀으로 젖어버렸다.

곧 꿈속에서 현준이를 만날 수 있다는 생각에 미소를 띠며 잠을 청했다. 얼마나 지났을까. 몸이 둥실 떠오르는 기분이 들었다. 성공이다! 살짝 눈을 떠보니 발밑으로 잠든 내 모습이 보였다. 몸이 부드럽게 떠오르는 이 기분은 여전히 신기했다. 어느 정도 높이 떠오르면 희미하게 반짝이는 불빛들이 보인다. 이 불빛들이 바로 지금 잠자고 있는 사람들의 꿈이다. 어쩜 저렇게 다양한 색깔로 저런 빛을 낼 수 있는지. 봐도 봐도 새롭고, 아름답다. 그 모든 꿈 빛들이 나에게 오라며 손짓하는 것만 같았다. 꿈 빛에 홀려 있기도 잠시. 현준이가 깨어나기 전에 어서 그 꿈속으로 들어가야 했다. 엎드려있는 현준이 위에는 푸르지만 따뜻한 느낌의 빛으로 아른거리고 있었다. 빛으로 몸이 들어가야 그 꿈에 들어갈 수 있다. 떨리는 마음으로 조심스레 현준이 위의 푸른 빛으로 손을 뻗었다. 이내 그 푸른 빛들이 빠른 속도로 다가와 나를 감싸며 어디론가 떨어졌다.

'아야!'

바닥에 무릎부터 닿았는지 무릎에 고양이가 긁은 것 같은 조그마한 상처가 나 있었다. 나는 무릎을 감싸 안고는 천천히 주변을 둘러보았다. 다행히도 익숙한 장소. 바로 우리 학교 운동장이었다. 하굣길인 듯 몇몇 아이들이 가방을 메고 교문으로 향하고 있었다. 그런데 현준이가 보이지 않았다.

'응? 다른 사람 꿈에 들어왔나?'

그 순간 익숙한 향기가 뒤쪽에서 불어왔다. 라벤더 향 섬유유연제 냄새. 그리고 내 어깨 위로 올라오는 따뜻한 손. 놀라서 돌아보니 햇빛을 등진 역광 속에서 누군가가 나를 내려다보고 있었다.

'현준이다!'

현준이는 설렐 틈도 주지 않고는 걱정 가득한 목소리로 나지막이 나에게 말을 걸었다.

"지연아……."

"일어나! 야! 깡지! 빨리 일어나! 수업 종 쳤어!"

날 깨운 건 혜지였다.

'아…, 혜지야….'

역시 학교에서는 오래 잘 수 없으니 무리였나 싶었다. 현준이는 꿈속에서 나에게 무슨 말을 하려던 걸까? 너무 궁금해서 미쳐버릴 것만 같았다. 학교가 빨리 끝났으면 하는 마음에 고개를 들어 시계를 바라보았다. 조용한 교실. 아무 일 없었다는 듯 수업이 시작되었다. 시간이 빨리 가기만을 바라면서 선생님의 목소리와 칠판에 부딪히는 분필 소리만 멍하니 듣고 있던 어느 순간. 문득 내 귀에 아무 소리도 들리지 않는다는 것을 깨달았다. 의아스러워하며 주위를 돌아보니, 내가 있는 곳은 학교가 아니었다. 차마 주변을 다 돌아보기도 전에 누군가가 나를 부르는 소리가 들렸다.

"지연아. 너도 나와 같은 능력이 있구나?"

아무도 없는 주변에서 목소리만 들렸다.

'누구지?'

"아, 미안. 소개가 늦었네. 내가 누구냐면……."

그 뒤로는 아무 소리도 들리지 않았다. 아니. 어쩌면 들었는데 기억을 못 하는 것일 수도 있다. '그 친구는, 아니, 그 존재는 무엇이길래, 도대체 누구길래 나의 비밀을 알고 있는 걸까?' 너무 궁금했던 나는 목소리가 들려온 곳을 찾기 시작했다. 한참 주위를 둘러보다가 문득 나를 돌아봤다. '잠시만, 근데 나 학교였는데? 왜 내가 여기에 있지?' 그 순간 어디선가 다시 목소리가 들렸다.

"야 강지연! 넌 항상 고민이 많아 보이더라. 무슨 고민을 그렇게 많이 하고 사냐. 피곤하게."

|

"대체 누구야? 누군데 나에 대해서 다 아는 듯이 말하는 거야! 빨리 나와!"

"아, 미안, 미안. 나도 그러고 싶었는데, 네가 자꾸 자다 깨다 해서 여기까지 오는 데 시간이 조금 걸렸어."

말소리가 끝나면서인지, 끝나고 난 뒤인지, 주변은 까맣게 변했고, 어느 순간 나는 운동장에 서 있었다. 이윽고 현준이와 다른 몇몇 아이들의 모습이 보이기 시작했다. '김현준? 나 아까 꿈에서 깬 거 아니었나?'

"현준아, 계속 말 걸던 게 너였어? 여기는 어디야?"

"어디긴, 네 꿈속이지. 너 지금 수업 듣다 졸고 있어서 내가 찾아왔어."

"내 꿈속으로 네가 찾아온 거라고?"

놀란 내가 크게 소리치자 현준이는 손으로 내 입을 황급하게 틀어막고 주위를 살폈다.

'아니, 갑자기 입은 왜 막는 거야. 그런데, 현준이가 나랑 같은 능력을 가진 건가? 그렇다면 혹시 아침에 내가 자기 꿈속으로 들어간 걸 알고 있는 걸까?'

아침의 일과 내 입을 막고 있는 현준이의 손 때문에 얼굴이 새빨개져 버렸다.

"목소리 낮춰, 지연아. 네가 네 꿈속이란 사실을 인지하고 있는 걸 여기 사람들이 알게 되면, 너를 꿈에서 내쫓으려고 할 거야. 최대한 자연스럽게 행동해."

주위를 둘러보니 운동장에 있던 아이들이 일제히 고개를 돌려 나를 쳐다보기 시작했다. 분명 내가 이곳이 꿈이라는 것을 말하고 난 뒤부터 나를 의식하고, 이질감을 느끼고 있는 것 같았다. 심지어 몇 명은 험상궂은 얼굴로 나를 향해 다가오고 있었다.

"지연아, 아무래도 지금은 안 되겠다."

현준이는 내 입을 막던 손으로 내 볼을, 그리고 나머지 한 손으로 자기 볼을 세게 꼬집었다.

'부르르' 나는 발작을 일으키며 잠에서 깼다. '아무도 못 봤겠지?' 졸고 있던 티를 내지 않으려 칠판과 교과서를 번갈아 응시하고 고개를 끄덕이며 방금 꿈속에서의 일을 되새겨 보았다. '현준이가 정말 내 꿈으로 들어온 걸까? 아니면, 아침에 현준이 꿈으로 들어간 탓에 내 무의식이 그려낸 꿈인 걸까? 근데, 나 언제부터 졸았던 거지? 어디서부터 꿈이고 어디까지가 현실인 거야?'

|

수업을 마치는 종이 울리자마자 현준이가 나에게 다가왔다.

"너, 어디까지 알고 있어?"

내가 머뭇거리자 현준이는 내 손목을 잡고 교실 밖으로 끌고 나와 사람이 다니지 않는 계단 뒤쪽에 멈춰 섰다. 현준이는 상기된 표정으로 물었다.

"너 몽상가였어?"

"몽상… 가? 아니, 근데 그게 뭐야 현준아? 진정하고 이거 좀 놓고 말해봐."

현준이는 여전히 들뜬 채 나에게 '몽상가'에 대해 설명했다. 현준이 말로는 남의 꿈속에 들어갈 수 있는 능력을 지닌 사람을 '몽상가'라고 하며, 이 능력은 부모로부터 자식에게 유전된다고 한다. 나의 부모님은 내가 어렸을 때 사고로 돌아가셔서 이 능력에 관한 대화를 나눠본 적이 없다. 현준이의 설명을 다 듣고 나니, 이 능력을 가진 사람이 얼마나 많은지 궁금해졌다.

"그럼 너희 부모님도 몽상가야? 할머니도? 할아버지도?"

"부모님이랑 할아버지는 맞고, 할머니는 아니야. 너, 정말 아무것도 모르는구나?"

현준이는 나를 보고 싱긋 웃으면서 대답했다. 그 미소에서 왠지 모를 따뜻함이 느껴졌다. 현준이와 나는 그렇게 갑자기 가까워졌다. 그 이후로도 계속 둘만의 비밀 이야기를 나누는 친구가 되었다. 오뚝한 콧날과 반듯한 눈썹, 다부진 턱관절. 언제나 전교 1등을 놓치지 않는 우리 학교의 자랑스러운 수재. 그런 현준이 옆을 갑자기 채운 내가 다른 친구들의 눈에는 못마땅한 눈치였다.

그러던 어느 날, 수업을 모두 마치고 집에 갈 채비를 하고 있는데 현준이가 찾아왔다.

"지연아. 같이 가자."

오늘처럼 현준이와 함께 하교하는 날마다 다른 친구들의 눈길이 매서웠지만, 그래도 모든 순간이 행복했다. '현준이랑 이렇게 가까운 친구가 되다니!' 함께 걷던 현준이가 조심스럽게 나에게 물었다.

"지연아, 곧 시험 기간인데 공부는 잘되고 있어?"

공부에 관심이 있는 편은 아니었지만, 현준이 앞에서 들키기 싫었다.

"응!"

현준이는 마치 거짓말을 눈치챈 듯한 미소를 지으며 이야기를 이어갔다.

"내가 전교 1등을 한 번도 놓치지 않는 이유를 알려줄게!"

"응?"

"우리, 오늘 담임 선생님 꿈에 같이 들어가자!"

"설마, 꿈에서? 잠시만 근데 꿈에 같이 들어갈 수도 있어?"

"응! 대신, 자는 동안 서로 손을 맞잡고 놓치면 안 돼!"

그 말을 듣는 순간, 나에게 더 이상 시험 따위는 중요하지 않았다. 갑자기 양 볼이 뜨거워졌다. 설레는 마음으로 앞장서는 현준이를 따라갔다. 현준이는 이미 자주 해본 듯이 담임 선생님 집을 잘 알고 있었다. 우리는 선생님 집 창문이 보이는 놀이터에 앉아 창문 불빛이 꺼지기만을 기다리고 있었다. 담임 선생님은 작년에 우리 학교에 왔고, 우리 학교가 부임한 첫 학교였다. 나이는 스물다섯 살. 피부가 뽀얘서 하얀 배꽃을 닮았다. 얼마나 지났을까. 선생님 집 창문의 불이 꺼졌다. 우리는 미리 준비해 간 운동화 끈으로 서로의 팔을 묶었다.

"그런데 시험문제는 어떻게 물어볼 거야?"

"걱정하지 마, 지연아. 넌 보고만 있어."

가로등 빛에 현준이 안광이 더 반짝거렸다.

두둥실…… 둘의 몸이 동시에 떠오르는 느낌이 들었다. 우리는 함께 선생님 집 방향의 희미한 불빛으로 향했다. 초점이 흐려졌다가 몸이 바닥에 점점 가까워지는 느낌과 함께 이내 조금씩 주변이 선명해졌다. 가로등 불빛 몇 개에 의지하고 있는 어두운 골목길이었다.

"어! 담임이다!"

선생님은 누군가에게 쫓기고 있는 것처럼 어두운 골목 사이사이를 달리고 있었다. 상황이 심상치 않음을 직감한 우리는 선생님을 찾아 골목길로 달려갔다. 인기척을 따라 골목을 두리번거렸다. 바로 옆 골목에서 발소리가 가까워졌다. 고개를 돌리자마자 반대 방향으로 달리는 선생님과 그 뒤를 따라 달려가는 칼을 든 남자가 보였다. 놀랄 틈도 없이 우리는 곧바로 그 뒤를 쫓아 달렸다. 옆 골목은 다른 골목보다 조금 넓었고, 이내 막다른 길이었다.

"헥헥… 이게 무슨 일이야…"

"이런 적이 없었는데. 헉헉…"

순간 정적이 흘렀다. 몇 초였을까. 아니, 정적이라고 느낀 바로 그 순간이었다. 건물로 그늘진 어두운 구석 방향에서 외마디 비명이 들렸다. 그 소리에 고개를 돌아보니, 이미 선생님은 그 남자의 칼에 찔려있었다. 털썩. 꿈인 걸 알았지만, 다리가 풀려버렸다.

"지연아! 일단 여기서 나가자!"

어떻게 깨어났는지도 모르게 정신을 차려 보니, 선생님 집 앞 어두운 놀이터였다. 온몸에 식은땀이 흐르고 있었다.

'아, 꿈이었지….'

우리 둘은 동시에 깊은 한숨을 내쉬었다.

"선생님 괜찮으시겠지? 어떡해, 선생님…."

"이렇게 기분 나쁜 꿈은 나도 처음이야. 음… 그래도 꿈이잖아. 아무 일 없으실 거야. 오늘은 늦었으니 일단 집에 가고, 내일 학교에서 보자."

우리는 떨리는 손으로 주섬주섬 운동화 끈을 풀었다.

다음 날 아침, 조회 시간. 여느 때와 다름없이 왁자지껄했던 교실은 앞문이 열리는 소리와 함께 조용해졌다. 그리고 현준이와 나는 목석처럼 표정이 굳어버렸다. 옆 반 선생님이 조회에 들어오셨기 때문이다.

"오늘부터 너희 담임 선생님이 개인 사정으로 못 나오신다."

선생님이 학교에 안 나오셨다.

|

불안한 마음은 기우(杞憂)였을까? 고개를 숙인 채 안 좋은 생각에 빠지려는 순간, 앞에서 속삭이는 혜지 목소리가 들렸다.

"지연아, 괜찮아?"

"어… 뭐가? 나, 왜?"

"아니, 너 지금 떨고 있잖아. 얼굴도 엄청 피곤해 보이고, 어디 아픈 거 아니야? 양호실 같이 갈까?"

"아니야. 나 괜찮아. 화장실 갔다 와야겠다."

"지연아, 같이 가."

"아니야. 나 너무 급해서 그래. 금방 갔다 올게."

뛰는 건지, 걷는 건지도 모르게 누군가로부터 도망치듯, 화장실로 들어가 앉아 두 눈을 감고 나도 모르게 중얼거렸다.

"괜찮을 거야… 꿈이니까 괜찮을 거야… 꿈이야, 그건 꿈이었다고……."

얼마나 지났을까. 화장실과 복도에서 들리던 목소리들, 발소리들…. 수업 종소리와 함께 소음이 서서히 잦아들었다. 잦아드는 소리와 함께 내 마음도 진정이 되는 듯했다. 그때 노크 소리가 들렸다.

'똑! 똑!'

"지연아. 너 여기 있지? 아까 들어간 거 보고 들어왔어. 잠깐 나와봐!"

노크의 주인공이 현준이라서 마음이 놓이면서도, 한편으로는 어제 꿈 생각으로 다시 불안해졌다.

"지금 밖에 아무도 없어. 잠깐 밖으로 나와서 얘기 좀 해."

현준이 얼굴을 보면 조금 괜찮아질까 싶었다. 현준이인 걸 알면서도 살며시 문틈 사이로 확인하며 천천히 문을 열었다. 그런데 지금 이 불편한 기분은 나만 느끼는 게 아니었나 보다. 현준이의 표정은 누군가에게 쫓기는 듯했고 불안해 보였다. 내 얼굴도 저렇게 보일까 싶어 애써 아닌 척, 조심스레 작은 목소리로 말했다.

"무슨… 이야기?"

"담임 선생님이 그날, 살해당하신 게 맞는 것 같아."

"그게 무슨 말이야? 우리가 봤던 건 꿈이잖아. 꿈에서 죽는다고 사람이 진짜 죽지는 않아."

"그렇지 않아. 혹시 최근에 유명 연예인과 팬이 꿈속에서 데이트한 뒤에 연인으로 발전됐다는 기사 본 적 있어? 꿈은 사람들의 무의식이 반영되어 있어."

"그래도 어떻게…… 꿈속에서 사람이 죽어!"

"진정해! 지연아!"

누군가 이 상황이 꿈이라고, 모두 다 거짓말이라고 해주길 바랐다. 나는 아무 말 없이 현준이 눈만 바라봤다.

|

그렇게 아무 말도 하지 못하고 교실로 돌아와서는 온종일을 멍하니 보냈다. 담임 선생님과 유독 사이가 좋았던 혜지는 이런 상황도 모르고, 우울한 나를 달래느라 노력 중이다. 그런 혜지에게 사실을 말해주는 것은 너무나도 힘든 일이었다. 몸과 정신이 피곤한 와중에도 잠은 오지 않았다. 아니. 잠드는 게 두려웠던 것일지도 모르겠다. 이 상황을 외면하고 싶었을까. 나는 수업이 끝나자마자 교실에서 도망치듯 뛰어나왔다. 그때, 날 부르는 애타는 소리에 발걸음

을 멈췄다. 고개를 돌리자 오늘따라 별로 반갑지 않은 현준이의 얼굴이 석양에 그늘져 보였다.

"하… 하… 왜 이렇게 빨리 가는 거야. 내가 계속 불렀는데, 못 들었어?"

"아, 미안… 못 들었어… 왜 그러는데?"

"하… 네가 너무 신경 쓰는 것 같아서, 아까 교무실에 가서 옆 반 담임한테 물어봤어. 후… 선생님 살아계셔. 지금 병원에 입원해 계신대. 그래서 같이 가보자고 하려고 불렀어…."

"뭐?!"

갑자기 들려온 목소리에 깜짝 놀라 옆을 돌아보니 혜지가 놀란 눈으로 우릴 바라보고 있었다.

결국 우리 셋은 함께 병원으로 향했다. 선생님의 병실을 확인한 우리는 조심스럽게 노크를 했다. 문 너머로 목소리가 들려왔다.

"네. 어머…, 수빈이 반 학생들이에요. 학생들은 괜찮죠? 아까 전화 왔었는데…. 어서들 와요."

"아…. 그럼, 저희는 이만…."

새하얀 병실에서 어두운 옷을 걸친 건장한 남자들이 어리둥절해하는 우리 앞을 스쳐 지나갔다. 왠지 모를 긴장감에 온몸이 경직되는 느낌이었다. 우리를 반갑게 맞아주는 선생님의 어머니 뒤로 선생님의 미소가 보였다. 혜지가 울먹거리며 선생님에게 달려가 안겼다. 선생님은 고통을 호소하며 배를 움켜쥐었다. 놀란 혜지는 뒤로 물러서며 다시 죄송하다며 또 울먹였다.

"아… 괜찮아, 혜지야. 나도 놀라서 그랬어…. 미안해. 그만 울어, 혜지야…."

"아니에요, 쌤…. 제가 아무 생각 없이…, 죄송해요…. 아프신데는 좀 괜찮으신 거예요?"

"쌤…. 무슨 일이에요? 방금 나간 사람들은…."

나는 순간 선생님이 움켜잡은 곳이 꿈속에서 칼에 맞은 곳이라는 게 떠올랐다. 온몸에 소름이 돋았다. 본능적으로 현준이를 바라봤지만, 아직 알아차리지 못한 건지, 아무것도 모르는 사람처럼 선생님을 바라보며 물었다.

"아, 뭐 조사할 게 있다고 해서 협조한 거야…. 그나저나 너네 시험 기간인데 이러고 있어도 되는 거야? 혜지! 너 이번에 국어 70점 넘기기로 약속했잖아! 열심히 하고 있어? 현준이야 늘 1등이지만, 너희들은 상황이 좀 다를 텐데…?"

"에이, 선생님…. 지금 시험이 문제예요? 선생님이 아프신데…. 시험은 눈에 들어오지도 않는다구요…."

"너네는 시험이 문제지! 나는 나으면 그만이지만, 시험이 대학을 좌우하잖아…. 너네 시험 망치고 나중에 선생님 탓이라고 하지 마라?"

평소처럼 농담도 하고 웃어 보이는 선생님 모습에 저절로 미소가 지어졌다. 혜지도 그제야 맘이 놓였는지, 여느 때와 같이 징징거리며 선생님과 장난을 쳤다. 나도 안도의 한숨을 내쉬며 나와 같은 생각을 했을 현준이의 표정을 보기 위해 뒤를 돌아봤다. 하지만 내 생각과는 달리 현준이 표정은 어느 때보다도 굳어있었고, 나는 현준이의 차가운 표정을 애써 외면했다.

다음 날 아침.

'드르륵-'

문이 열리는 소리에 시끄러웠던 교실은 순식간에 조용해졌다. 오늘도 어김없이 옆 반 선생님이 들어오셨다. 하지만, 어제와는 달리 선생님 병문안을 다녀와서인지 마음이 편안했다. 옆 반 선생님은 수첩을 교탁에 내려놓으며 반 아이들을 천천히 둘러보고는 한숨을 내쉬었다. 그때까지만 해도 몰랐다. 선생님이 영원히 학교에 못 오실 거라는 사실을….

"말도 안 돼…."

선생님이 돌아가셨다는 얘기를 들은 반 아이들은 너무 큰 충격에 눈물을 보이지 않았다. 하지만, 혜지는 그렇지 않았다. 나는 어제와 반대로 그녀를 위로…, 아니, 함께 울었다. 혜지는 결국, 점심시간에 조퇴하고 집으로 향했다. 지금 이 학교에서 제정신으로 공부를 할 수 있는 사람이 몇이나 될까 싶었던 그 순간 현준이가 떠올랐다. 왠지 모를 두려움에 현준이에게 고개를 돌리는 것이 다소 뻣뻣했지만, 애써 확인했다. 턱을 괸 채 볼펜만 돌리고 있는 현준이를 보니 마음 한편이 아려오는 듯했다.

'그래…. 어제 내가 잘못 본 걸 거야…. 너무 예민해졌나…. 괜히 미안하네.'

수업 종이 울리자 아이들은 조금씩 빠져나갔고, 석양빛은 텅 빈 교실을 채워나갔다. 자리에서 일어나 몸을 돌리는 순간, 여전히 볼

펜만 돌리고 있는 현준이가 보였다. 이름을 부르며 다가가자 현준이는 그제야 돌리던 펜을 멈췄고, 텅 빈 현준이 눈빛과 마주쳤다.

"괜찮아…?"

"괜찮은 것 같아…. 아무렇지도 않다면 거짓말이지만…. 너는 괜찮아?"

"모르겠어…. 아직도 믿기지 않아서…. 그게. 너한테 고맙다고 말해주고 싶었어. 고마워. 덕분에 선생님 마지막 모습을 미소 짓고 있던 모습으로 기억할 수 있었어…."

"지연아…. 난…."

"그 말 하려고 했을 뿐이야. 월요일에 보자. 조심히 들어가."

난 현준이의 말을 듣지 않은 채 교실을 빠져나왔다. 현준이의 말을 더 들으면 어제 현준이가 짓던 표정을 영영 잊지 못할 것 같았다. 그 기억을 간직하고 싶진 않았다.

"어이, 호적 메이트! 넌 또 여기냐?"

익숙한 목소리가 내 귀를 울렸다.

뒤에서 어색하게 말을 던지는 저 사람은 나의 유일한 가족, 나보다 열 살이나 많은 오빠 놈이다. 그래도 꼴에 제복을 걸치니 봐줄 만하지만, 호박에 줄을 그어봤자 호박은 호박인걸….

"네가 맨날 여기 앉아있으니까 이쪽 그네만 푹 꺼졌잖아. 하여튼 세금도 안 내는 게."

"세금으로 월급 받는 사람 입에서 나올 말은 아닌 거 같은데."

"또 무슨 일인데?"

"아… 됐고. 경찰 아저씨. 저 심란하니까 오늘은 맛있는 거 해 주세요."

"네네. 민원 접수됐습니다."

맛있는 걸 떠올리니 입꼬리가 저절로 움직이려 한다. 하지만, 입꼬리를 올리려 하니 오늘 통 움직일 일이 없던 근육들이 뻗대며 가로막았다.

|

'나는 지금 많이 심란한 상태였지. 방금 오빠한테도 그렇게 얘기했으면서.'

선생님의 허망한 죽음은 꿈이 아닌 현실이었다. 당분간은 그 사실을 자각할 때마다 지금처럼 몹시 서글프고 공허한 마음이 들 것이다. 도저히 떠올리고 싶지 않은 오늘 오전의 기억이 다시금 내 머릿속을 무자비하게 헤집는다.

"지연아."

"응?"

"너 지금 맛이 살짝 가 있는 거 같은데, 무슨 일 있냐?"

내 상태가 좋지 않다는 걸 느꼈는지 오빠의 표정도 심상치 않았다. 하지만 나는 구태여 오빠에게 오늘 있었던 일에 대해 꺼내지 않기로 했다. 일단은 아무 생각도 하고 싶지 않았다.

"별거 아니야. 민원 접수됐으면 얼른 가자, 집으로."

그래서 괜히 신이 난 척, 푹 꺼진 그네에서 일어나 오빠와 함께 집으로 향했다. 오빠는 저녁밥을 차렸고, 우리는 식탁에 마주 앉아 식사했다.

"지연아. 너 혹시 '몽중몽설(夢中夢說)'이라는 사자성어가 무슨 뜻인 줄 아냐?"

오빠가 갑자기 수저를 놓고 질문을 던져왔다.

"무슨 뜻이야? 나 사자성어 같은 건 잘 모르는데."

"꿈속에서 꿈 이야기를 하듯 종잡을 수 없는 말을 의미한대."

꿈, 몽상가, 현준이, 선생님, 칼을 든 괴한, 병실, 선생님, 선생님…….

"그런 걸 왜 물어, 뜬금없이."

나도 모르게 퉁명스러운 말이 튀어나왔다.

'꿈'에 관한 이야기는 지금 하고 싶지 않다. 선생님이 떠올랐다. 싸늘하고 어두컴컴한 골목에서 흉기에 찔려 의식을 잃어가던 선생님의 모습이 떠올랐다.

"왜 갑자기 짜증을 내고 그래? 한번 물어볼 수도 있는 거지."

맞는 말이다. 내 기분이 안 좋다고 애먼 사람까지 서운하게 만든 것 같아 미안해졌다. 그러나 집안 분위기는 이미 싸늘해졌다. 오빠는 말없이 젓가락질만 계속했고, 나는 이 어색한 침묵을 견딜 수가 없었다.

"누가 그런 걸 오빠한테 물었어? 왜 물어본 거야?"

결국 내가 먼저 끊겼던 대화의 흐름을 다시 이어 나갔다. 아니, 그렇게 하려 노력했다.

"나중에 얘기하자. 너 기분도 안 좋아 보이는데."

"아냐, 그냥 지금 얘기해. 나 지금 괜찮으니까."

"당장 말해야 할 정도로 중요한 내용도 아니었어."

"아, 어떤 내용인지가 뭔 상관이야. 그냥 얘기하라고!!"

버럭 소리를 질렀다. 그리고 방금 무슨 짓을 저질렀는지를 깨닫자마자 마주 앉은 오빠의 시선을 피했다. 오빠는 다시 말이 없어졌다. 갑자기 눈물이 뺨을 타고 주체할 수 없을 만큼 흘렀다. 나는 고개를 푹 수그린 채로 흐느꼈다. 오빠가 앉아있던 의자에서 일어나 내 옆으로 다가왔다. 그리고는 가만히 내 등을 토닥였다.

"울지 마. 왜 우는 거야. 무슨 일 있어?"

오빠는 티슈 몇 장을 뽑아서 내게 건넸다. 어느 정도 울고 나니 조금 진정이 된 것 같았다.

"오빠, 있잖아…. 오늘 우리 담임쌤 돌아가셨대."

결국 오늘 있었던 일에 대해 모두 털어놓았다. 물론 꿈에 관한 이야기는 빼고.

"그저께 밤에 괴한한테 쫓기다가 칼에 찔려서 크게 다치셨어. 근데 어제 나랑 내 친구들이 같이 병문안 갔을 때만 해도 괜찮아 보이셨거든? 근데 오늘 아침에 돌아가셨다고…."

또 울컥하는 기분이 들어 잠시 말을 멈췄다. 오빠는 묵묵히 내가 하는 말을 듣고 있었다. 슬며시 고개를 들어 오빠를 바라보려는데, 오빠가 나를 조심스레 끌어안고 머리를 쓰다듬어 주었다.

"미안해. 네가 이렇게 마음 아파하는데…. 오빠가 되어서, 경찰씩이나 되어서 너랑 네 친구들 도와주지 못해서 미안해."

오빠는 다정하면서도 약간은 부자연스러운 어투로 속삭였다. 평소 따뜻한 말이나 태도와는 거리가 먼 오빠였는데, 슬픔에 잠긴 나를 위해 제 성격과 어울리지도 않는 위로를 서투르게나마 건네는 듯했다. 그 마음 씀씀이가 정말 고마웠다. 나는 오빠의 품에 한참을 안겨있었다.

"우리 선생님 그렇게 만든 놈 말이야…."

"정 힘들면 조만간 심리상담이라도 받아볼래?"

"그건 나중에 생각해볼게. 근데 우리 선생님…."

"지연아, 그 얘기는 나중에 좀 하면 안 될까?"

오빠가 갑자기 내 말을 끊었다. 목소리는 살짝 신경질적으로 들리기까지 했다. 당혹스러운 나머지 하마터면 나를 안고 있던 오빠를 밀쳐낼 뻔했다. 오빠 역시 방금 자신이 보인 반응이 과하다고 느꼈던 걸까, 다시금 부드러운 어투로 나를 달래기 시작했다.

"너 가뜩이나 상처 많이 받았을 텐데, 안 좋은 일만 계속 생각하면 너만 괴로워질 거 아냐. 잊으려고 해봐. 너도 네 일상을 살아야지."

"이해해. 나 걱정돼서 그러는 거지?"

"당연하지. 내가 우리 동생 많이 아끼는 거 알잖아?"

오빠는 언제나 나를 아껴 주었고, 부모님이 돌아가신 후 유일한 가족으로서 내 곁을 지켜주었다. 그런 오빠를 더는 걱정시키고 싶지 않았다. 나는 재빨리 화제를 돌렸다.

"근데, 아까 하려던 얘기는 뭐였어?"

"아, 그거? 진짜 중요한 내용은 아니었어. 내가 요새 신기한 꿈을 좀 자주 꾸니까, 갑자기 생각나서 그냥 꺼내 본 이야기야."

온몸에 소름이 돋았다.

|

데자뷰다. 여러 차례 경험해 본 익숙한 상황이었다. 열네 살의 어느 날, 그 사건은 나를 계속 괴롭혔다. 마치 그날로 돌아간 것 같은 환상에 시달리게 하는 그 기억은 계속 내 꿈에 찾아왔다. 기묘한 눈빛으로 허공을 응시하는 오빠의 불분명한 초점은 그 이야기의 끝을 알리는 신호였다. 그 눈빛을 뒤로하고 내 방으로 허겁지겁 들어와 문을 닫았다. 이미 여러 번 겪은 상황이지만, 나는 익숙하게 책상 서랍 속 열쇠를 꺼내 침대 아래 내 보물 상자를 열었다. 작년 그 사건 이후 열네 살 생일에 선물로 받은 인셉션 토템처럼 생긴 쇳덩어리를 끄집어냈다. 이 물체는 꿈에서도 쉽게 깰 만한 굉음을 낼 수 있었다. 한숨을 크게 내쉬고 책상 위로 팽이를 던져 돌렸다. 영화 속 주인공을 따라 시도했던 이 행동은 꽤 효과적이었다.

"역시, 안 멈추네…."

책상을 정신없이 긁어대는 날카로운 쇳소리와 함께 잠에서 깼다. 현실로 돌아온 듯한 무게감에 몸을 일으켰다.

"아, 씨이…. 오늘도 또 실패야…."

하지만 이 실패들을 거듭하면서 알게 된 것은 범인은 나와 같은 몽상가라는 것과 몽상가들은 셀 수 없이 많다는 것이었다. 그리고 왠지 이 사건의 범인이 한 명이 아닐 수도 있다는 생각이 자꾸 들었다.

나는 이 사건을 해결하기 위해 많은 정보가 필요하다고 생각했다. '몽상가'와 '꿈'에 대한 책들과 동영상 콘텐츠들을 파고 또 팠다.

'최대한 이슈가 될 수 있도록 만들어야 해. 몽상가들에게도, 그리고 범인에게도….' 아직 제대로 알지도 못하는 꿈속 세상에서 나는 위험한 꿈의 갓길을 걷고 있는 듯했다.

"야, 안 일어나? 너 또 지각하려고 그러지?"

"아…. 뭐, 또?"

"일어나자마자 유튜브야? 이불 개고 나와. 밥 먹고 학교 갈 준비해."

갑자기 너무 많은 이야기와 정보들을 접한 탓일까. 그날의 꿈 말고도 다른 이상한 꿈들을 꽤 자주 꾸었다. 평소보다 뒤숭숭한 꿈자리 덕분에 찌뿌둥하게 하루를 시작하게 되었지만, 어쩐지 오늘은 컨디션이 나쁘지 않았다.

|

뻐근한 눈을 마구 비비며 초점을 맞추니 주변이 온통 어둡게 보였다.

'아, 또 그 역겨운 꿈이구나. 이부프로펜 계열 진통제를 먹었어야 하는 건데, 젠장맞을.'

구시렁거리며 발길을 옮겼다. '빨리빨리 하고 끝내자! 그래서 오늘은 누군데.' 기분이 좋지 않아 인상을 팍 구기고 걸었다. 그런데 입안에 플럼 맛 껌이 생겨났다. '뭐야? 완전 양아치 같잖아. 뭐, 꿈속이니 상관없나? 보는 사람도 없고….' 그때 시야를 밝게 비추는 어떤 빛이 나타났다. '드디어!' 나는 빛을 쫓아갔다. '아, 좀 제발! 그만 일어나고 싶다고….' 간절히 바랐더니, 내 손에 단검이 쥐어져 있었다. '그래, 이래야 좀 편하지'하고 미소를 지으며, 한 손으로 빛을 꽈악 움켜쥐고, 그 어디쯤 칼을 깊숙하게 꽂아 넣었다. '아, 편안하다.' 곧 차게 식어가는 빛을 보고 있자니 어딘가 짠했다. 죽고 싶어서 죽는 것도 아닐 텐데 말이다, 그런데 세상에 꿈속에서라도 죽고 싶어 하는 사람이 있었나? 개똥밭에 굴러도 이승이 낫다. 암, 그렇고말고.

'털썩.'

'… 응? 이게 무슨 소리야? 털썩? 분명 털썩이라고….'

등에 소름이 돋았다. 재빠르게 뒤를 돌아보았지만, 그곳엔 어둠뿐이었다.

'아냐. 내가 잘 못 들었겠지. 이곳은 나의 꿈속이잖아.'

들고 있던 칼을 아무렇게나 집어던지고, 바닥이라고 할 수 있는 딱딱하고 평평한 곳에 몸을 뉘었다. 퀴퀴하고 기분 나쁜 철 냄새가 코끝을 사정없이 찔렀다.

'맡아도 맡아도 적응이 안 돼, 적응이. 아니, 아무리 내 꿈이라지만 너무 현실적이지 않아? 실제로도 매일 같이 맡는 냄새를 또 맡아야 해? 향기면 얼마나 좋아. 내가 이 꿈을 싫어하지도 않게 될 거 아니야. 누가 만든 꿈인지…. 아, 내 꿈이니 나겠구나.'

속으로 시답잖은 농담이나 따 먹고 있었더니, 어느새 또다시 암전이다. 그리고 이내 눈이 떠졌다. 현실인가? 확인하기 위해 손을 이리저리 뻗어 주위를 더듬거렸다.

"으아악!"

볼품없이 쉬어버린 목소리가 새어 나왔다. '방금 내 목소리 지연이가 들었으면 평생 놀림감이었을 것 같은데.' 자리에서 일어나 물을 마시기 위해 거실로 향했다. 슬쩍 열린 지연이 방문 틈새로 곤히 잠든 지연이가 보였다. 인상을 쓰고 자는 지연이가 귀여워 살포시 웃고 뒤를 돌아 다시 내 방으로 돌아왔다. 침대 옆 협탁에 보이는 가족사진. 한참을 보다 덮어버렸다. 이런 인간들 얼굴, 안 보고 싶다니까. 분명 마음 약한 지연이가 올려놨겠지. 우리 남매에게 그 무엇도 남겨놓지 않고 떠나버린 그들…. 그저 서로만 남겨두고. 이번엔 제발 행복한 꿈을 꾸길 바라며 다시 잠자리에 들었다. 그 역겨운 꿈속에서 어떤 방법으로든 빛을 죽이면 나는 꿈에서 깨어나고 누군가는 영원한 꿈에 잠기게 된다. 이 인과관계를 알게 된 것도 얼마 되지 않았다. 알게 되었던 것은 묘하게 많아지는 주변의 비보들, 원인을 설명하기 힘든 사람들의 의문사, 피해자는 있지만 가해자는 나오지 않는, 살인이라고 하기에는 애매한 사건들 때문이었다. 쥐려고 해도 손가락 틈새로 빠져나가 버리는 그 많은 증거들은, 모두 나의 그 꿈이 원인이라고 말하고 있었다.

'내가 나쁜 것인가. 내가 살인마인 것일까.' 처음에는 이 꿈을 꾸는 것이 너무나도 괴로워서 잠을 안 자려는 노력도 해봤다. 하지만 천하장사도 이길 수 없는 것이 감겨오는 눈꺼풀이라고…. 천하장사도 아닌 내가 이겨낼 리 없었다. 어느샌가 받아들이고 있었다. 아니, 즐기고 있는지도 몰랐다. 눈을 뜨면 시민들을 지키는 민중의 지팡이지만, 눈을 감으면 자기 하고 싶은 대로 일을 벌이는 미친 사이코패스.

'아아, 얼마나 달콤한가. 아무것도 모르는 순수한 눈빛들이 이제는 향긋한 먹잇감으로 보인다면 나는 미친 것이 맞는 건가?'

'아니, 아니. 내가 얼마나 우리 지연이한테 잘해주는데, 당신들이 뭘 안다고 함부로 지껄이지? 아니, 꿈에서 죽는다고 실제로 죽는게 말이 돼? 그냥 우연이라고 우연. 뭐, 죽을 때가 되었으니 내 꿈에 와서 죽는 것 아니겠어? 내가 그들의 사자가 되어주는 것인데. 나는 현실에서도, 꿈에서도 멋진 일을 하는 거라고!'

최근 상태가 영, 안 좋아 보이는 지연이가 걱정이다.

"지연아."

"응, 왜?"

"너 혹시 '몽중몽설(夢中夢說)'이라는 사자성어가 무슨 뜻인 줄 알아?"

"무슨 뜻이야? 나 사자성어 같은 건 잘 모르는데."

"꿈속에서 꿈 이야기를 하듯 종잡을 수 없는 말을 의미한대."

"그런 걸 왜 물어, 뜬금없이."

최근에 인상을 쓰고 잠을 자던 지연이가 떠올라 놀려주려 꺼낸 말이었는데, 돌아오는 말투가 날카로웠다. 순식간에 얼어붙은 지연이의 얼굴에 나도 괜히 긴장됐다. 괜히 꿈 이야기를 꺼내 도둑이 제발 저린 것처럼 되어버릴까, 순간 겁을 먹었다.

"왜 갑자기 짜증을 내고 그래? 한번 물어볼 수도 있는 거지."

"누가 그런 걸 오빠한테 물었어? 왜 물어본 거야?"

"나중에 얘기하자. 너 기분도 안 좋아 보이는데."

"아냐, 그냥 지금 얘기해. 나 지금 괜찮으니까."

"당장 말해야 할 정도로 중요한 내용도 아니었어."

"아, 어떤 내용인지가 뭔 상관이야! 그냥 얘기하라고!"

지연이가 버럭 소리를 질렀다. 나는 조금 놀라 내 눈을 피하는 지연이를 가만히 바라보고만 있었다.

'얘가 갑자기 왜 이러는 거지? 이게 사춘기인가? 우리 지연이에게도 질풍노도의 시기가 도래한 것인가?' 눈앞에서 실시간으로 펼쳐지는 어린아이의 반항에 속으로는 마냥 웃겼다. 본인 나름대로 심각한 고민이 있을 텐데 웃으면 실례겠지. 하지만 귀여워서 웃음이 나려고 해. 아, 사랑스러운 내 동생. 그런데 갑자기 지연이가 고개를 숙이더니 흐느끼기 시작했다. 덩달아 나도 심각해졌다. '아니, 울 정도로 심각한 일이 있단 말이야? 우리 지연이 학교에서 누가 괴롭히니? 저번에 친구랑 통화하는 거 들었는데 그 현준인지 뭔지 그 놈 때문에 우는 거야? 오빠가 다 혼내줄게. 우리 지연이를 힘들게 하는 놈들은 내가 다 혼내 줄 거야.'

'드르륵'

"울지 마. 왜 우는 거야. 무슨 일 있어?"

지연이 옆자리로 자리를 옮겨 휴지를 뽑아 건넸다. 작은 어깨가 너무 가여웠다. 내 동생, 하나뿐인 이 오빠에게 기대.

"오빠, 있잖아…. 오늘 우리 담임쌤 돌아가셨대."

'오, 이런.'

"그저께 밤에 괴한한테 쫓기다가 칼에 찔려서 크게 다치셨어. 근데 어제 나랑 내 친구들이 같이 병문안 갔을 때만 해도 괜찮아 보이셨거든? 근데 오늘 아침에 돌아가셨다고…."

입이 바싹 말라가기 시작했다. 전혀 예상하지 못한 전개였다. 삽시간에 굳어지는 몸의 근육들이 나에게 당황하지 말라며 소리치고 있었다. 아니, 이런 전개인데 당황하지 않을 수 있을까. 머릿속을 빠르게 스쳐 지나가는 역겨운 꿈들, 고귀한 죽음들, 그들을 이끄는 사자. 죽음으로 몰아내고 바닥에 태평히 누워 널브러져 있는 나. 역겨운 꿈들보다 역겨운 현실이 코앞에 닥쳐와 버렸다. 머리를 열심히 굴렸다. 학교에 지각해서 변명거리를 지어낼 때보다 더 빠르게…. 이 상황을 지나쳐 보낼 방법이 무엇일까. 지연이에게 역겨운 꿈의 정체를 들킨 뒤에 펼쳐질 상황들을 감내할 자신이 없었다. 새까맣고 광활한 나의 오만이 불러들인 위기였다.

'아아, 아직 나는… 이렇게 끝내고 싶지 않은걸….'

"미안해. 네가 이렇게 마음 아파하는데…. 오빠가 되어서, 경찰씩이나 되어서 너랑 네 친구들 도와주지 못해서 미안해."

지연이를 꼭 안아주며 따뜻한 말을 건넸다. 너무 따뜻해서 땀이 줄줄 날 정도로 말이다.

"우리 선생님. 그렇게 만든 놈 말이야…."

'아니야, 지연아.'

"정 힘들면 조만간 심리상담이라도 받아볼래?"

"그건 나중에 생각해볼게. 근데 우리 선생님…."

'우리 둘만 생각하는 게 신상에 좋겠어, 지연아. 그 사람은 어차피 죽을 사람이었고, 우리는 앞으로도 계속 같이 함께 살 사람들이잖아.'

"지연아, 그 얘기는 나중에 좀 하면 안 될까?"

'그러니까 그 빌어먹을 선생, 선생 이야기 좀 그만하고 우리를 봐. 지연아.' 나도 모르게 조금 세게 말이 나가 버렸다. 지연이가 놀랐겠어. 다시 지연이를 좀 더 소중히 쓰다듬으며 듣기 좋게 꾸며낸 말들을 이어냈다.

"너 가뜩이나 상처 많이 받았을 텐데, 안 좋은 일만 계속 생각하면 너만 괴로워질 거 아냐. 잊으려고 해봐. 너도 네 일상을 살아야지."

"이해해. 나 걱정돼서 그러는 거지?"

"당연하지. 내가 우리 동생 많이 아끼는 거 알잖아?"

지연이가 울음을 그치고 내 팔을 잡았다. 우리 착한 지연이, 오빠 맘을 잘 알아 주네 고맙게도.

"근데, 아까 하려던 얘기는 뭐였어?"

"아, 그거? 진짜 중요한 내용은 아니었어. 내가 요새 신기한 꿈을 좀 자주 꾸니까, 갑자기 생각나서 그냥 꺼내 본 이야기야."

'아마 앞으로도 그 뒷이야기는 할 일이 없을 테지만, 우리 지연이는 영원히 이 어둠을 모르고 살아야 해.'

지연이 선생님의 사건 이후로 역겨운 꿈에서 빛을 죽이는 일을 안 하게 되었다. '죽음이 너무 내 주변으로 가까워지면 위험해진다.'

라는 것을 그때 확인했기 때문이다. 그 뒤로 잠잠해지는가 싶더니 사건 이후에 나를 보는 지연이의 시선이 묘했다. 계속해서 그 사건의 실마리를 쫓는 것인지 눈 밑이 퀭했다. 조그마한 여중생이 살인 사건 같지도 않은 살인 사건을 어찌 조사하겠다는 건지. 마냥 귀엽기만 했다. 나는 평소처럼 출근했고, 점심시간에 인터넷을 하다가 '몽상가'라는 단어가 눈에 띄어 무심코 눌렀다. 글을 모두 읽고 난 뒤, 나는 혼란스러워졌다. 그리고 의심되기 시작했다. 내 사랑스러운 동생이 이 글에서 말하는 '몽상가'일 수도 있는 걸까. 그리고 지연이는 꿈속에서 내가 빛을 죽이는…, 좀 더 명확하게 말하자면, 꿈속의 지연이 담임 선생님이라는 사람을 죽이는 것을 목격한 걸까. 몽상가라는 능력은 유전되는 듯했다. 아아, 끝까지 도움이 안 되는 부모라는 작자들 때문에 여러 가지로 곤란해졌다. 확인해 봐야 할 것들이 생겼다.

'지연아. 오빠는…. 혼자가 되고 싶지 않지만 말이야. 가끔은 혼자인 것도 좋지 않을까 생각한단다.'

이른 아침부터 신경을 건드리는 소리에 두 눈이 번쩍 뜨였다. 지연이의 방문 틈 사이로 흘러나오는 여러 가지 소리들. '… 몽상가…', '… 다른 사람의 꿈으로…', '… 큰 범죄의 가능성…'.

젠장!

"야, 안 일어나? 너 또 지각하려고 그러지?"

"아…. 뭐, 또?"

"일어나자마자 유튜브야? 이불 개고 나와. 밥 먹고 학교 갈 준비해.”

심장이 요동치고 금방이라도 발밑이 푹 꺼져 끝없는 어두운 심연 속으로 빨려 들어갈 것만 같았다. 얼굴이 창백해지진 않았을지, 내 몸이 삐걱거리고 있진 않을지, 평소와 다른 행동이라도 있을까 노심초사하게 됐다. 여기서 이렇게 들킬 수는 없다. 내가 우리를 지키기 위해 얼마나 부단한 노력을 해왔는지 봐줘, 지연아. 나 정말 요즘 꿈에서 빛이 보여도 그냥 놔준다니까?

눈 밑이 퀭해지고 보랏빛으로 변한 지연이의 차가운 눈빛이 나에게 향하는 게 느껴졌다. 살얼음 같은 시선. 툭 치기만 해도 시끄러운 소리를 내며 깨질 것만 같은 끈질긴 적막. 그 안에서 나는 점점 우리에 갇힌 맹수가 되어갔다. 나는 저 드넓은 초원을 뛰어다니며, 사냥하러 다녀야 하는 태생인데 내가 오직 너를 위해 이렇게 사는데. 이런 내가 너라는 작은 생명체를 위해 사는데. 머리가 점점 뜨거워진다. 아니, 차가워진다. 뜨겁다 못해 차가워진다. 그 모순으로 굴러떨어진다. 나의 사고가 점차 구불구불해진다. 벌레가 뇌를 갉아먹은 것처럼 어지럽고, 제대로 서 있을 수가 없었다.

밥을 깨작이는 지연이의 힘없는 손가락, 작게 벌어지는 입, 전보다 작아 보이는 어깨, 질끈 묶은 머리 때문에 시원하게 드러나는 목, 아직 덜 빠진 볼의 젖살, 오밀조밀한 이목구비…. 아, 지연아 내가 이 모든 것을 전과 같이 지킬 수 있게 해주겠니? 잃고 싶지 않다. 이 모든 것들 그대로 내 곁에 있어 주면 좋겠어. 부탁이야. 저 작고 동그란 머릿속에서 펼쳐지는 여러 가지 상상의 나래들과 나를 향한 의심의 잣대가, 그 뿌리가 궁금했다. 자, 나의 작고 어린 동생아. 너의 선택지는 무엇일지, 이 오빠에게 털어 놔봐. 그 어떤 현실보다 더 달콤한 꿈을 꾸게 해줄게.

불과 일 년 전과는 다른 분위기가 오빠와 나 사이를 가득 메우고 있었다. 오빠도 나도 이 분위기를 눈치채고 있었지만, 서로 악을 쓰며 모른체했다. 시한폭탄처럼 갈등이 고조되는 절체절명의 순간이 아닐 수 없었다. 무조건 서로의 편이 되어주던 우리가 식탁 하나를 사이에 두고 마주 보면서도, 보이지 않는 경계심들이 식탁 위를 가로지르고 있었다.

마주 보면 시답잖은 이야기를 풀어냈던 우리는 이제 무슨 말이든 혹여 서로에게 독이 될까, 이 사이에 실이 끊어질까, 겁이 나 입을 꾹 다물게 되었다. 그저 간간이 차려진 식사를 기계적으로 저작할 뿐이었다. 그러다 먼저 오빠가 입을 떼며 나에게 말을 건넸다.

"요즘, 아직도 '그거'만 보고 있어?"

"… 그거?"

"응, 뭐… 몽상가인지 뭔지…. 언제까지 그럴래? 철들 때가 안 됐나?"

"오빤 그게 뭔지 제대로나 알고서 그런 말을 하는 거야?"

"뭔지 잘 모르면 말도 못 꺼내? 너 지금 학생이 매일 휴대폰만 붙잡고 하라는 공부는 안 하고…."

들썩이던 나의 입술이 다시 얌전해졌다. 딱히 반박할 수 없는 말이었다. 시험 성적은 날이 갈수록 떨어지고 있었다. 현준이에게 배웠던 방법을 사용하면 시험을 잘 볼 수 있었겠지만, 시험 보다는 그 날의 사건을 파헤치고 하나의 실마리라도 잡기 위해 온 신경을 다 썼다.

"너 이번에 시험 성적 또 떨어지면, 용돈도 없어."

"알겠어."

오빠의 단호한 말투에 나는 더 뭐라 하지 못하고 수긍했다. 나는 아직 중학생이었고, 실질적으로도, 사회적으로도 권력을 쥐고 있는 것은 오빠였으니까….

"그렇지만, 오빠…."

나의 말이 미처 끝나기 전에 오빠가 나의 말을 가로챘다.

"지연아."

"…."

"오빠는 정말… 우리를 온전하게 지키기 위해 노력 중이야. 알지?"

"… 뭐라고?"

"너도, 나도… 혼자는… 글쎄, 조금 외로울 것 같지 않니?"

"그게 지금 무슨…."

바닥을 보며 말하던 오빠는 고개를 들어 환하게 웃어 보였다. 그리고 내 두 눈을 뚫어져라 쳐다봤다. 평소처럼 맑게 웃어 보이던 오빠에게 나는 따뜻함과 동시에 두려운 감정을 함께 느꼈다. 뭐랄까, 생명의 위협과 같은 서늘함이었을까. 나는 등 뒤로 빼곡히 맺히는 식은땀을 애써 무시하며 떨리는 입꼬리를 감췄다.

"오빠도 참…. 별, 이상한 소릴 다 해…."

그렇지 않다는 걸, 쓸데없지도, 이상하지도 않다는 걸 내가 가장 잘 알고 있었다. 그릇에 있는 밥을 억지로 욱여넣고 자리에서 재빨리 일어났다. 더 같이 있다간 스스로 목을 조르며 죽어버릴 것 같았다. 항상 즐거웠던 오빠와의 식사 자리는 당장 깨어나고 싶어지는 악몽이 되어가고 있었다.

조금 혼란스러운 머릿속을 정리하지도 못한 채 나선 집 밖에는 현준이가 멀뚱히 서 있었다. 일 년 전과 같은 교복 차림새의 현준이를 보니 눈물이 핑 돌았다. 온전한 내 편이 있다는 안도감. 곧 불어닥칠 폭풍에 대한 두려움. 여러 가지로 바뀐 상황들에 혼란스러워 눈물이 왈칵 차올랐다. 일단은 이 모든 것을 유지하기 위해서는 오빠의 말대로 시험 성적에 집중해야 했다. 여전히 성적이 상위권인 현준이에게 도움을 구해야만 이 상황을 돌파해 낼 수 있을 것 같다는 생각이 들어, 문득 현준이에게 다급하고도 조심스럽게 말을 건넸다.

"현준아. 너 아직도 그 능력… 사용해?"

내 물음을 들은 현준이의 눈썹이 잠시지만 꿈틀거렸다.

|

"그 이후로 쓴 적 없긴 한데, 이번 시험에도 사용하지 않을까?"

"나 성적을 급하게 올려야 할 거 같아. 도와줘"

"무슨 일 있어?"

"아니, 그건 아니고…. 오빠가 성적 떨어지면 용돈 안 준다네? 하하, 오빠도 차암….”

애써 웃으며 아무 일 없는 척했지만, 속으로는 마음이 타들어 갔다. 그렇기에 더욱더 혼란스러운 내 마음을 굳이 현준이까지 알 필요는 없다고 생각했다.

“그래. 오늘 학교 끝나고 같이 하자.”

온종일 수업에 집중할 수가 없었다. 복잡한 이 상황도 그렇지만, 현준이와 꿈을 꾼다는 건 현준이와 손을 잡고 잘 수 있다는 말이기도 하니까! 얼른 꿈을 꾸고 싶다는 생각만 가득한 내 마음이 조금 한심하기도 했다.

“내일은 지각하지 말고 일찍 와. 시험도 얼마 안 남았어. 종례 끝!”

선생님의 마지막 종례 말씀이 끝난 후 드디어 현준이와 하교하는 시간이었다. 현준이와 발을 맞춰 걷는 이 시간.

“근데 우리 어디로 가? 담임 선생님 집은 이제 못 가잖아….”

“응. 새로운 선생님이 우리 반 수업하시잖아. 근데 그 선생님 집은 아직 몰라서 옆 반 정양희 쌤 알지? 그 선생님 집으로 가야 해.”

“옆 반? 그 선생님 집도 알아?”

지독하다고 해야 할까, 참 대단하다. 생각해보면 이 능력을 잘 활용하는 게 현명한 거니까. 그렇게 현준이를 따라간 곳은 옆 반 선생님이 사시는 아파트의 건너편 아파트 옥상이었다. 옆 반 선생님의 꿈속에 들어가는 건 처음이라 현준이도 조금 헤맸지만, 옥상 벤치에 앉아 그날처럼 선생님 집 창문의 불이 꺼지기만을 기다렸다. 곧 창문 불이 꺼졌고 우리는 손을 맞잡았다.

"아 참, 오빠가 걱정할 거 같아서… 늦게 들어간다고 전화 한 번만 할게."

'삐- 삐- 삐-'

"어라, 안 받네? 미안. 시작하자."

걱정도 잠시. 기다려준 현준이에게 싱긋 웃으며 말했다. 우리는 다시 손을 잡고 눈을 감았다. 이제 다시 시작이다.

'두둥실-'

둘의 몸이 동시에 떠올랐다. 이제 이 느낌은 익숙했다. 공중을 날아 선생님 집 방향으로 향했다. 시야가 서서히 흐려졌다가 이내 선명해졌다. 눈 앞에 펼쳐진 것은 교무실 앞 복도였다. 교무실 안을 들여다보니 다른 교과 선생님들은 모두 퇴근하시고 양희 선생님만 남아 마지막 시험문제를 내고 계신 듯했다.

"이제 어떻게 할 생각이야?"

"잘 봐. 꿈속에선 판단력이 흐려지는 법이지."

현준이가 의미심장한 미소를 지으며, 교무실 안으로 조심스레 들어갔다. 나는 눈치를 보며 따라가야 하나 잠시 고민하다, 교무실로 들어가는 현준이 뒤에 금세 따라붙었다. 혼자 교무실 밖에 있기에는 현준이가 시험문제를 어떻게 얻는 것인지 너무나도 궁금했다. 선생님께 곧장 갈 줄 알았던 현준이가 오리걸음으로 간 곳은 부장 선생님 자리였다.

"정양희 선생님. 최종 시험문제들 모두 프린트해서 제 책상 위에 놔주세요."

"네. 선생님."

현준이가 책상 밑의 공간에 몸을 숨긴 채 말했다. 그러자 양희 선생님이 대답하시며, 익숙하신 듯 문제를 프린트해서 책상 위에 올려주셨다. 우리는 책상 위에 놓인 시험지를 챙기고 오리걸음으로 교무실을 유유히 빠져나왔다. 교무실 뒷문에서 마무리 업무하시는 선생님을 보니, 정말 피곤하실 것 같았다.

"시험 기간이라 선생님들도 힘드실 것 같아…."

"지금부터 우리, 이거 나눠서 외워야 돼."

"뭐?"

선생님을 존경의 눈빛으로 바라보던 촉촉한 내 눈이 현준이 말에 드라이기를 쐰 듯 건조해졌다. 현준이가 시험지에서 눈을 떼지 않고 단호하게 말했다.

"그럼 이걸 꿈 밖으로 갖고 갈 생각이야?"

맞는 말이다. 수긍하고 얼른 외우는 수밖에 없다는 생각에 교무실 뒷문에 앉았다. 현준이와 시험문제를 나눠 외우려고 종이를 뒤적거리던 순간, 저 멀리 복도 끝 계단에서 올라오는 한 남자와 눈이 마주쳤다. 칼을 든 남자. 그때 그 남자다. 시험지를 들고 떨고 있는 손은 내 마음대로 움직이지 않았다. 그 남자와의 시선을 떼지 못한 채, 시험문제를 외우고 있는 현준이를 작게 불렀다.

"혀… 현준아. 저기."

바로 그 순간, 그 남자가 빠른 걸음으로 계단을 내려갔다.

수많은 생각으로 머릿속이 복잡해졌다. 계속 이어지는 데자뷰 같은 꿈들과 어딘가 모르게 꺼림직하게 끝나버린 오빠와의 대화. 그리고 혼자 모든 걸 해결하기에는 너무나 복잡하고도 버거운 현실. 현실. '꿈과 현실은 다르다'라는 말은 이제 내겐 아무 의미가 없었다.

'이대로 가만있을 순 없어.'

더 큰 일이 일어날 것 같다는 불안감 때문이었을까. 그 남자와 시선이 마주했던 찰나의 순간, 뇌리를 스치는 무언가에 나는 결심했다.

"응? 지연아?"

"현준아, 나 너한테 꼭 해야 할 얘기가 있어."

갑작스러운 나의 말에 현준이의 눈이 휘둥그레졌다.

"꿈 밖으로 나가서 얘기할게! 얼른 보고 나가자!"

결심과 함께 단단해진 말투로 현준이에게 말을 건넸다.

'정신 똑바로 차려야 해. 앞으로 어떤 일들이 일어날지 모르니….'

지금 이야기하면 현준이에게 방해가 될 것 같아, 꿈에서 깬 후에 이야기해야겠다고 생각했다. 우리는 교무실 뒤편에서 숨죽여 시험지를 외우기 시작했다. 사실 내 머릿속엔 온통 아까의 결심으로 가득 차 손에 들려있는 종이가 시험지라는 사실조차 잊어버리고 있었다. 다른 사람들의 꿈속을 들여다보기 시작했던 단순한 나의 설렘이 이렇게 큰 파장을 일으킬 줄 누가 알았겠는가? 시간이 얼마나 흘렀는지조차 알 수 없이 또 복잡한 생각에 빠져있던 중에 현준이의 목소리가 안갯속을 걷히고 나오듯 메아리쳤다.

"지연아. 지연아? 다 외운 것 같으니, 이쯤에서 어서 나가자."

"아, 그… 그래!"

시험지 속에서 아무것도 얻지 못한 나는 정신없이 꿈속에서 나와버렸다. 굳게 먹은 나의 마음이 풀어질세라 앉아있던 옥상 벤치에 서둘러 자리를 잡고, 그날 이후의 데자뷰 같은 꿈들과 찜찜한 오빠와의 대화들을 현준이에게 털어놓았다.

"현준아…. 너희 부모님도 몽상가라고 하셨지? 네가 말해주기 전까지는 다른 사람 꿈에 들어갈 수 있는 게 유전이라는 것도 모르고 있었어. 그런데 선생님이 돌아가셨던 그때쯤부터 오빠가 몽중몽설에 대해 아냐는 둥 신기한 꿈을 꿨다는 둥 이상한 이야기를 하기 시작하는 바람에 선생님 일이 생각나서 너무 괴로웠어…. 그렇게 일 년이 지났는데, 오늘 아침엔 혼잣말인지 뭔지 더 의미심장한 말까지 하는 거야. 혼자는… 너무 외로울 것 같다는…."

내 이야기를 조용히 듣던 현준이가 말했다.

"혹시 네 오빠도 몽상가?"

"너도 그렇게 생각해? 그뿐만이 아니야…. 아까 꿈속에서 널 부르기 전에 사실 일 년 전 그날을 계속 꿈꾸면서 알게 된 범행 현장에 있던 그 사람. 그 사람을 또 봤어. 그런데…."

순간 멈칫하자 현준이는 내 마음을 읽었다는 듯이 먼저 말을 꺼냈다.

"혹시… 그 사람이 너희 오빠 같았던 거야?"

이내 정적이 흘렀다. 내 몸은 그날 꿈속에서 범인을 봤을 때처럼 파르르 떨리고 있었다. 겁이 났다. '정말 오빠가 범인일까? 만약 오빠라면 어떻게 하지? 그런데 오빠도 나를 봤을까?' 나의 숨길 수 없는 불안감을 알아챈 현준이의 손길이 슬며시 내 손을 감쌌다. 따스한 온기에 눈물이 왈칵 쏟아졌다. 그간 혼자서 끙끙 앓아온 나의 마음을 대변하듯 눈물은 쉽게 멈추지 않았다. 조금 진정이 될 즈음 현준이가 조심스럽게 다시 입을 열었다.

"내가 어렸을 때 할아버지께 들은 얘기가 있는데, 혹시 '언더 드리머'라고 들어봤어?"

"아니…. 그게 뭔데?"

"몽상가들 중에서 꿈을 나쁘게 이용하는 유혹을 이기지 못하고 마치 중독된 것처럼 꿈에서 벗어나지 못하는 사람들을 '언더 드리머'라고 해."

"언더 드리머…."

"그전에도 있었을지 모르지만, 십몇 년 전쯤인가 몽상가들 사이에서 '언더 드리머'라는 존재에 대해서 처음으로 이야기하게 된 사건이 있었대."

"무슨 사건인데?"

"어느 한 몽상가 부부 사이에 아들이 하나 있었는데, 그 아들이 꿈속에서 여러 사람을 다치게 했었나 봐. 그래서 보다 못한 아버지가 아들에게 꿈을 꾸지 못하게 하는 약을 구해서 먹였고, 그 후로는 잠잠해졌다고 해. 근데 어느 날 건강했던 그 아버지가 영문도 모르게 잠든 채로 돌아가시게 된 거야."

"그래서? 어떻게 된 일이었어?"

"정확한 사인은 밝혀지지는 않았고, 그 일 이후에 부인은 극도의 불안에 시달리다가 결국 스스로 목숨을 끊고 말았대…. 이 사건이 몽상가들 사이에서는 아들을 범인이라며 추측하는 말들이 많아."

"에이. 그래도 부모님인데?"

"그 사건이 있던 날 부인이 꿈속에서 남편의 죽음을 보게 되었고, 그 범인도 목격했다는 얘기가 있어. 그런데 그 범인이 꼭 자기 아들 같았다는 거야."

"……."

"아 참, 그 부부 사이에는 어린 딸도 하나 있었다고 하더라…. 그 어머니가 어린 딸을 두면서까지 먼저 세상을 떠난 것에 대해서는 아직도 몽상가들 사이에서 이야기가 많아."

이야기를 듣던 나는 몸속 깊은 곳부터 전해지는 전율과 핏줄 하나하나의 미세한 떨림까지 느껴졌다. 순간 흐릿하다 못해 희미해진 나의 옛 기억이 떠올랐다.

'유서….'

사고로 돌아가신 아빠와 몸이 아파 갑자기 돌아가신 줄만 알았던 엄마의 마지막 유언. 열어보지 말고, 꼭꼭 숨겨 놓으라던 마지막 유품, 일기장이 엄마의 슬픈 미소와 함께 희미하게 떠올랐다. 너무 혼란스러웠다. 마치 꼬리에 꼬리를 무는 듯 추리소설 속에서 상상만 하고 있던 마지막 반전의 결말을 알아버린 것 같았다. 마구잡이로 뒤엉킨 실타래가 풀린 듯 시원하면서도 마음 한편에 마치 커다란 바위가 쿵 하고 떨어진 것처럼 씁쓸했다. 알아서는 안 될 사실을 알아버린 것처럼 머릿속이 온통 뒤엉켜 어지러울 지경이다. '저 이야기가 모두 사실이라면…. 엄마, 아빠는 오빠에게….' 나도 모르게 떨구고 있던 머리를 치켜들고는 떨리는 목소리로 얘기했다.

"어쩌면… 현준아, 어쩌면… 그거 내 이야기일지도 몰라."

"네 이야기라니?"

현준이는 너무 놀랐는지 입을 다물지 못한 채 나를 뚫어져라 쳐다보고만 있었다.

"나 좀 도와줘. 현준아."

|

"그래, 어떤 걸 도와주면 되는데?

혹여나 거절하면 어쩌지 걱정했던 내 마음과는 달리 현준이는 흔쾌히 도와주겠다고 했다.

"… 그 언더드리머가 오빠일지도 몰라."

"뭐라고?"

속으로만 생각하려던 말이 나도 모르게 그만 툭 튀어나왔다. 현준이는 꽤 당황한 듯 눈을 동그랗게 뜨고 날 쳐다보았다.

"그러니까, 그게… 우리 오빠가… 아니야…."

"말해줘, 지연아. 내가 도와주기로 했잖아."

현준이가 다시 내 손을 잡았다. 여전히 따뜻하고 부드러운 현준이의 손은 한껏 긴장된 내 마음을 가라앉히는 데에 충분했다. '현준이라면… 말해줘도 괜찮겠지?'

"사실 우리 부모님은 어릴 적에 돌아가셨어. 아빠는 사고로, 엄마는 병으로 돌아가셨거든. 그저 사고인 줄로만 알았는데, 네 말을 들어보니까 그 언더 드리머가 우리 오빠일지도 모르겠다는 생각이 자꾸 들어서."

"그랬구나. 그러면 그때 본 그 범인이 너희 오빠 같았다는 것도…."

"응. 맞아. 실루엣이나 체격이 우리 오빠랑 꽤 많이 닮은 것 같아."

현준이에게 말을 전하면서도 마음이 착잡한 것은 어쩔 수 없었다. 유일하게 남은 가족이 오빠인데… 아직 추측일 뿐이지만, 범인이 오빠일 수도 있다는 생각 때문에 자꾸 불안해졌다.

"진짜로 우리 오빠가 범인이면 어떡하지?"

"아닐 거야. 아직 추측일 뿐이잖아."

"그렇겠지?"

"당연하지. 그런데 네가 정 불안하다면 범인 얼굴이라도 한번 보자."

"그렇긴 한데, 어떻게? 그때도 얼굴은 제대로 못 봤잖아."

"나한테 다 방법이 있지."

왠지 신뢰 가는 현준이의 목소리와 표정에 점점 빠져들었다.

"우리가 네 오빠 꿈속에 들어가는 거야. 그러면 범인일지도 모를 그 사람이 네 오빠인지 아닌지 정확하게 알 수 있을 거야."

"그러다가 들키면 어떡해?"

"시치미 뚝 떼고 아닌 척하면 되지, 뭘."

'오빠가 진짜 범인… 아닐 거야. 우리 오빠가 그럴 리 없잖아….'

"많이 긴장했지? 표정에서 다 보여."

"티 나…?"

"응. 완전. 괜찮아. 무서워할 것 없어. 내가 지켜줄게. 약속해."

'현준이는 이런 상황에도 다정하구나.'

자신도 무서울 수 있는 상황에서 외려 내 긴장을 풀어주려 가벼운 장난을 치는 현준이를 보니 괜스레 눈물이 터졌다. 갑자기 터진 눈물에도 현준이는 당황하지 않고 조심스럽게 내 등을 토닥여 주었다.

"울지 말고. 힘내야지. 우리 같이 꼭 범인 잡자."

그렇게 나는 한참을 울었다. 옆에서 가만히 지켜만 봐주던 현준이가 다정한 목소리로 말했다. 현준이의 목소리에서 단단한 결심이 느껴졌다.

"그럼 내일 이 시간에 다시 만나자."

|

현준이와의 약속까지 시간은 빠른 듯 아주 느리게 지났다. 고작 하루의 시간이 억겁의 세월 같았다면 믿어질까. 잠을 잘 수도 없어 뜬눈으로 밤을 지새웠다. 요 며칠 동안 계속됐던 악몽을 다시 꿀까 두려웠다. 오빠와의 마주침 역시 최대한 피했다. 그렇게 다음날 평

소처럼 학교에 갔다. 내 안색이 좋지 않았는지 몇몇 친구들이 걱정의 말을 건넸다. 쉬는 시간에는 선생님이 나를 불러 몸이 좋지 않으면 조퇴해도 좋다고 말씀하셨는데, 지금 내게 필요한 건 그런 게 아니었다. 나에겐 방법이 필요했고, 답이 필요했다. 선생님을 붙잡고 묻고 싶었다.

'선생님, 저는 어떻게 해야 할까요. 우리 오빠가 사람을 죽였으면 어떡하죠. 그것도 우리 담임 선생님을 죽였으면, 저는 어떻게 해야 하는 거죠. 선생님.'

하지만, 아직 모든 게 심증뿐이었다. 더군다나 이 모든 정황의 주인공은 우리 오빠였다. 다른 누구도 아닌, 내게 남은 단 하나의 가족. 사랑하는 나의 오빠. 지옥 같던 시간은 빠르게 흘러 어느덧 학교가 끝났지만, 여전히 집으로 돌아갈 용기는 나지 않았다. 오빠를 마주할 자신이 없었다. 오빠에겐 혜지네 집에서 자고 간다는 핑계를 대고, 학교 근처 공원에 도착해 벤치에 앉았다.

'지금이라도 늦지 않았으니 현준이에게 그만두겠다 연락해 볼까. 그리고 모든 걸 잊은 채 살아볼까. 아무 일도 없었던 것처럼…. 판도라의 상자를 굳게 걸어 잠그고 그 열쇠마저 기억 어딘가의 저편으로 던져버릴까….'

'하지만 그다음은? 그렇게 한 다음에는? 나는 이전의 나로 돌아갈 수 있을까? 정말 아무 일도 없었던 것처럼 온전하게 오빠를 마주할 수 있을까?'

'오빠를 마주할 때마다 불현듯 스치고 지나가던 남자의 손에 쥐어진 번쩍인 칼날을…. 나는 정말이지 아무 일도 없었던 것처럼 잊

어버릴 수 있을까?'

'오빠를 마주할 때마다 귀에서 맴돌던 언더 드리머의 이야기를…. 요즘 꾸는 악몽 속에서 피 흘리며 죽어가던 아빠를 붙잡고 울부짖던 엄마의 목소리를 깨끗하게 잊어버릴 수 있을까?'

수천, 수만 가지의 질문들은 지치지도 않고 나를 괴롭혔다. 물론 애초부터 답은 알고 있었다. 결국은 마주해야 할 일이라는 것을. 외면하려 애써도 절대 외면할 수 없다는 것을…. 벗어나기 위해 발버둥 칠수록 답은 선명하게 다가왔다. 너무나 선명해서, 어떤 것이 답인지 혼란스러울 만큼.

그렇게 한참 동안 생각을 정리하고, 결정을 내리고 나니 이미 어둑한 밤이었다. 앞으로 두 시간. 현준이와 만나기까지는 두 시간 정도의 시간이 남아있었다. 그제야 종일 닳고 닳도록 보았던 손목시계와 다른 것들이 내 눈에 들어오기 시작했다. 몸을 일으켜 주변 이곳저곳을 둘러보았다. 공원 너머 멀리 보이는 학교에 설치된 커다란 시계 조형물 속 짧은 시침은 숫자 '10'을 가리키고 있었고, 시계 너머 하늘에는 크고 선명한 달이 걸려 있었다. 달빛만큼이나 은은한 가로등 빛에 비친 공원은 계절과 맞닿아 있었다. 흐드러지게 피어있던 꽃잎들은 바닥 곳곳에 자신의 흔적을 남겼고, 앙상했던 나뭇가지 끝에는 푸르른 생명이 틔었다. 선선한 바람은 기분 좋게 피부를 스쳐 갔다. 그렇게 한참을 걸었을까. 나는 원래 있던 곳과는 제법 먼 거리에 있는 공원 속 작은 호수 앞에 도착했다. 나뭇잎 사이사이로 달빛을 온전히 받아낸 호수에는 윤슬이 일렁였다. 일렁이는 윤슬 위엔 바람에 날린 꽃잎과 나뭇잎이 얽히고설켜 호수를 맴돌고 있었다. 고요하고 아름다웠다. 잠시 이 끔찍한 현실을 잊게 해줄 만큼 실로 아름다운 풍경이었다. 그야말로 홀릴 것 같은 황홀함이란 이런 것일까. 고요함과 조화된 이 풍경을 오래도록 간직하고 싶어서 휴대폰을 꺼내 사진으로 담으려던 찰나, 그 순간이었다.

호수에서 무언가 떠올랐고, 이내 그것이 사람의 형상을 한 것임을 알게 되었다. 나는 쥐고 있던 휴대폰을 떨어뜨린 채 입을 틀어막았다. 그 형상은, 급격히 떠오른 그 형상으로 인해 생긴 거센 물결에 밀려 빠른 속도로 뭍의 부근까지 와닿았다. 나도 모르게 손이 떨려오기 시작했다. 새파랗게 질려버린, 이미 핏기가 사라진 얼굴. 그 얼굴엔 꽃잎과 나뭇잎이 덕지덕지 붙어있었지만, 어렴풋이 보인 얼굴이 어쩐지 익숙했다. 여기에 있어선 안 될 사람의 얼굴….

아무 소리도 낼 수 없었다. 입은 뻐끔거리면서도 소리는 나오지 않았다. 눈에선 나도 모르게 눈물이 흘렀다. 두 볼을 가르며 빠르게 떨어지는 눈물. 눈물길이 지난 흔적은 칼에 베인 듯 시렸다. 벌벌 떨리는 손으로 시체를 건져내야 했다. 멀지 않았던 시신이었지만, 다리에 힘이 풀려 몇 번이고 고꾸라질 뻔했다. 그토록 아름답게만 보였던 윤슬과 꽃잎은 흐트러진 지 오래였다. 시신을 거두고 나니 명확해졌다. 시신의 주인공은 오빠였다.

"오… 오빠…."

어렵게 꺼낸 한 마디가 물꼬였던가. 나는 포효하듯 울부짖었다. 오빠가 죽다니. 누구에게든 도움을 청해야 했다. 엉망이 된 옷을 더듬거렸지만, 휴대폰을 찾을 순 없었다. 때마침 멀리에 떨어져 있던 내 휴대폰에 전화벨이 울렸다. 오빠를 내려놓고 빠르게 달려가 휴대폰을 들었을 때, 나는 눈을 의심할 수밖에 없었다. 발신자는 오빠였다. 오빠라니. 있을 수 없는 일이다. 오빠는 싸늘한 시신이 되어 조금 전까지만 해도 내 품에 있었는데. 그런 오빠로부터 전화가 왔다. 겁에 질려 전화를 받았다. 수화기 너머로 들리는 목소리는 내 귀를 의심케 했다.

"어, 지연아!'

바로 현준이었다.

"벌써 찾았어?"

다른 감정도 없이, 그저 궁금함만이 가득한 것 같은 말투에 온몸에 소름이 돋았다.

"혀… 현준아?"

현준이가? 대체 왜? 제발 아니길 바라며 어렵게 꺼낸 한 마디에,

"목소리만 듣고 알아주는 거야? 헛된 시간을 쓴 건 아니구나. 고맙네."

돌아온 건 조롱 섞인 대답이었다. 헛된 시간이라니. 놀라서 멈췄던 눈물이 다시 떨어지기 시작했다. 혼란스러웠다. 뭐가 어떻게 된 거지. 아니 그것보다 현준이가 대체 왜. 그 순간, 지난날들이 머릿속을 스쳐 갔다. '잘 봐. 꿈속에선 판단력이 흐려지는 법이지.' 의미심장한 미소를 지었던 그때, '말해줘, 지연아. 내가 도와주기로 했잖아.' 따뜻하게 내 손을 잡아주던 그때. 현준이와 함께 보낸 날들이 주마등처럼 빠르게 지나갔다. 대체 언제부터였을까. 사실 현준이의 말투나 표정에서 몇 번 의문이 들었던 순간들이 없었던 건 아니었지만, 그땐 내가 피곤하고 예민했던 건가 싶었다.

"언제부터… 아니 그것보다 대체 왜… 네가…."

잘 생각해보면 의문점이 한둘이 아니었다. 선생님 병문안을 다녀온 뒤 무심하게 볼펜만 돌리던 현준이의 모습. '언더 드리머'를 설명해 주던 때, 오빠 이야기를 하다가 '언더 드리머' 이야기로 흘러 너무나 자연스럽게 모든 정황이 오빠를 가리키게 됐던 그 순간, 알

듯 말 듯 묘하게 무언가를 달성한 사람처럼 우쭐해 하던 찰나의 표정. 모두가 내 컨디션이 좋지 않아 잘못 봤다고 생각하며 넘겼던 순간이었다. 무엇보다 가장 큰 의문점을 남겼던 건, 아무리 몽상가라고 해도 꿈을 악용해서는 안 됐다. 하지만 현준이는 내가 몽상가라는 사실을 알게 된 후 아주 자랑스럽게, 자신의 전교 1등 방법에 대해서 나에게 알려줬다. 당시에는 같은 공통점을 가지게 됐다는 사실에 기뻤고, 같은 비밀을 공유하면 조금 더 친해질 수 있을 거란 안일한 생각으로 그냥 넘어갔다. 그래선 안 됐다. 동조해선 안 됐다. 자신의 목적을 위해 수단과 방법을 가리지 않는 그 모습을 그냥 넘겨서는 안 됐다.

온갖 생각과 죄책감으로 괴로워하던 그때, 다시 전화 너머의 현준이 목소리가 들려왔다.

"너한테 있지? 팽이."

|

나는 새하얗게 질려 온몸이 굳어 주저앉아버렸다. 그때. '뚜벅뚜벅-' 누군가가 다가왔고, 내 핸드폰을 빼앗아 전화를 끊어버렸다.

"일어나요."

내 시선은 새하얀 운동화를 따라 천천히 위로 바라보았다. 모자를 쓴 채 내게 손을 내밀고 있는 한 남자가 서 있었다. 얼마나 놀랐던지 주저앉아 버린 사실조차 인지하지 못했던 나는 한참을 멍하니 바라보다가 그 남자의 부축에 몸을 일으켰다.

"여기서 이야기하기에는 조금 위험해요. 일단 차에 타요. 가면서 말해줄게요."

왜인지 그의 말에서는 안정감이 느껴졌고, 그 남자의 차에 타게 되었다. 이 혼란스러운 상황 속에서 낯선 사람에 대한 공포감조차도 느낄 수 없었다. 얼마나 지났을까. 그 남자가 입을 열었다.

"지금 많이 혼란스러울 거예요. 저는 남연이 친구 시환이에요."

"네? 저희 오빠요?"

놀란 나머지 나는 그를 붙잡고 되물었고, 그의 눈빛은 누구보다 이 상황을 잘 알고 있는 것 같았다.

"여기서 조금만 벗어나서 다시 설명해 줄게요"

그는 다시 말없이 운전을 이어갔고, 조용한 곳에 차를 주차한 뒤 내게 물을 건넸다. 나는 정신이 없어서 어떠한 질문도 할 수 없었다. 그저 가슴이 메어 하염없이 눈물만 쏟았다. 오빠를 지켜주지 못했다는 미안함과 함께 오빠에게 먼저 묻지 않고 김현준의 말에 오빠를 의심하기부터 했던 나 자신이 원망스러웠다. 그렇게 얼마나 울었을까. 내 복받치는 감정을 기다려준 시환이 오빠가 내게 말했다.

"지금 이 상황을 어떻게 말해줘야 할지 모르겠지만, 나는 사실 몽상가예요. 몽상가도 여러 종류가 있어요. 들어보았을지 모르겠지만, 언더 드리머라고 불리는 몽상가는 자신의 능력을 이용해 원하는 것들을 얻는 사람들이에요."

그 말을 듣고 나니 다시 심장이 미친 듯이 뛰었다. 그리고 조심스럽게 물었다.

"저희 오빠가 언더 드리머였나요…?"

잠시 정적이 흘렀다.

"아니요, 남연이는 언더 드리머도 몽상가도 아니에요. 남연이는 언더 드리머에게 살해당했어요."

"네?!"

그 말에 식은땀이 나기 시작했다.

"남연이가 며칠 전에 저에게 와서 말했어요. 지연이가 몽상가인 거 같은데, 나를 이용하는 몽상가인지 너 같은 몽상가인지 모르겠다고…."

시환이 오빠의 말을 들을수록 더 혼란스러웠다.

"그게 무슨 말인지 더 자세하게 설명해 주세요."

"남연이는 몽상가 부모님에게서 태어나면서 변이를 보였어요. 몽상가는 아니었지만, 잠을 자면 남연이에게는 보이지 않는 몽상가들의 움직임 때문에 매일 밤잠을 설쳤어요. 남연이 그러니까 지연 양 부모님께서 그걸 아시고는 늘 옆에서 재워주시며 몽상가들의 움직임이 보이지 않도록, 푹 잘 수 있도록 해주시며 보호해 주셨대요. 하지만, 지연 양 부모님들께서 돌아가시면서 모든 게 다시 원위치로 돌아갔어요. 다시 남연이는 잠을 이루지 못했고, 몽상가, 아니 언더 드리머들은 이를 악용해서 남연이 손에 칼자루를 쥐여준 거예요. 자신들이 원하는 것들을 얻어 간 거죠."

"그럼 저희 오빠를 어떻게 알게 되신 거죠?"

"저희 부모님과 지연 양 부모님은 친구였어요. 몽상가로 맺어진. 저희 부모님께서 지연 양 부모님 이야기를 하셨고, 남연이는 몽상가가 아니기 때문에 늘 말을 조심할 수 있도록 알려 주셨죠. 그렇게 친하게 지내다가 스무 살 때 우연히 만나게 되었어요. 그리고 이야기를 나누면서 언더 드리머의 정체를 파헤쳐 갔죠. 제가 여태 조사한 내용들과 남연이의 경험담 그리고 최근에 들은 지연 양의 행동에 대해서도요. 지금 언더 드리머들이 지연 양을 찾고 있을 거예요. 자신들의 만행이 다른 사람들에게 알려지면 안 되니까."

"저는 이제 어떻게 해야 하죠."

"어머님께 받은 유서는 읽어봤나요?"

"유서요. 아직…."

"그거부터 열어봐요. 그리고 팽이는 잘 지켜야 해요."

"저… 너무 무서워요."

"지금 집에 가서 유서와 팽이를 가지고 와요. 그리고 우리 집에 가서 있어요. 부모님께서 더 자세히 알려주고, 보호해 주실 거예요."

집에 도착한 나는 간단한 짐과 오빠와 찍은 사진 그리고 엄마의 유서와 팽이가 들은 보물 상자를 챙겨 다시 차를 타고 함께 시환이 오빠 집으로 향했다. 곧 그 집에 도착했고, 시환이 오빠 부모님은 나를 와락 안아주었다. 엄마, 아빠의 친구분들이라는 생각에 더욱 안도감이 들어 참아왔던 눈물을 펑펑 쏟아냈다. 얼마나 울었을까. 그렇게 마음을 진정시키는 사이 차려주신 저녁 식사를 함께 나눈 뒤, 시환이 오빠의 부모님은 우리 가족에 대해 그리고 몽상가와 언더 드리머에 대해 이야기를 해주었다. 그리고 팽이에 대해서도.

찻잔을 든 아주머니의 손끝이 미세하게 떨렸다. 달싹이는 입술에서 많은 머뭇거림과 망설임이 느껴져 어떤 이야기가 나올지 불안감이 엄습해왔다. 그런 마음을 추스르고 지그시 눈을 맞췄다.

"지연아. 우리가 앞으로 할 이야기들을 믿기 어렵겠지만, 너도 이제 알아야 할 때가 온 것 같아."

내 하나뿐인 가족, 내 마음의 기둥이었던 오빠마저도 잃어버린 절망적인 상황이었다. 의지할 곳 없이 경계심만 가득한 이 상황에서도 내 감정을 배려하며 조심스럽게 말해주는 이분들은 믿어도 된다고 생각했다.

"네, 말씀해주세요…."

"그 전에, 혹시 지연이는 '언더 드리머'에 대해 얼마나 알고 있니?"

'… 김현준? 본인의 이득을 위하여 능력을 쓰는 몽상가. 우리 오빠를 죽인 사람.'

이런저런 생각들이 떠올랐지만, 확신할 수는 없었다. 모든 것이 혼란스러울 뿐이었다.

"자세히는 모르겠어요. '몽상가'에 대한 내용은 찾아볼 수 있었는데, 어디에도 '언더 드리머'에 대한 이야기는 없었어요."

그러다 불현듯 현준이가 말해줬던 이야기가 뇌리를 스쳤다. 십여 년 전쯤 몽상가들 사이에서 '언더 드리머'라는 존재에 대해 처음으로 언급하게 된 사건.

"다만, 어떤 몽상가 부부 사이에 태어난 아들이 꿈속에서 여러 사람을 다치게 했다는 이야기를 들었는데…."

"지연아…!"

아주머니는 부드럽지만 단호한 목소리로 내 이름을 부르며 말을 끊으셨다.

"그건… 거짓말이야! 몽상가들 사이에서 널리 퍼진 헛소문이란다."

두 분은 한참의 침묵 끝에 결심을 내리신 듯, 우리 부모님에 대한 이야기를 들려주셨다.

"만삭의 몸으로…, 그러니까 지연이 너를 임신하고 너희 엄마가 우리를 찾아온 적이 있어. 남연이가 다른 언더 드리머들 때문에 밤잠을 설치며 괴로워하는 것을 보고 본인도 아이에게 악영향을 끼칠까 봐 몽상가의 '꿈에 들어가는' 능력 자체를 사용하지 않기로 결심했다고 해."

"그런데 협박받고 계셨어. 참회한 언더 드리머였거든. 더 이상 본인의 이득을 위해서 능력을 사용하지 않는…."

우리 엄마가 언더 드리머였다니…. 잘못을 뉘우치고 다른 언더 드리머들이 욕망을 채우는 일들을 그만하게끔 설득하러 다녔을 줄은 상상도 못 했다.

"그들로서는 너희 엄마가 눈엣가시였을 거야. 그들의 만행이 언젠가 세상에 알려질 수도 있다는 뜻이기도 했으니까. 못마땅했던 언더 드리머들이 그녀를 계속해서 협박했어. 그 후에 우리를 찾아온 지 얼마 지나지 않아서 남편이 그렇게 되고…. 네 엄마는 죄책감에 시달리며 혹여나 자녀들마저 잘못될까 노심초사했지. 그러다가 결국 마음의 병으로 몸까지 약해졌고, 얼마 지나지 않아 어여쁜 너희들만 놔두고 그만….”

나는 고인 눈물을 애써 삼킨 채 북받쳐 오르는 감정을 다스렸다. 낯설기만 한 이야기, 그곳엔 내가 있었고 외면하려 해도 언젠간 직시해야 할 나의 이야기였다.

“너희들에게 몽상가 그리고 언더 드리머의 대한 사실을 숨긴 이유도 혹시 모를 위협에 대비하려고 그랬던 것 같아. 지연이가 몽상가의 능력이 있다는 사실을 알기 전까지는 최대한 가족의 비밀을 간직해달라고 부탁했거든. 하지만 혹시라도 언젠가 때가 오면 팽이를 전달해달라고 부탁했지. 유서도 꼭 지연이만 확인하길 원하셨고.”

열네 살 생일 때 받았던 익명의 팽이가 엄마가 남긴 유품이었다니…. 꿈에서 깰 만큼 기괴한 소리만 내는 이상한 물체라고 여겼었는데 말이다. 어떤 물건인지는 잘 모르신다고 하셨다. 그저 언더 드리머에게 필요한 물건이라는 것 정도만 들었다고 하셨다.

“그래도 너희 엄마 덕분에 처음으로 언더 드리머 존재에 대해 알게 되었단다. 물론 그들은 너희 가족에 대한 말도 안 되는 이상한 소문을 퍼트리고 다녔지만. 나머지 이야기는 시환이가 더 자세하게 말해줄 거다.”

시환 오빠는 기다렸다는 듯이 말을 꺼냈다.

“예전에 병실에서 저희 마주친 적 있는데, 혹시 기억하실까요?”

“병실이요?”

잊으려야 잊을 수 없는 1년 전 담임 선생님의 병실을 말하는 거였다.

"그날, 아버지랑 저는 세차를 하고 집으로 오는 길에 회사 이메일로 연락을 하나 받았어요. 몽상가가 연루된 사건인 것 같다며, 지연 양 담임 선생님께서 제보할 게 있다는 내용이었어요. 그래서 저는 곧바로 병원으로 향했죠."

담임 선생님이 몽상가에 대해 알고 있었다니? 제보까지 하려고 하셨다니? 몰랐던 내용이었다.

"선생님께서는 왜 오빠한테 연락하신 거죠…?"

"아마도 제가 꿈에 관련된 기사를 보도한 적이 있는데, 그걸 보고 연락을 주신 것 같았어요. '몽상가'의 능력은 영화에서만 나올법한 이야기라 몽상가가 아니라면 믿지 않을 게 뻔해서 관련 기사를 쓰기 시작했어요. 능력에 관련된 기사를 써서 대중의 관심을 끌면, 언더 드리머에 대한 정보도 얻을 수 있지 않을까 하고요. 연예인과 꿈속에서 데이트한 뒤에 팬이 되었다는 그 기사 덕분에 꿈에 관련된 제보들이 늘기도 했고요."

내가 봤던 기사가 시환 오빠가 쓴 기사였다니. 신기해할 새도 없이 오빠는 말을 계속 이어 나갔다.

"제가 알아낸 사실은 지연 양의 담임 선생님과 남연이 사건에 범인으로 의심되는 인물이 같은 인물이라는 것입니다."

"선생님께서는 범인의 얼굴은 기억이 안 나지만, 분명 한 명은 아니라고 하셨어요. 경찰들에게 말해도 믿지 않을 게 뻔해서 이야기하지 않았지만, 저에게 말씀하시기를 만약 몽상가의 능력이 진짜라면 짐작이 가는 사람이 있다고 하셨어요. 본인이 담당하는 반에…."

순간 심장이 철컹 가라앉는듯했다.

'설마… 현준이?'

나는 아무 말도 하지 않았지만, 시환이 오빠는 고개를 끄덕이며 말을 이어갔다.

"지연 양도 생각하는 사람이 맞을 거예요. 어째서 그 친구를 의심하게 되셨을까 더 묻고 싶었지만, 그날 선생님께서 안정이 필요해 뒷이야기는 다음에 나누기로 했어요. 그러던 중 지연 양이 병문안을 와서 마주쳤던 거고요. 위험하지만 이 사건을 통해 언더 드리머들에 대해 파헤쳐 볼 계획이었는데, 너무나 안타깝게도 다음날 그렇게…. 결국 한 줄의 기사도 쓰지 못한 채 영영 사건이 이대로 묻히는 건가 하고 포기할 때쯤 남연이가 먼저 저에게 말을 꺼내더군요. 몽상가에 대해서."

"저희 오빠가요?"

"네. 남연이가 단 한 번도 그런 적이 없었는데 말이죠. 그날은 저에게 토로하더군요, 동생이 몽상가 같다는 것과 그가 꾸던 끔찍한 꿈들에 대해서. 갑작스러운 고백에 당황스러웠지만, 동생을 지키고 싶다는 말에 이해가 가더라고요. 그래서 저도 솔직하게 몽상가라는 사실을 밝혔고, 서로의 경험을 종합해 보면 언더 드리머에 대한 단서를 찾을 수 있지 않을까 해서요."

오빠가 변이였기 때문에 '언더 드리머'에 의해 이용당하고 있다는 사실은 충격적이었다. 나타나는 '빛'들이 누구의 것인지 보이지 않는다는 것을 이용하다니. 믿기지 않았다.

"그렇게 찾은 단서들을 조금씩 모아 우리는 1년 동안 비밀리에 조사를 이어갔어요. 물론 지연 양 모르게 말이에요. 그러다 남연이가 죽은 거죠. 지연 양은 범인을 알고 있는 거죠.?"

"네. 범인은 선생님이 말했던 김현준이에요. 꿈에서 시험문제 정도만 훔쳐보는 줄 알았는데…. 어떻게."

오빠를 의심했던 과거의 내가 너무 바보 같이 느껴졌다. 아무것도 모르고 김현준과 손을 잡고 선생님의 꿈속으로 들어갔던 기억들이 떠올라 손을 벅벅 옷 소매로 닦아냈다. 아주머니는 그런 내 모습을 눈치채시고는 자그마한 방으로 조심스레 안내해주셨다.

"곁에서 지키고 있을 테지만, 혼자만의 시간도 필요 한 것 같으니…. 또 꿈에 들면 위험하니까 자기 전에 이거 꼭 먹는 거 잊지 말고. 물은 책상 위에 올려 두었단다. 또 필요한 거 있으면 편하게 말하렴."

꿈을 꾸지 않는 약을 건네받은 후 감사의 인사를 전하고 안방으로 들어갔다. 생각하지도 못했던 많은 사실과 아직도 믿기지 않는 오빠의 죽음까지…. 모든 일이 꿈같다. 차라리 지금 모든 순간이 정말 꿈이었으면 좋겠다. 혹시 몰라서 볼을 꼬집어 봤지만, 너무나도 선명한 통증에 정신이 차려질 뿐이었다. 침대에 걸터앉아 상자를 열어, 엄마의 유서를 펼쳐보았다. 엄마의 유서에는 단편적으로 들었던 엄마가 언더 드리머였다는 이야기와 언더 드리머일 때 엄마가 했던 악행들이 적혀있었다. 남의 꿈에 들어가 약점을 찾고, 그 약점을 이용해서 이득을 취하고, 가끔씩 생겨나는 변이들을 이용하여 청부살인을 하거나 그런. 엄마가 했을 거라고는 믿을 수 없는 일들이 적혀있었다.

엄마는 오빠가 변이로 태어나 언더 드리머들에게 이용당하는 모습을 보고서 정신을 차린 듯했다. 자기가 어떤 일들을 했는지 본인이 그 상황에 처해보니 비로소 알게 된 것 같았다.

'엄마…. 어째서….'

하지만 내가 만약 처음부터 능력을 이렇게 사용할 수 있다는 걸 알았으면 나는 그 능력을 이용하지 않았을까? 현준이의 마음을 얻겠다고 나도 현준이의 꿈속으로 들어가지 않았나? 그리고 시험문제도 얻으려고 했었고…. 나도 별반 다르지 않았을 것 같았다. 그렇게 한참 생각하고 있을 때, 불현듯 잊고 있었던 가장 중요한 의문이 번뜩하고 떠올랐다.

'현준이는 왜 팽이를 찾았던 걸까?'

그 의문에 화답하듯 엄마의 유서의 맨 마지막에는 팽이에 관한 내용과 함께 짤막한 편지가 적혀있었다.

[지연아, 팽이를 잘 간직하고 있으렴.

언더 드리머들은 꿈에 중독되어버려서 현실과 꿈이 경계가 모호해서 언제나 이 팽이가 필요하단다. 꿈에서 깨어나려면 이 팽이가 내는 소리를 들어야 해. 팽이를 잃어버리면 꿈에서 갇히게 될 수도 있단다. 그럼 그 사람은 코마 상태가 되어 죽을 때까지 꿈속에 있어야 해.

하지만 이 팽이는 다른 언더 드리머들의 팽이보다 특별하단다. 이 팽이를 부수면 모든 몽상가와 언더 드리머의 능력이 사라져. 어떻게 너희 아빠가 이 팽이를 구하게 되었는지는 알 수 없단다. 남연이를 위해서였겠지. 그로 인해 다시 볼 수 없는 사람이 되어버렸지만. 이 팽이가 너한테 갔다는 건 내가 죽기 전에 이 팽이를 부수지 못했다는 소리겠지.

이 팽이를 부수면 그저 모두 평범한 사람이 되어버리는 거란다.

엄마는 비록 이제 언더 드리머의 변절자가 되었지만, 능력을 없애고 싶진 않았어.

욕심 많은 엄마를 용서하렴.]

엄마가 남긴 팽이로 몽상가와 언더 드리머의 능력을 없앨 수 있다. 이 사실을 알자마자 나는 시환이 오빠에게로 뛰어갔다.

"오빠, 부탁이 있어요. 기사를 써주세요. 언더 드리머들을 모아주세요!"

갑작스럽게 달려와 이런 말을 하는 게 믿기지 않는다는 듯이 시환이 오빠가 내 어깨를 붙잡고 말했다.

"지연 양. 괜찮은 거죠? 숨어있어도 모자랄 상황에 언더 드리머를 모으자니요?"

"저한테 방법이 있어요. 현준이한테, 그리고 모든 언더 드리머에게 복수할 방법이요!"

나는 담임 선생님과 내 오빠를 죽인 김현준, 그리고 우리 부모님을 죽게 만든 언더 드리머들을 그냥 둘 수 없었다. 그들은 그들이 벌인 짓에 대한 대가를 받아야 했다.

"저는 그들을 이 팽이로 유인한 다음에 팽이를 없애서 제 꿈속에 가둬둘 거예요. 그 정도는 해줘야 그들도 반성하지 않겠어요?"

내 계획을 모두 듣고 한참을 생각에 잠긴 시환이 오빠의 표정이 어두웠다.

"방법은 알겠어요. 그럼 지연 양은요? 지연 양은 어떻게 꿈속에서 나오려구요?"

"괜찮아요. 전 이제 혼자인걸요…. 복수만 할 수 있다면 상관없어요."

"남연이는… 남연이는 이런 걸 원하지 않았을 거예요."

"오빠가 뭘 알아요? 저는 오빠밖에 없었어요! 김현준도 벌을 받아야 해요. 하지만 직접 죽일 수는 없으니까!"

오빠 얘기를 하다 보니 어느새 나도 모르게 언성이 높아졌다. 잘못 없는 시환 오빠에게 소리치고 있었다. 분에 차올라 눈물을 흘리고 말았다. 어떻게 해야 그들이 고통받을 수 있을까. 그 생각만이 내 머릿속을 가득 채웠다.

"그렇다고 지연 양을 포기하면 어떻게 해요! 남연이는 자기가 꿈속에서 해왔던 것들이 진짜 살인인지도 모르고 이용당했어요. 그 사실을 알고 나서는 죄책감에 시달렸고요. 그래서 안 좋은 생각까지 했었어요. 하지만 버티고 또 버틴 이유가 뭔지 아세요?"

오빠의 마지막 모습이 떠올라 눈물이 앞을 가렸다. 더 이상 목소리도 나오지 않을 만큼 눈물이 터져 나왔다.

"지연 양이었어요. 담임 선생님을 잃고서 불안해하는 지연 양에게서 본인마저 없으면 안 된다고. 동생이 위험하니까 도와 달라고. 안되면 본인이 희생해서라도 동생을 지키겠다고…."

'혼자면, 외롭지 않을까?'라는 오빠의 말이 이걸 뜻하는 것이었을까…?

"그러던 와중에 '김현준'이라는 언더 드리머를 알게 된 거죠. 담임 선생님이 지목한 인물. 그래서 지연 양이 자기를 의심하게 됐어요. 그래야 범인에게 죽지 않을 테니까. 저는 아직 선부르다고 천천히 접근하자고 했지만 남연이가 먼저 만나버렸어요, 범인을."

"오빠…. 미안해…."

"지연 양 자신을 스스로 희생하는 복수는 의미 없어요. 그리고 그들을 꿈에 가둔다 한들 그들이 고통스러워할까요? 오히려 본인들을 신처럼 느낄 거예요. 꿈에선 생각하는 대로 다 할 수 있으니까요."

"그럼 어떻게 해야 할까요…."

"그 팽이. 모든 능력을 없애버린다고 했죠? 팽이를 부숴버려요. 결국 그들은 꿈이 있기 때문에 남들보다 뛰어났던 것뿐이에요. 꿈은 꿈으로 끝나야 해요. 현실과 꿈은 달라요."

"오빠는 괜찮으세요…? 능력이 없어져도?"

"상관없어요. 제가 기자가 된 건 제가 몽상가여서가 아니라 제가 현실에서 꿈을 이뤘기 때문이니까요. 가끔 답답할 땐 꿈을 이용하고 싶었던 적도 있었죠. 하지만 그건 편법이잖아요?"

시환 오빠는 멋쩍게 웃어 보였다.

"아직 이렇게 어린 지연 양이 복수만을 위해서 꿈에 갇히게 되는 건 그 누구도 원하지 않을 거예요. 비록 현실이 힘들겠지만, 현실을 살아야 해요."

"팽이를 부수겠어요. 오빠 말대로 꿈은 꿈일 뿐이니까요. 또 다른 사람들이 우리 오빠같이 이용당하지 않으려면…. 그 대신에 현준이랑 한 번 더 이야기해볼래요."

"괜찮겠어요?"

나는 두려웠지만, 굳은 의지로 천천히 고개를 끄덕였다.

다음 날 저녁, 학교 옥상에서 현준이와 만났다.

"당연히 숨어있을 줄 알았는데 말이야. 네 엄마처럼."

"김현준."

"먼저 연락까지 주고 말이야. 꿈에 들어가려고 했는데, 약을 먹은 것 같더라고."

내가 알던 성실하고 착했던 현준이의 모습은 이제 없었다.

"지연이 너 나 좋아하는 거 아니었어? 그래서 내 꿈에도 들어오고."

"그만해."

"아쉽네. 나도 너한테 관심이 많았는데 말이야."

"대체 왜. 왜 선생님이랑 오빠를 죽인 거야?"

"선생님? 꿈속에서 안 들키려고 했는데, 나를 알아보시더라고. 기자한테 쓸데없는 이야기도 하는 것 같고. 나는 현실에서 공부 잘하는 학생이어야 하는데 긁어 부스럼을 만들면 안 되잖아? 근데 내가 안 죽였어. 네 오빠가 죽였지."

킥킥거리며 웃는 현준이를 보니 내가 알던 현준이의 모습은 모두 만들어진 가짜였다는 생각이 들어 온몸에 소름이 끼쳤다.

"네 오빠도 자꾸 그 기자랑 우리 뒤를 캐려고 하잖아. 귀찮게 말이야. 사람들이 꿈에 관심을 가지면 더 조심해야 해서 귀찮거든…. 그리고 자꾸 변이 주제에 말도 안 듣고 말이야! 그래서 다른 변이를 찾느라고 고생 좀 했다니까? 안 죽이고 모두 다 좋게 좋게 갈 수 있었는데 말이야. 참 아쉬워."

"사람이 죽었어! 둘이나!!"

"어차피 꿈속에서 일어난 일이고 아무도 우리를 의심하지 못해. 지연아. 너도 우리랑 같이 가자! 너도 언더 드리머잖아! 우리는 다른 사람보다 더 많은 걸 쉽게 얻을 수 있어!"

"너는 왜 이런 짓을 하는 거야?"

"이유가 어딨어! 그나저나 팽이는 어디 있어?"

현준이의 물음에 팽이를 들고 있는 손에 힘이 들어갔다.

"나는 팽이를 부수려고 해"

"미쳤어? 너 그게 무슨 의미인지는 알고 있는 거야?"

"알고 있어."

"네가 그 능력을 제대로 사용하지 않아서 그런 거야! 우리는 거의 신이야! 사람들의 감정을 바꾸고, 내 손에 피를 묻히지 않고 죽일 수도 있고! 너 오빠 보고 싶지 않아? 꿈에서 오빠도 만날 수 있다고!"

"어차피 오빠는 죽었어."

"꿈에서는 만날 수 있어! 언제든지 네가 원할 때, 원하는 모습으로 만날 수 있는데도? 그걸 왜 부수겠다는 거야? 같은 언더 드리머끼리?"

"현준아. 꿈은 꿈일 뿐이야. 우리가 꿈을 이용해서 1등을 한다고 해서 우리가 공부를 잘할 수 있는 게 아닌 것처럼. 네가 꿈에 의존하면 할수록 현실은 망가져."

"현실은 꿈으로 바꿀 수 있어! 너는 몰라! 내가 이렇게 성실해 보이고 우등생인 모습을 유지하고 있는 것도 결국 다 우리 능력 때문이야! 그리고 시험문제만 훔쳐보면 1등 할 수 있는데 공부를 왜 해?"

"그게 의미가 있는 거야…? 결국 넌 뭐 하나 바뀌지 않았잖아."

"그래. 난 하나도 바뀌지 않았어. 하지만 이 능력을 사용하고 나서부터는 매번 날 쓰레기처럼 보던 부모님도, 나를 왕따시키던 친구들도 모두 날 좋아해! 나를 성실하고 우수한 학생이라고 여겨!"

"현준아. 너, 꿈이랑 현실이랑 구분은 되니? 넌 결국 두 명을 죽인 살인자일 뿐이야."

"닥쳐! 너만 입 다물고 있으면, 그 기자 새끼만 입 다물면 아무도 몰라. 난 앞으로도 계속 우수한 사람일 수 있다고! 이 꿈만 있으면! 꿈 없이 나는 아무것도 아니야."

아무리 이야기해도 현준이는 마치 꿈에 중독된 듯 현실을 받아들일 준비가 되어 보이지 않았다. 난 일부러 학교 옥상으로 현준이를 불러냈다. 현준이 눈앞에서 팽이를 부순다면 본인이 무엇을 잘못했는지 깨닫지 않을까 해서. 하지만 현준이는 내 이야기를 듣기는커녕 본인을 합리화하기 바빠 보였다. 처음 현준이의 꿈속에 들어갔을 때 보였던 우리 학교 운동장이 한눈에 다 보였다. 나는 있는 힘껏 운동장을 향해 팽이를 던졌다.

'휘-익'

그때였다. 현준이가 날아가는 팽이 쪽으로 몸을 날렸다.

"안돼!!"

곧 현준이가 몸을 날린 건물 아래쪽에서 둔탁한 충격음이 들려왔고, 꿈에서 들었던 기괴한 팽이 소리가 들렸다. 빨간 노을이 바닥으로 떨어진 현준이를 드리울 때쯤 나는 정신을 잃고 그 자리에 쓰러져버렸다.

"정신이 들어요?"

하얀 천장과 소독약 냄새가 코를 찌르는 곳에서 눈을 떴을 때, 눈에 보인 사람은 시환이 오빠였다.

"어떻게 된 거예요…?"

"혹시 몰라서 학교 근처에 있길 잘했죠. 비명이 들리길래 옥상으로 가보니까 지연 양이 쓰러져 있었어요."

"현… 현준이는요?"

"직접 보시겠어요?"

부축을 받아 힘겹게 일어나 현준이가 있는 병실로 향했다.

'삐– 삐– 삐–'

규칙적인 전자음만이 가득한, 적막한 병실에 현준이가 누워있었다.

"코마 상태래요. 5층 높이에서 떨어졌지만, 운이 좋게도 목숨만은 부지했다고…."

그저 고요하게 아무 일도 없었던 것처럼, 내가 좋아했던 그 모습 그대로 새하얀 병원 침대에 누워있었다. 큰 문제는 없다고 했지만, 미동 없는 몸과 곳곳에 둘러싸인 붕대 때문에 현준이는 마치 죽은 사람 같았다. 호흡기와 몸에 달린 수많은 의료기기뿐만이 그가 살아있음을 증명해줄 뿐이었다.

'꿈에 의존하면 현실이 망가진다….'

많은 말들이 입가를 간지럽혔지만, 쉽사리 입이 떨어지질 않았다. 그저 아무 말 없이 행복한 꿈을 꾸는 것처럼 누워있는 현준이를 한참을 바라보다가 시환이 오빠와 함께 병실을 나왔다.

"능력은 사라진 걸까요?"

"지연 양을 병원으로 옮기고 저랑 어머니가 시도해 봤는데, 안 되는 걸 보니 사라진 것 같아요."

"좋은 선택이었겠죠? 나쁘게만 사용하는 사람만 있던 건 아니었을 텐데."

"저번에 말했지만 결국 꿈은 꿈이어야 해요. 결국 살아가는 건 현실이에요. 꿈이 아무리 진짜 같다고 해도, 꿈으로 무언가 바꿀 수 있다고 해도요. 오히려 누군가가 이런 특권을 누리는 게 공평하지 못했던 거라고 생각해요."

"……."

"일부러 현준 군에 대한 것도 부담감에 의한 자살 시도라고 기사를 냈어요. 지연 양의 존재가 드러나면 혹시라도 의심당할 수도 있으니까요…. 집까지 데려다 드릴게요."

이젠 오빠도 없는 텅 빈 집이 낯설다. 아주 오랜만에 온 것 같았다. 모든 일이 끝났다는 생각에 가족사진을 보며 하염없이 눈물이 흘렀다. 앞으로의 삶이 막막하게 느껴지기 시작했다. 나는 아직 성인도 아닌데. 나를 맡아줄 친척조차도 없었다. 능력을 없앤 내 행동은 과연 옳은 일이었을까? 이해되지 않았던 현준이가 조금이나마 이해되는 순간이었다. 현실이 이렇게 참담하다면 꿈으로나마 도피하고 싶은 그 마음. 차가운 적막이 내려앉은 텅 빈 집안의 모습은 마치 꿈을 꾸는 것처럼 생소했다. 더 이상 아무도 대답해줄 사람 없는 텅 빈 공간에서 나 혼자만 흐느끼고 있을 뿐이었다. '차라리 이 모든 게 꿈이었으면….' 기괴한 소리를 내며 돌아가던, 꿈인지 확인할 수 있었던 팽이도 부서지고 없는 지금. 이 모든 현실이 차갑게 살갗으로 와닿았다.

'띠리링-'

갑자기 핸드폰이 울렸다.

"여보세요? 야! 이지연! 너 왜 학교 안 나와?"

혜지의 목소리였다. 1년 전 그 사건 이후에도 같은 반에 배정받았던 혜지. 현준이가 학교에서 그렇게 됐기 때문에 학교도 휴교하고 난리가 아니었다. 나는 휴교가 끝나고서도 여러 가지 정리해야 할 일들이 많아서 학교에 나갈 수 없었다.

"지연아. 너도 나쁜 생각 하면 안 돼! 너 현준이 좋아했잖아."

혜지는 현준이 사건에 내가 연루되어있는지 전혀 모르는 눈치였다. 아무것도 모르는 혜지에게 모른 척, 아무렇지도 않은 척 대답했다.

"너 진짜 괜찮은 거 맞지? 얼른 학교 나와! 나 너랑 같이 가려고 우리 오빠들 표도 예매해놨단 말이야! 빨리 와야 해!"

"혜지야. 뜬금없지만 네가 만약에 꿈에 들어가서 너희 오빠들 마음을 얻을 수 있다면, 어떡할 거야?"

"뭐야! 이 비슷한 얘기 예전에도 했던 것 같은데…? 내가 그럴 수 있다면 당연히 좋겠지! 근데 난 그냥 몰래 훔쳐만 보고 나올래! 그렇게 해서 날 좋아하게 돼도 별로 안 좋을 것 같아! 그래도 꿈속에서라도 진짜로 볼 수 있으면 좋긴 하겠다!"

좋아하는 연예인 이야기를 하며 신난 혜지의 목소리가 반짝반짝

빛났다. 현실을 살아가는 사람들은 빛이 난다. 꿈을 이루는 데에 능력을 사용하지 않았던 시환이 오빠. 그리고 현실을 위해 꿈을 이용했던 현준이. 꿈을 이용할 수 있는 능력이 사라진 지금, 시환이 오빠는 여전히 기자의 꿈을 멋지게 이루어 가고 있다. 하지만 현준이는 모든 것을 잃어버렸다. 현준이는 여전히 본인만의 꿈속에서 신처럼 살고 있을까? 그렇다면 현준이는 지금 행복할까?

"야! 이지연! 대답 안 해? 그래서 언제 학교 나올 건데!"

많은 잡다한 생각들이 머리를 어지럽혔지만, 혜지의 물음에 답하며 생각을 갈무리했다.

"알겠어! 듣고 있어! 정리해야 할 집안일이 있어서 못 나갔어. 조만간 다시 나갈 거야!"

혜지와 근황을 조금 더 나누다가 전화를 끊었다. 짧은 시간이었지만 조금이나마 일상을 되찾은 느낌이었다. 술렁이던 마음이 혜지와의 통화로 조금 진정된 듯했다. 긴장이 풀리니 졸음이 몰려왔다. 잠들기 전, 앞으로 모든 일들이 무사히 풀리길 바라며 믿지도 않는 신에게 기도했다.

'만약… 신이 있다면, 엄마가 저지른 일들을 용서해주시고, 우리 오빠도 평안할 수 있게 해주세요.'

잠든 지 얼마나 되었을까. 분명 어두워야 할 내 방에 누가 불이라도 켠 듯 점점 밝아져 오는 느낌이 들었다. 눈을 감고 있음에도 눈꺼풀 위로 느껴졌다.

'아… 간신히 잠들었는데…. 누가 불을 켰나? 시환이 오빠인가?' 하고 눈을 뜬 순간,

내 몸이 둥둥 떠오르기 시작했다.

Episode 2

참여한 작가

박지연

98년생
원무과

김화해

02년생
영상편집자

이수미

91년생
11년차 회계팀
직장인

문경빈

91년생
9년차 간호사

조광석

91년생
CG FX 작업자

한나영

97년생
바리스타

이채림

00년생
교대생

천재준

90년생
9년차 패션디자이너

신다은

00년생
간호조무사

최윤서

04년생
치위생학과 대학생

유재린

92년생
주부

서 월

07년생
고등학생 1학년

Jeun

91년생
직장인

김수희

91년생
유아특수교사

김수연

93년생
프리랜서 디자이너

MIRROR

손이 닿는 순간

Episode 3

손이 닿는 순간

오후 4시 40분. 핸드폰 진동 소리로 책상이 요란했다. 매일 이 시각부터 20분 남짓. 이 시간은 내게 있어 매우 중요하다. 화장실 거울 앞으로 가야 하기 때문이다. 지어진 지 30년이 넘어 타일이 다 갈라져 있는 우리 집 화장실 거울에는 매일 오후 4시 40분, 그녀의 모습이 보인다.

엄마가 교통사고로 돌아가신 고등학교 2학년 여름, 사십구재를 지내고 집으로 돌아와 슬픔 속에서 울고 있었다. 눈물이 멈추질 않아 세면대에 얼굴을 박고 아랫입술을 깨물며, 울음을 참아보려 노력하고 있을 때였다. 인기척에 고개를 들어보니 거울 속에서 한 여자의 실루엣이 보이는 것이었다. 나는 비명을 지르며 뒷걸음질 치다 화장실 타일에 미끄러져 넘어지고 말았다. 얼른 몸을 일으켜 다시 거울을 보았을 때, 믿을 수 없는 장면이 눈앞에 펼쳐졌다.

거울 속 그녀는 내 또래로 보였다. 거울 너머에서는 이곳이 보이지 않는지 그저 한숨을 쉬며 쌓여있는 빨랫거리들을 헤치고 있을 뿐이었다. 그녀의 모습은 어딘가 낯익었지만, 아무리 보아도 누군지 알 수 없었다. 하지만 그녀의 어깨너머로 업혀있는 아이가 언뜻 보이자마자 바로 알아챌 수 있었다. 그렇다. 바로 나였다. 거울 속 그녀는 바로 엄마였다. 나는 거울 앞에 서서 멍하니 그녀 모습을 한참 동안 바라보았다. 아버지 없이 홀로 나를 키운 엄마의 눈주름은 그 나이 또래에 비해 더 깊어 보였다. 나를 저렇게 업고 다녀 허리가 그렇게 굽어 있던 걸까. 그 후 난 매일 같은 시간 20분 남짓, 귀신인지 환상인지 모를 엄마의 거울 속 모습을 관찰했다. 성인이 된 지금은 엄마의 모습을 잊지 않으려고 알람을 맞춰놓고 거울을 본다.

오늘도 난 거울 앞에 서 있다. 엄마는 밖에서 놀며 먼지바람을 쓰고 들어온 나를 씻기는 중이다. 어리고 철없던 나의 어린 시절 모습에 죄송한 감정이 섞여 살짝 입술을 깨물어본다. 이제 3분 정도 남은 시간. 그리운 마음에 나도 모르게 거울 위에 손바닥을 올렸다.

'보고 싶어요…….'

그런데 그 순간, 나를 씻기고 있던 엄마와 눈이 마주쳤다. 그러자 거울 속 엄마는 넘어지면서 비명을 질렀다. 손으로 얼굴을 가린 채 몸을 바들바들 떨기 시작했다. 여기가… 보이는 건가? 나도 놀랐지만, 어린 그녀가 두려워하고 있다는 것을 인지한 순간 나도 모르게 말이 튀어나왔다.

"괜… 찮아요?"

그녀는 손가락 사이로 나를 보면서 떨리는 목소리로 조심스럽게 말했다.

|

"당신… 누구야? 어떻게 거울 속에…."

'어떻게 갑자기 엄마가 나를 볼 수 있게 된 거지?'

거울 속의 엄마와 눈을 마주치게 된 그 찰나의 순간, 나의 머릿속은 온갖 생각과 말들로 가득해졌지만, 쉽사리 입 밖으로 나오는 것은 없었다. 나는 엄마와 함께 있던 거울 속의 나를 확인했다. 어린 나는 이 상황에서도 그저 샤워기로 물장난을 치고 있을 뿐이었다.

"저, 저는…."

그때 머릿속에 단어 하나가 떠올랐다. 그리고 그 이외에 다른 것들은 생각할 수가 없게 되었다.

'교통사고.'

그녀를 잃게 된 이유. 거울 속의 엄마가 혹시 과거의 그녀라면! 내가 그녀에게 교통사고에 대해 미리 경고해 줄 수만 있다면! 그래서 사고를 막을 수만 있다면! 하지만, 바로 그때. 5시를 알리는 알람이 울렸고 여전히 놀란 얼굴로 나를 바라보고 있던 그녀의 모습이 점점 흐려졌다.

"엄마! 안돼! 제발……."

거울 속엔 울고 있는 내 모습만이 비치고 있었다. 그 뒤로 나는 화장실 벽에 기대앉아 멍하니 뜬눈으로 밤을 지새울 수밖에 없었다. 그리고 나도 모르게 어느새 잠들었는지 다시 울리는 알람 소리에 화들짝 놀랐다. 나는 반사적으로 거울을 찾아 힘든 몸을 일으켜 간절한 마음으로 손바닥을 올렸다. 하지만, 이내 나타난 거울 속 그녀 모습에 너무 놀라 손을 바로 뗄 수밖에 없었다. 거울 속의 그녀가 나를 똑바로 마주하고 있었다.

|

그녀는 마치 기다렸다는 듯이 거울 건너편 나에게 천천히 또박또박 준비한 듯한 말들을 꺼내었다.

"당신은… 누구시죠? 언제부터… 저를… 보고 있었나요? 제가… 꿈을… 꾸고 있는 건가요?"

마치 내가 나타나기만을 기다렸다는 듯, 질문들이 쏟아졌다. '내가 미래의 당신 딸이다.', '내가 지금 당신 옆에 있는 그 아이다.'라고 차마 말이 떨어지지 않았다. 머릿속에는 온통 엄마에게 이 상황을 어떻게 설명할지, 그리고 교통사고를 어떻게 막을 수 있을지에 대한 생각만으로 가득했다. 그런데 왜인지 그러면 안 될 것만 같은 느낌이 들었다. 무언가 다른 것이 잘못되지는 않을까 하는 막연한 두려움이었을까? 이런 복잡한 생각에 엄마의 질문에도 어느 것 하나 제대로 대답하지 못하고, 다시 이별의 시간이 찾아왔다. 그날도 역시 쉽사리 잠들지 못하고 나 자신을 질책하며 밤을 보냈다. 이 무슨 말도 안 되는 일인가. 소설 속에서나 가능할 것 같은 과거에 살고 있는 엄마와의 대화라니. 쉽사리 생각과 감정을 정리하지 못한 채 또 하루는 시작되었다.

'그래 뭐든 해보자! 그 누구도 다치지 않게 상황을 바꿀 수 있을 거야. 엄마가 나와 마주하게 된 이유가 분명히 있을 거야.'

다시 오후 4시 40분.

어제와 같은 눈빛으로, 아니, 어제보다 더 간절한 눈빛으로 거울 너머 나를 바라보는 엄마 모습이 서서히 비쳤다.

"당신은 나를 아는 눈치였어요! 어서 말해줘요. 당신은 누구죠?"

그리움에 젖어 잠시 잊고 있었다. 맞다. 그녀는 최해송 여사. 우리 최해송 여사를 누가 감당하겠는가. 후… 그녀의 대찬 당돌함이 나를 깨웠다. 정신을 차리고 차분하게 이야기를 시작할 수 있었다.

"제가 사는 이곳은 2022년이에요. 당신이 저를 알아보기 한참 전부터 매일 이 시간에 당신을 보고 있었어요. 저는 미래의 당신과 너무나 각별한 사이였어요. 지금 우리가 이렇게 마주할 수 있는 건 정말 말도 안 되지만, 분명 다 이유가 있을 거라 생각해요."

어렵게 입을 열어 시작한 나의 한마디 한마디에, 엄마는 담담하게 귀를 기울였다.

"그럼, 얼마나 됐나요? 나를 지켜본 지?!"

"딱 10년이요. 올해로 10년 차였어."

그렇게 우리는 짧다면 짧은, 길다면 긴 20분 남짓 서로의 말을 이어갔다.

"그나저나 이름을 안 물어봤네요! 이름이 혹시…."

'엄마… 나, 엄마 딸 윤슬이야. 낮에는 따사로운 햇살에 밤에는 일렁이는 달빛에 비치어 반짝이는 잔물결. 윤슬….' 이 말이 턱 끝까지 올라왔지만 쉽게 말이 나오지 않았다. 그렇게 머뭇거리는 사이 20분이 지났다는 알람이 울리며, 엄마의 모습은 또다시 흐려졌다.

유난히도 빛나던, 자는 모습이 예쁘다며 아빠가 지어준 내 이름. 공윤슬…. 그래서 늘 내 이름을 부르면 아빠가 떠오른다고 희미하게 웃던 우리 엄마. 내가 쓸데없는 고집을 피울 때면 그저 꿀밤 한 대 쥐어박으면서 "으이그! 그 고집! 공씨 고집 어디 가겠어! 아빠 닮아서 고집 센 거 봐!" 하시고는, 직접 담근 매실차에 얼음 가득 넣어, 늘 먼저 화해의 손길을 내밀던 우리 엄마. 최해송 여사. 그때는 몰랐다. 그 화해의 손길이 이렇게도 잔인하게 미안해질 줄은. 사고가 났던 날도 그랬다. 장을 보고 들어온 엄마를 보고 괜히 툴툴거렸던 그날. 엄마의 잘못이 아니었다. 그저 남자친구와의 일로 속 끓이던 마음을 엄마에게 쏟아부었던 그날. 왜 그러냐고. 싸웠냐고…. 그저 내 기분 풀어준다면서 생글생글 웃으시며 내 손을 부여잡던 엄마 손을 뿌리친 그때. 그게 엄마의 마지막 따뜻한 손길이었다. 기억 속에 묻어두었던 그 따뜻함은 내 눈에 뜨거운 피눈물이 나게 했다.

|

울다 지쳤을 때쯤, 창밖의 밤하늘을 바라봤다. 고요히 비추는 달빛이 내 맘을 더 쓸쓸하게 만들었다. '하…….' 나는 창밖으로 한숨

을 내뱉었다. 그 한숨에는 엄마에 대한 그리움과 삶에 대한 막막함이 담겨있었다. 먼저 떠나간 '엄마'를 위해서라도 내가 살아남아 '엄마'를 지켜야겠다는 생각이 들었다. 어느덧 새벽 2시가 되었다. 소파에 누워 잠을 청해 보았지만, 불안감에 잠이 오지 않았다. 나는 다시 거울 앞으로 갔다. 거울은 슬프고 공허한 나의 모습 그대로를 비추고 있었다. 엄마에게 손길이라도 닿을까 싶어 거울 위로 손을 뻗었지만, 느껴지는 것이라고는 차갑고 시린 유리의 질감뿐이었다. 다시 무거운 발걸음을 옮겨 창밖을 바라보았다.

집 앞 홀로 주변을 비추는 저 가로등도 나처럼 외로울까…….

저 빛나는 별 그림자에 손이 닿는다면 엄마에게도 닿을 수 있을까…….

또다시 눈물이 핑 돌았다. 오늘도 잠들면 악몽을 꿀 것만 같은 기분에 잠들지 못하고 뒤척였다.

다음 날 아침. 그렇게 또 날은 밝았다. 날이 밝자마자 나는 거울 앞으로 향했다. 혹시 다른 시간에도 엄마의 모습이 보이지는 않을까. 복잡한 마음에 수시로 거울 앞에 서 있는 습관이 생겼다. 수시로 거울을 보고 있으니, 내 모습이 더 객관적으로 보였다. 그렇게 거울에 비치는 내 얼굴에 담긴 감정을 덤덤히 읽어낼 수 있었다. 오늘은 무기력과 외로움이 담겨있다. 내가 짓는 표정대로 감정도 달라지는 듯했다. 매일 같은 시간 거울에 비치는 엄마 모습 외에는 전혀 관심 없던 거울 속 나의 모습. 그 모습에 빠져 시간 가는 줄도 모르고, 여러 가지 표정을 짓고 있던 그때.

'띵–동–'

초인종이 울렸다. 문을 열어보니 문 앞에는 봉투가 놓여있었다. 봉투를 뜯어 접힌 종이를 펼쳐보았다. 맨 위에는 이렇게 쓰여있었다.

'재개발 통지서'

|

오랜 시간 거울을 보면서 여러 표정을 지어본 탓이었을까. 거울을 보고 있지 않아도 지금 내가 무슨 표정을 짓고 있는지 알 것만 같았다. '재개발 통지서'의 의미를 알고 있었기 때문일까. 나는 다시 눈물을 흘렸다.

'하…….'

한숨을 쉬며, 아랫입술을 꽉 깨물고 눈을 치켜든 채 천장을 바라보았다. 시간이 제멋대로 흘러가는 것 같았다. 참을 수 없는 눈물이 계속해서 뺨을 타고 흘러내렸다. 반나절 정도 흘렀을까. 시간도 알 수 없었지만, 정신을 차리려 애쓰면서 힘든 몸을 움직였다. 나는 어린애가 엄마를 찾아 무릎으로 기어가듯 몸을 이끌어 다시 거울 앞에 섰다. 거울 너머에는 우리 엄마, 그녀와 과거의 내가 마치 나를 기다리고 있던 것처럼 앉아있었다. 한 손으로 퉁퉁 부은 눈을 비비면서, 다른 한 손으로는 거울로 손을 뻗었다. 거울에 손이 닿는 그 순간.

"괜… 찮아요?"

익숙하고 따뜻한 그 목소리에 심해처럼 아득하고 폭풍처럼 어지럽던 내 마음이 고요해졌다.

"네…. 괜찮은 것 같아요."

"괜찮으면 괜찮은 거지, 무슨 말이 그래요. 얼굴이 말이 아니네. 끼니는 잘 챙기고 있는 거죠?"

거울 너머의 엄마는 내 얼굴을 안쓰럽다는 표정으로 바라보았다. 오지랖도 넓고 정도 많았던 엄마는 거울 너머의 이름도 모르는 사람을 걱정했다. 당연한 얘기겠지만, 10년 전의 엄마도 여전히 엄마였다.

"생각하고 말하면 그렇게 이루어진다고 하잖아요. 괜찮아지고 싶어서요. 그러니까 괜찮을 거예요."

주문이라도 외듯, 나는 계속해서 괜찮다고 되뇌었다. 나 자신도 놀랄 정도로 덤덤한 목소리였다.

"아마, 내가 학생 때만 할 나이쯤이었을 거야."

엄마의 목소리에 고개를 들자 거울 너머에서 먼 옛날의 기억이 흘러들어왔다.

"학교 마치고 집에 돌아가고 있는데, 글쎄 동네 사람들이 잔뜩 모여서 웅성거리는 거예요. 무슨 일인가 하고 급하게 집으로 들어갔더니, 어른들이 날 붙잡고 울기부터 하시는 거예요. 너희 엄마 돌아가셨다고."

가슴이 철렁하고 내려앉는 기분이었다. 내가 몰랐던 엄마의 어린 날 이야기에 지금의 내가 겹쳐 보였다.

"시장에서 장사 마치고 돌아오시는 길에 쓰러지시고는 못 일어나셨어요. 우리 네 형제 키운다고 밤낮없이 일만 하다 가셨어요. 아버지는 진즉 돌아가셨고, 그때부터 내가 동생들을 건사해야 했어요.”

눈앞에 그려지는 듯한 과거에 눈시울이 뜨거워졌다. 나는 울지 않기 위해 주먹을 꽉 그러쥐었다.

“처음에는 신을 원망했어요. 아버지도 어머니도 왜 다 데려가시냐고. 나한테 왜 이런 시련을 주시느냐고. 그런데 마냥 울며 슬퍼하기에는 현실이 너무 턱 밑까지 다가와 있더라고요.”

엄마의 무릎에 앉은 작은 나는 졸렸는지 칭얼거렸다. 엄마는 그런 나를 토닥거리며 머리를 쓰다듬었다. 이내 잠에 빠져든 나의 색색거리는 숨소리 위에 엄마의 목소리가 나지막이 이어졌다.

“어린 동생들 먹여 살리겠다고 안 해본 일이 없는 것 같아요. 그렇게 정신없이 살다 보니까, 동생들 학교까지 다 보내고 저도 자리를 잡았더라고요. 이렇게 예쁜 딸도 하나 생겼고.”

품에 안겨 잠든 내 뺨에 입을 맞춘 엄마가 나를 바라보았다. 그 눈빛에 형용할 수 없는 감정들이 뒤섞여 있었다. 아무런 말도 하지 못한 채로 나는 그 눈빛을 직시했다. 엄마는 그런 내 눈을 바라보며 천천히 거울을 향해 손을 뻗어왔다.

|

고단한 삶이 담긴 거칠고 주름 깊은 손. 유난히 짧은 가운뎃손가락. 틀림없는 엄마 손이었다. 어렸을 적 추운 날이면 따뜻한 온기로 잡아주시던 그 손길을 다시 한번 느낄 수 있을 것만 같았다. 그러

나 거울을 향해 뻗은 그녀의 손은 신기루가 되어 내 젖은 뺨을 스친 듯했다. 요란하게 돌아가는 환풍기와 벽을 둘러싼 차가운 타일들이 그녀의 손이 닿길 바라는 내 간절한 마음을 비웃는 것만 같았다. 엄마라는 존재가 그리워서였을까? 엄마의 따스함이 아련해서였을까? 이미 젖어버린 내 뺨은 마를 기미가 아니었다. 그녀는 이 눈물의 이유를 알 리가 없었다.

"어머, 제가 괜한 이야기를 꺼냈나 보네요…. 슬프게 할 생각은 아니었어요…."

거울 앞에 스물여덟 살이 되어버린 딸을 알아보지 못하는 그녀의 눈빛은 내 차가운 가슴에 꽂혀버렸다. 엄마가 떠난 이후 매일 밤 그녀의 존재와 체취를 그리워하던 순간들이 파도처럼 몰려왔다.

'띠리리링-'

5시를 알리는 알람 소리의 고함과 책망에 정신이 번쩍 들었다. 너무 놀란 나머지 발을 헛디디며 거울에 살짝 부딪히고 말았다. 그 충격에 떨어져 나갔는지 타일 조각 하나가 내 오른쪽 발등을 가로지르며 선홍색 피가 바닥에 흥건해졌다. 눅눅함을 머금어 축 늘어진 휴지를 둘둘 말아 상처에 눌러 댔다. 피로 물든 휴지 조각들이 동백꽃처럼 화사하게 피어오를 만큼 크게 다쳤지만, 서둘러 거울로 손을 뻗었다. 하지만, 역시나 엄마는 사라져 버렸다. 그런데.

'어?! 이게 뭐야?!'

거울에 비치는 나의 모습이 평소와 다르게 보였다. 거울에 금이 가버리고 만 것이다. 흔들리는 조명 탓이라고 생각하며 또다시 확인했지만, 거미줄처럼 뻗어나간 금은 너무나도 선명했다. 자세히 보니 거울이 벽에 붙어있는 것이 위태로워 보일 정도였다.

'엄마를 다시 못 보게 되면 어떡하지?'

요란하게 돌아가는 환풍기 아래 주저앉아, 다음날 4시 40분이 되기만을 기다렸다. 또 얼마나 지났을까. 바닥에 피어있던 동백꽃들도 다 말라버려 검게 그을렸다. 휴지 뭉치들이 빨아들인 피가 굳어져 떨어지지 않을 정도로 딱딱해졌을 무렵.

'띠리리링-'

요란한 알람이 울렸고, 그녀가 나타나기만을 기다렸다. 다시 봐도 거울은 산산이 금으로 뻗어나가 있을 뿐이었다. 금 사이 갈라진 틈 사이를 비집고 그녀의 목소리가 들려왔다.

"윤슬아. 엄마가 오늘 저녁 메뉴로 네가 좋아하는 라자냐 요리했는데, 어때, 좋지?"

다행히도 거울에는 어린 나를 부르는 해맑은 목소리와 함께 그녀의 모습이 비쳤지만, 거미줄처럼 현란하게 깨어진 모양대로 일그러져 보였다.

"어서 손 씻고 와, 식기 전에 먹어야 맛있지."

역시나 거울에 금이 간 탓일까? 어제와는 달리 내가 보이지 않는 것 같았다.

'이럴 줄 알았으면 내가 엄마 딸이라고 말할 걸…. 어떻게든 교통사고를 막아낼 시도를…….'

나도 모를 죄책감이 내 목을 조이는 것 같았다. 온몸에 힘이 빠져 그대로 바닥에 쓰러졌다. 해가 몇 번이나 뜨고 졌을까? 내 안에 남아있는 온기가 빼꼼하게 열려있는 화장실 문틈으로까지 빠져나가는 느낌이었다. 그 틈 사이로 희미하게 보이는 그 무언가에 내 시선이 멈췄다. 펼쳐진 봉투 안. 빨간 글씨가 나를 응시하고 있었다.

|

재개발 통지서라고 두껍게 쓰인 제목 아래, 빨갛게 작은 글씨가 보였다. 그 글씨가 무엇인지 확인해 보려 있는 힘껏 손을 뻗었다. 하지만, 손끝이 닿기 전에 나는 기절하고 말았다.

'똑- 똑- 똑-'

사알짝 열린 수도꼭지에서 떨어지는 물방울 소리가 내 귓가를 때렸다. 작은 화장실 창문으로 들어온 햇빛은 나를 따스하게 감싸주었고 두 눈을 살포시 어루만져 주었다.

'지금이 몇 시지?'

깨진 거울을 생각할 겨를도 없이, 눈을 뜨자마자 거실로 뛰쳐나갔다. 시계는 4시 40분을 가리키고 있었다. 나는 늦었다는 생각에 다시 화장실, 아니 정확히는 거울을 향해 뛰어갔다. 이상하게도 발걸음이 그 어느 때보다 가벼웠고 산뜻했다. 하지만 화장실로 들어서자마자 내 눈 앞에 펼쳐진 상황은 발걸음 같지 않았다. 화장실 바닥에 깨진 거울 조각과 함께 쓰러져있는 나 자신을 발견했기 때문이었다. 그제야 내가 쓰러졌던 이유가 생각났다.

'엄마…!'

쓰러져있는 내 몸뚱어리 걱정보다 깨진 거울 속에서라도 엄마를 볼 수 있지 않을까 하는 마음에 다급히 세면대 위에 안쓰럽게 붙어 있는 거울 조각을 향해 시선을 돌렸다. 그러나 깨진 거울 속에는 엄마는커녕 내 모습조차 보이지 않았다.

'죽은 사람의 영혼은 반사되지 않는다.'

나는 그제야 비로소 내가 이미 죽었거나, 죽음을 앞두고 있다는 사실을 몸소 느낄 수 있었다. 얼마나 시간이 흘렀을까. 창문에 내려앉았던 햇살은 어느새 가고, 차디찬 밤공기가 집 안으로 들어오려 애쓰고 있었다. 그때가 되어서야 나는 이 상황에 대해 머릿속으로 정리해볼 수 있었다. 내 육신은 아직 깨어나지 못하고 있었지만, 흉부의 움직임으로 짐작했을 때 나는 아직 살아있었다. 다만 거울을 깼다는 괴로움과 충격으로 일어나지 못하는 듯했다. 깨어나지 못하면 위험할 것 같았다. 하지만, 기절하기 전에 희미하게 봤던 봉투 안의 글씨. 그것을 확인하는 것이 먼저라는 생각이 들었다.

재개발 통지서. 그 안에 적힌 강제 철거 통보일은 바로, 내일이었다.

|

내일이 강제 철거 날이니 뭐라도 대책을 세워야 할 텐데, 지금 이 상태로는 아무것도 할 수가 없었다. 뭐라도 해야겠다는 생각이 든 그때, 깨진 거울이 보였다. 거울과 눈이 마주친 그 순간 왠지 거울 속으로 들어갈 수 있을 것만 같은 느낌이 들었다. 아니, 들어가

야만 할 것 같았다. 그 순간 나는 홀린 듯 깨진 거울 앞으로 가서 손을 뻗었다.

'뭐, 뭐야?'

손이 깨진 거울에 맞닿은 순간, 내 몸이 거울 속으로 빠르게 빨려 들어가기 시작했다. 순간 눈앞이 흐려졌다. 곧 다시 빛으로 밝아졌을 즈음, 익숙한 향기와 분위기에 정신을 차리고 주변을 둘러보았다. 익숙한 느낌의 이 공간은 내가 다니던 고등학교의 강당이었다. 입학 축하 현수막과 줄 선 아이들이 보였다. 빳빳한 새 교복, 설렘에 가득 찬 모습은 영락없는 신입생이었다. 그들 틈에 있는 걸 보니 나도 아마 신입생이겠지. 주변의 모습뿐만 아니라 확연히 낮아진 시야를 보아도 틀림없다. 보통 여자애들은 중학교 시절 성장이 멈추는데, 나는 막판 스퍼트를 하듯 고등학교 1학년 겨울방학 때, 8센티미터나 자랐기 때문이다. 그 후로는 1밀리미터도 크지 않았기 때문에 여기가 고등학교 1학년 시절인 것을 확신했다.

이런저런 생각을 하며 이 상황을 이해하려는 사이에 교장 선생님의 훈화 말씀이 끝났다. 교장 선생님은 단상 밑으로 내려가셨고, 학생 주임 선생님으로 보이는 분이 배정받은 교실로 돌아가라고 하셨다. 11년 전 상황이 갑자기 눈앞에 펼쳐져 무엇을 해야 할지 몰라 당황했으나, 다행히 누군가가 내 손을 잡고 교실로 데려갔다. 곧 담임 선생님이 들어오셔서 자기소개를 하시며 이런저런 이야기를 하셨지만, 내 귀에는 전혀 들어오지 않았다. 앞으로 어떡해야 할지 여러 생각들이 끝없이 꼬리에 꼬리를 물고 이어졌다. 언제까지 거울 속 세상에 있을지 모르는 이 상황과 쓰러져 있는 내 몸에 대한 걱정이 머릿속을 가득 채웠다. 거울 속 세상의 시간이 더 빨리 흐른다면 다행이지만, 아니라면 큰 문제다. 강제 철거 날을 하루 남기고 철거되는 집에 쓰러져있는 나의 몸이 어떻게 될지 모른다.

여러 고민에 머리가 지끈거렸다. 사실 고민해 봤자 해결되는 것은 없었다. 고민해서 답이 나오는 문제가 아니었다. 그래서 그냥 마음 가는 대로 하기로 했다. 이런 일이 일어났다는 것에는 분명 그 나름의 이유가 있을 것이라 생각했다. 마음을 정리하고 나니 현실인지 아닐지도 모르는 이 자각몽 같은 상황은 어느새 나에게 기회로 다가왔다. 이 세상 속에서라도 엄마를 볼 수 있지 않을까. 엄마를 살릴 수 있지 않을까…. 후회로 가득한 그 시절을 떠올리며 엄마를 살리기 위해 기억을 되짚던 중 문득 내 곁에 남아있던 그 아이가 생각났다. 엄마가 돌아가시고 많이 방황하며 못난 짓은 다 했던, 그 시절의 나를 다잡아준 건 중학교 때부터 사귄 남자친구 도윤이었다. 도윤이는 엄마를 잃고 힘들어하는 나를 정말 헌신적으로 살펴줬다.

지금 와서 생각해 보면 어떻게 그럴 수 있었을까. 생각해 보면 도윤이도 어렸는데.

도윤이는 매일 아침 일찍 우리 집으로 왔었다. 내 아침밥을 챙기며 등교시켜 주었고, 나 혼자 관리하기 어려운 집 청소를 함께 해주었고, 밤에는 불안해하는 나를 위해 밤새 전화도 해주었다. 그리고 한번은 질이 좋지 않은 친구들과 어울리는 나를 말리려다 자기가 다쳐가면서까지 정신 차리라고 말해주던 도윤이었다. 몇 년 후에나 알았지만, 돈이 없어 막막하던 나를 몰래 뒤에서 도와준 것도 도윤이 부모님이었다고 한다. 도윤이의 부탁으로.

그런 도윤이를, 나는….

"슬아! 공윤슬!"

|

나를 잠식했던 생각에서 깨어났다. 숙였던 고개를 들어 선생님을 바라보았다.

"수업 시간에 뭐 하는 거야. 얼른 나와서 이 문제 좀 풀어봐."

선생님의 불호령에 번쩍 정신이 들었다. '내가 지금 뭐 하고 있는 거지?' 엄마를 구할 수 있는 절호의 기회를 이렇게 놓칠 수는 없었다. 자리를 박차고 일어나 학교를 뒤로하고, 무작정 집을 향해 내달렸다. 지난 십 년간 그리워하며 거울을 통해 바라만 보아야 했던 우리 엄마를 구할 수 있는, 하늘이 주신 기회였다.

"하아… 하아…."

턱 끝까지 차오르는 숨을 몰아쉬며 내 기억보다 더 새집 티가 나는 우리 집에 도착했다.

"엄마!! 나왔어!!"

대답이 없었다. 평소라면 통통 칼질 소리를 내며 요리하고 있을 엄마가 집에 없다. 이 시간에 학교에 있을 애가 왜 여기 있냐며 혼내야 할 우리 엄마가 없다. 믿을 수 없는 상황에 집 안 구석구석을 눈 씻고 다시 봐도 엄마는 어디에도 없었다.

"엄마…. 대체 어디 간 거야…."

속상함에 나도 모르게 눈물이 났다. 무릎에 얼굴을 묻은 채로 언제 돌아올지 모르는 엄마를 그렇게 하염없이 기다렸다.

어느덧 해가 뉘엿해진 시각. 초인종이 울렸다.

'딩동–'

'엄마? 엄마라면 초인종을 누를 리가…. 뭐야…, 누구지?'

"누구세요?"

"윤슬아! 나야, 도윤이!"

갑작스러운 상황에 당황한 것도 잠시, 오랜만에 듣는 도윤이 목소리에 홀린 듯이 현관문을 열었다.

"무슨 일인데 가방도 놓고 갔어? 갑자기 없어져서 너무 놀랐잖아. 무슨 일이야?"

나를 걱정해 주는 도윤이의 따스한 목소리에, 마르지도 않았는지 또 눈물이 나왔다. 도윤이에게 어디서부터 어떻게 설명해야 할까. 과연 도윤이가 십 년 뒤 미래에서 왔다는 내 말을 믿어 줄까? 나를 도와줄 수 있을까? 난 어렵게 입을 뗐다.

|

"그냥 일이 좀 있어서 그랬어."

어떻게 말하면 좋을까 생각하다가 대충 얼버무렸다. 도윤이가 살짝 허리를 숙이며 내게 말했다.

"공윤슬, 너 울어?"

“어.”

“무슨 일이야 진짜.”

“너 때문에.”

“… 예?”

푸흡. 얼빠진 도윤이 얼굴에 작게 웃음이 나왔다. 뭐, 딱히 거짓말도 아니니까.

“그건 됐고, 혹시 엄마 어디 계신지 알아? 집에 안 계시네….”

혹시 도윤이라면 알까 싶어 던진 물음에 작게 한숨을 쉰 도윤이가 답했다.

“안 그래도 그거 때문에 찾아온 거야. 어머님이 어제 나한테 연락 주셨었거든. 윤슬이 고등학교 입학 기념으로 깜짝 파티할 건데, 혹시 어디 안 가게 잘 데려와 달라고.”

이야기를 들어보니 무슨 일이 생긴 건 아닌 것 같아 다행이었다.

“그런데 너희 반 가보니까 애들은 갑자기 네가 뛰쳐나갔다고 그러지, 가방은 챙기지도 않았지…. 대체 무슨 일이 있었던 거야? 그리고… 나 때문에 울었다는 건 또 뭔데?”

다시금 되풀이되는 질문에 이대로 회피만 하다간 끝도 없겠다는 생각이 들었다. 뭔가 설명이 필요하겠다고 생각하던 차에 좋은 변명이 떠올랐다. 진실도 아닌, 그렇다고 마냥 거짓말도 아닌 그런 변명이.

“악몽을 좀 꿨어.”

“악몽?”

갑자기 그게 무슨 말이냐는 도윤이의 표정에도 태연히 말을 이어 나갔다.

“응. 악몽. 너랑 내가 싸워서 헤어지고, 그걸 내가 엄마에게 화풀이하다가 엄마가 차에 치이는 꿈이었어.”

“…….”

도윤이는 충격을 받았는지 아무 말도 하지 못했다. 예상했던 반응이었다. 누구라도 갑자기 이런 말을 들으면 저런 반응이겠지. 그럼에도 도윤이에게 이런 말을 꺼낸 건 앞으로의 계획 때문이었다. 이렇게 말을 꺼내 놓으면 앞으로 내가 엄마를 구하기 위해 어떤 이상한 행동을 보여도 어느 정도 당위성이 부여될 것이라고 생각했다. 정말 그 이유뿐이었다.

“그래서 내가 화장실에서 슬퍼하고 있었는데, 글쎄 화장실 거울에서 옛날 엄마 모습이 보이는 거야. 얼마나 슬펐겠어. 그런데 그걸 무려 십 년이나 버텼어. 있잖아, 더 대박인 건…….”

“그만.”

말을 더 이어가려던 찰나, 도윤이가 내 입을 막았다.

“알겠으니까 그만해도 괜찮아. 울면서까지 힘들게 말할 필요 없어.”

운다고? 그 말에 손을 들어 눈을 비비자 눈물이 묻어 나왔다.

‘뭐야, 나 정말 울고 있었네.’

“그런 꿈이면 확실히 컨디션이 망가질 만했겠다. 물어봐서 미안. 아, 갑자기 입 막은 것도 미안.”

“어… 아냐. 고마워.”

나도 모르게 터져 나온 감정에 조금 떨떠름한 기분이 들었다.

‘감정 조절도 못 하고 말이야. 아직 어리구나. 공윤슬.’

"그리고 우리가 왜 헤어져. 안 헤어질 거야 우린."

나름 신경이 쓰였는지, 아니면 날 위해서인지 그런 말을 꺼내는 도윤이였다.

"맞아."

나는 그렇게만 답한 채 싱긋 웃었다.

"곧 어머님 오시겠다. 세수라도 하고 오는 게…."

'삑- 삑-'

그때 도어록 소리가 들렸다. 호랑이도 제 말 하면 온다는 말처럼 문을 열고 들어온 사람은 바로,

"윤슬아, 엄마 왔다!"

우리 엄마였다.

'엄마…. 엄마야…. 우리 엄마…….'

엄마를 쳐다보느라 코로 먹는지 입으로 먹는지도 모르게 저녁을 먹은 후 도윤이를 집에 보내고 평소처럼 우리 최해송 여사님의 수다가 시작되었다. 믿을 수도 없고, 언제 끝날지도 모르는 이 상황 때문이었을까. 나는 엄마가 평소처럼 늘어놓는 대화에 뭐라고 대답하는지도 모르는 말들을 내뱉었고, 대화들은 그저 귀를 스쳐 지나갔다. 한동안 정신을 못 차리고, 그저 엄마를 다시 만난 감격에 겨워 있을 때였다.

"공윤슬! 엄마 말 듣고 있는 거야? 오늘 좀 이상하네?"

"어? 아, 엄마, 미안. 다른 생각 좀 하느라…. 무슨 얘기 중이었지?"

"아니, 도윤이가 항상 해맑아서 다행이라구. 윤슬아, 도윤이 꽉 잡아라. 도윤이만 한 남자도 없다? 얘가 장난기가 좀 많기는 해

도….”

“엄마! 딸은? 도윤이 말고, 엄마 딸 윤슬이는 안 예쁘고?”

사과를 깎는 엄마의 모습을 나긋이 바라보던 내가 말했다.

“아이, 물론 우리 딸이 최고지! 근데, 윤슬이 너 오늘 무슨 일 있었어? 원래였으면 바로 방에 들어갔을 애가 오늘은 계속 엄마 옆에 붙어있네? 자, 먹어.”

재빨리 사과를 받아먹고선 접시에 놓인 한 조각을 엄마에게도 건넸다.

“그냥, 엄마 좋아서 그렇지. 우리 엄마가 제일 좋아 난.”

“으…. 얘가 뭘 잘못 먹었나. 왜 이래. 야, 갑자기 이러니까 남사스럽다.”

엄마는 그렇게 말하면서도 좋았는지 입만은 웃고 있었다.

“오늘은 어땠어. 학교는 괜찮고?”

“응. 완전. 학교도 이쁘고 맘에 들어. 고마워 엄마.”

“너 오늘 진짜 무슨 일 있었던 건 아니지? 엄마한테 말해도 괜찮으니까 말해봐.”

이번에는 진짜 놀랐다는 엄마의 표정에 조금 화가 났다. 물론 엄마가 아니라, 엄마에게 참으로 못되게도 굴었던 과거의 나한테 말이다.

“그런 거 아냐. 나 고등학교 들어가고 철들었나 봐. 미안해 엄마…. 내가 지금까지 너무 투정만 부렸지? 내가 앞으로는 엄마 완전 호강시켜줄 거야. 사랑해.”

부끄러워 살짝 고개를 숙인 채로 전하지 못했던 진심을 내 가장 소중한 그녀에게 또박또박 전했다. 내가 가장 사랑하는 우리 엄마 최해송 씨에게…. 말을 다 끝내고 고개를 살짝 들었는데 엄마가 울고 있었다.

"네가 미안하긴 무슨…. 뭘 미안해. 남들 다 있는 아빠 없이도 이렇게 예쁘고, 씩씩하게 자라줬는데…. 어릴 때는 건강히 잘 자라주기만 바랐는데, 크면서 자꾸 욕심 부린 엄마가 미안하지. 이리 와봐, 우리 딸. 한번 안아보자."

"엄마!"

흐르는 눈물은 무시하고, 작게 벌린 엄마 두 팔 품에 푹 안겼다. 엄마 품은 따뜻했고, 포근했다. 그토록 꿈에 그리던, 아무리 그려도 부족했던 내가 가장 사랑한 엄마의 품이었다. 부둥켜안고 있던 것도 잠시. 많이도 울어 쉰 목소리로 엄마가 말했다.

"아이참, 오늘 좋은 날인데 이렇게만 있으면 안 되지. 잠시만 윤슬아."

엄마는 날 안고 있던 팔을 풀고서 한 손을 번쩍 들며 힘차게 외쳤다.

"우리 딸, 파이팅! 엄마 호강 약속도 파이팅! 행복해지자!"

엄마의 그런 장난스러운 모습이 웃겨서 킥킥 웃자, 엄마도 같이 웃었다.

"갑자기 그게 뭐야? 엄마 흥 많은 건 알고 있었지만, 이렇게 갑자기?"

엄마도 은근히 부끄러웠는지 내 눈을 살짝 피하며 대답했다.

"아니, 그냥…. 옛날에 누가 그러더라고. 생각하고 말하면 그렇게 이루어진다고 말이야. 웃긴 말이지만, 그게 또 힘이 나서 그때부터 종종 혼자서 외치고는 해."

'어…?'

순간 정신이 아찔해졌다. 엄마가 방금 한 말은 분명 내가… 거울로…….

"얘, 그렇게 이상했니? 갑자기 말이 없어지고 참, 사람 부끄럽게."

"어? 아, 아냐. 아니, 그 말 나도 왠지 들어봤던 것 같아서. 그… 있잖아, 엄마. 혹시 그 말 어디서 들었어?"

살짝 떠본다는 느낌으로 물어보자, 돌아오는 엄마의 대답은.

"…어? 아, 뭐. 그냥 회사 동료한테 들었지."

살짝 흔들리는 목소리에 확신했다. 처음에는 어쩌면 내가 아예 과거로 온 것이 아닌가 하는 생각이 들었지만, 역시 그런 단순한 일이 아니었다. 과거는 과거였으나, 이곳은 엄마를 잃고서 슬퍼하던 내가 거울을 통해 엄마와 이야기했던 흔적이 남아있는 세계. 즉, 거울 속 세계였다. 꿈 같은 곳. 갑자기 이 세계에서 언제 깨어날지 모른다는 생각이 들었다. 나는 이불을 바리바리 싸 들고 조그만 엄마 방에서 같이 자자면서 엄마 옆에 누웠다.

"엄마랑 같이 자니까 좋다."

"네 방 놔두고 갑자기 무슨 같이 자자고 그래. 늦었는데 어여 자."

"참. 엄마도 좋으면서!"

머릿속은 여전히 알 수 없는 현실과 고민으로 복잡했다. 하지만, 지금, 이 순간 가장 중요한 건 엄마가 내 옆에서 살아 숨 쉬고 있다는 것이었다. 앞으로 어떻게 되든 우선은 엄마와 최대한 함께하고 싶었다. 후회를 그저 후회로 남기지 않을 기회를 얻었으니까. 어두운 천장을 보며 생각했다. 앞으로 어떻게 하면 좋을지, 그리고 어떻게 하면 엄마를 안 잃을지. 이대로 눈을 감았다 뜨면 다시 원래대로 돌아가는 것은 아닐지. 그런 고민과 불안과 행복, 모든 것들을 품에 담고서 살며시 눈을 감자마자 재빠르게 수마(睡魔)가 몰려왔다.

"우리 착한 딸. 잘도 자네. 엄마가 많이 미안하고 사랑해. 윤슬아."

꿈에서 들려온 말인지, 정말로 엄마가 건넨 말인지 알 수 없을 만큼 몽롱한 상태였지만,

'있잖아요. 엄마….'

'많이….'

'정말 많이 보고 싶었어요….'

그렇게 생각했던 건지 말했던 건지도 모를 어느새 정신이 희미해졌다.

다음 날인 걸까. 소스라치며 눈을 뜨자마자 옆에 엄마가 있는지부터 확인했다. 다행히도 여전히 거울 속 세계. 가슴을 쓸어내리며, 꼭 엄마를 살려내리라 결의에 찬 하루를 시작했다.

"아니, 우리 딸. 왜 이렇게 일찍 일어났어?"

"응? 어제 얘기 안 했었나? 엄마, 나 첫 주번이야. 학교 얼른 다녀와서 우리 해송씨랑 놀아드릴게요!"

어떻게든 과거를 바꿀 방법을 생각해내야 한다. 혼자서 곰곰이 생각할 시간을 조금이라도 많이 갖기 위해서 부랴부랴 일찍 등굣길에 나섰다. 어제와는 달리 제대로 학교를 마친 후, 미칠 듯이 달려

집으로 향했다. 가쁜 숨을 헐떡이며 집에 도착해 현관문을 열자마자 핸드폰을 꺼내 시간부터 확인했다.

"하아…. 4시 39분…. 다행이다…. 하아…."

몸에서는 당장이라도 바닥에 누워 쉬라고 외치고 있었으나 그럴 수 없었다. 오후 4시 40분. 거울. 그것만이 내가 아는 이 기묘한 상황의 단서였다.

"…역시 아무것도 안 보이나."

거울에는 아무것도 보이지 않았다. 하지만 예상했던 일이었다. 언제나 내가 일방적으로 엄마를 봤을 뿐, 엄마는 나를 볼 수 없었으니까. 그렇다면 엄마는 나를 어떻게 볼 수 있었을까. 생각해 보면 모든 것은 단 하나의 움직임에서 비롯된 것이었다. 엄마를 지켜볼 수 있게 된 것도. 엄마와 대화를 나누게 된 것도. 엄마가 나를 보게 된 것도. 그리고 내가 여기에 온 것도…. 생각해 보면 모두…,

손이 닿는 순간. 그것이었다.

나는 천천히 거울을 향해 손을 내밀었다.

|

손이 거울에 닿자마자 천천히 빨려 들어가는 느낌이 들었다.

'어?'

확실히 거울 속으로 손이 들어가고 있는 것을 확인한 나는 소스라치게 놀랐다.

"꺄악!"

'이게 어떻게 된 거야? 어떻게 손이 여기로 들어가는 거지?'

나는 거울 안으로 손을 넣고 휘휘 저어 보았다. 그 순간 턱 하며 누군가 내 손을 잡아채는 것이 느껴졌다. 당황한 나는 잡힌 손을 빼내려 했지만, 역부족이었다. 거울 건너 내 손을 잡고 있는 사람을 확인하기 위해 거울을 뚫어져라 쳐다보았다. 하지만, 건너편 거울이 깨진 탓인지 희미하게 갈라져 보이는 파편에 비친 얼굴이 잘 보이지 않았다. 그 순간 거울 너머에서 익숙한 남자의 목소리가 들려왔다.

"공윤슬? 너…… 공윤슬이야?"

'뭐지? 이건 분명 도윤이 목소리인데? 도윤이가 왜 거기에?'

수많은 생각들이 머릿속을 스쳐 가던 그때, 도윤이의 당황스러운 혼잣말에 정신이 번쩍 들었다.

"아니…, 여기 누워있는 윤슬이는 누구고, 내 손을 잡고 있는 윤슬이는 누구야? 내가 지금 뭘 보고 있는 거지?"

우선 도윤이를 진정시켜야만 한다는 생각에 다급하게 말을 이었다.

"도윤아! 거기 있는 것도 여기 있는 것도 모두 나야, 윤슬이! 이야기하자면 너무 길어. 믿기 힘들겠지만, 엄마가 사는 과거로 오게 됐어! 엄마가 사고로 돌아가신 건 너도 알잖아!"

"정말 윤슬이 맞아? 그리고 지금 말은 네가 전에 말해줬던 꿈 이야기랑 똑같은 상황이 되었던 그날 이야기 말하는 거야? 아직도 믿기지 않지만, 기억이 너무 뚜렷해."

"뭐? 내 꿈 이야기랑 똑같은 상황?"

'뭐야? 과거가 바뀐 거야? 내가 했던 이야기를 도윤이가 기억하고 있다면, 내가 여기에서 하는 행동으로 인해서 미래가 바뀔 수 있다는 건가?'

그 순간, 갑자기 내 손 위로 뜨거운 무언가가 떨어졌다. 도윤이가 서럽게 우는 소리와 함께 잡고 있던 손이 떨려왔고, 내 손 위로 도윤이의 눈물이 한없이 떨어져 흐르는 듯했다.

"윤슬아. 엄마 없이 보낸 내 어린 시절, 어머님은 내 엄마나 다름없었어. 그리고 윤슬아. 넌 몰랐겠지만, 난 항상 네 곁에 있었어."

"내 곁에 있었다고?"

"응. 우리 헤어지고 나서, 나 유학 다녀왔거든. 유학 마치고 돌아와서 우리 추억이 많았던 이 동네에 자주 찾아온 지 조금 됐어. 그렇게 널 멀리서 항상 지켜보게 된 거야. 우연이라도 마주칠까 싶어 일주일에 두세 번은 꼭 이 동네에 왔었는데…."

"연락을 하지 그랬어…."

"그래서 이번에는 용기 내서 얼굴 좀 보려고, 너네 집 앞에 저 슈퍼 파란색 의자에 앉아서 기다렸는데…. 너… 안 오더라?"

우리의 추억이 가득한 그 의자. 그 슈퍼마켓. 생각만 해도 미소가 지어졌다. 그만큼 온 동네 곳곳에 내 삶의 추억이 가득해서일까. 엄마가 돌아가신 후로는 동네를 거의 돌아다니지 않았다.

"근데 도윤아 네가 어떻게 알고 우리 집에 온 거야?"

"요 며칠 새 네가 보이지 않더라고…. 그래서 걱정돼서 찾아와 봤어. 인기척이 없길래 문을 막 두드렸는데, 문이 열려있었어…. 들어와 보니 넌 쓰러져 있었고. 보고 놀라서 급하게 안으로 들어왔는데, 지금 이렇게 거울 속에서는 손이 튀어나오고…. 공윤슬 너 때문에 나 심장 멎을 뻔했잖아. 그나저나 어떻게 된 거야. 과거 얘기는 뭐고? 어떤 게 진짜 너야?"

웃을 상황은 아니지만, 거울 너머에서 당황하고 있을 도윤이 생각에 갑자기 헛웃음이 났다. 그 순간 번뜩 '재개발 통지서'라는 빨간 글씨가 머릿속을 스쳐 지나갔다.

"그보다 도윤아! 지금 그 동네 재개발 시작된다고 들었는데, 우리 집 철거하는 거래?"

"아, 그건 걱정하지 마! 이 동네 재개발 우리 아버지 회사에서 하는 거야. 내 추억이 담긴 곳이라고 아버지한테 재검토 부탁드렸더니 흔쾌히 허락해주셨어!"

"다행이다…."

"그 걱정은 하지 말고. 근데 어떻게 된 거야? 여기로 나올 수는 있어?"

도윤이에게 상황을 얘기하려던 그 순간. 갑자기 거울의 구멍이 작아지기 시작했다.

'벌써 20분이 흐른 건가?'

"어? 어…?"

"도윤아! 도윤아! 내 말 들려? 4시 40분! 매일 오후 4시 40분! 기억해!"

"뭐? 윤슬아! 공윤슬!"

없어진 구멍을 쳐다보다가 가만히 내 손을 내려다봤다. 내 손에 도윤이의 온기와 눈물 자국은 그대로 남아있었고, 나도 모르게 눈물이 또르르 흘러내렸다.

'띡- 띠띠띠띠- 띠리리-'

'철컥-'

'문 열리는 소리…, 엄마 왔나?'

"공윤슬! 집에 일찍 왔네? 내일 소풍이지? 엄마가 우리 윤슬이 좋아하는 초밥 재료 사 왔지롱. 우리 저녁에도 만들어 먹자! 도윤이 것도 같이 싸서 가져가고! 알았지?"

"엄마! 나 엄마랑 요리할 때가 제일 행복해! 아…, 왜 갑자기 눈물이 나지?"

"아니, 얘가 왜 이래? 맨날 이야기도 하기 싫다고 문 쾅 닫고 들어가는 애가? 요즘 너 볼수록 이상하다?"

"사춘기 때는 원래 그렇잖아! 엄마두 참…. 나 정도면 사춘기 말썽 안 부리고 잘 지나간 거야! 이제 사춘기 끝! 이제는 엄마에게 효도만 하는 딸이 되겠습니다!"

"하하하하하……."

행복한 엄마의 웃음소리와 내 웃음소리가 울려 퍼져 내 귓가에 겹쳐 들려오니 정말로 꿈만 같았다. 다시금 들려오는 도어록 소리와 함께 자연스레 그 문을 열고 들어오는 도윤이. 나는 자연스럽게 다가가 도윤이에게 장난을 쳤다.

"넌 정말 여기가 너네 집이구나! 정말 자기 집처럼 저렇게 문 열고 들어오는 거 봐!"

도윤이는 내 말에는 아랑곳하지도 않고 거드름 피우며 소파 위에 철퍼덕 앉았다.

"에이…. 어머니도 그렇게 생각하세요? 저 그럼 섭하죠! 저 아들이라면서요!"

"그럼, 그럼, 내 아들이지…. 난 딸도 있고, 아들도 있고 200점 엄마다! 너희 나중에 효도해야 한다? 알았지? 난 너희만 믿고 늙을 거다!"

도윤이의 장난스러운 말과 엄마의 행복한 웃음소리에 집안이 따뜻함으로 가득 찼다.

'엄마…. 제가 효도할 테니까 꼭 저랑 함께 늙어요. 제발…….'

|

엄마의 사고 후 지난 10년 동안, 그리고 그려왔던 엄마와의 일상은 마치 꿈같았다. 눈을 뜨면 어느새 다음날이었고 언제라도 거울 속으로 다시 빨려 들어가 원래의 몸으로 돌아갈지 모른다는 긴장감 속에 하루를 보내고 나면 잠들기 전까지의 저녁 시간은 온전히 엄마와 함께 할 수 있었다. 1년간 걱정 없이 엄마와 시간을 보낸 이유도 매일 거울 속 도윤이가 원래 내가 있던 곳의 일을 내게 알려줬기 때문이다.

그렇게 불안과 안도, 그리고 행복이 뒤섞인 하루하루가 지나 어느새 나는 거울 속 세계에서 1년째 선물 같은 시간을 보내고 있었다.

"응? 왜 그렇게 봐, 딸?"

"아니…. 그냥…. 엄마랑 데이트하는 거 좋아서."

거울 속 공윤슬은 어느새 고등학교 2학년의 봄을 맞이하고 있었다. 그 말인즉슨, 나에게서 엄마를 앗아간 그 끔찍한 사고가 일어나기까지 이제 불과 세 개월 정도밖에 남지 않았다는 것이다.

"엄마."

"응."

"엄마는 어느 날 갑자기 점쟁이가 와서 '당신은 일주일 후에 교통사고로 죽을 겁니다.'라고 말하면 어떻게 할 거야?"

"뭐? 그게 뭐야. 불길하게 그런 상상을 뭣하러 해."

"아니, 뭐…. 사주나 타로 그런 거 믿는 사람들도 있잖아. 그냥 엄마는 그런 말 들으면 어떻게 할 건가 궁금해서 그러지."

"글쎄…. 엄마는 일단 그 점쟁이한테 너는 무사한지부터 물을 거 같은데?"

"어? 나…?"

"엄마가 너랑 걸어가다가 차에 치이는 건지도 모르잖아. 일주일 후에 너는 무사한지부터 물어봐야지."

그 말을 듣자마자 울컥했다. 사고가 있던 날, 엄마는 미리 주문해놓았던 내 생일 선물을 가지러 수제화 가게로 가던 중이었다. 엄마가 평소엔 갈 일 없는 그 사거리를 지난 이유가 내 생일 선물 때문이었다는 걸 알고, 나는 끝도 없이 괴로웠다. 심지어 엄마에게 괜한 짜증까지 부렸던 나였는데…, 엄마는 그런 딸 뭐가 예쁘다고…. 그런데 예견된 죽음을 미리 경고해 주는 그 고마운 점쟁이에게 묻는다는 말이 고작 내 안부라니. 나는 코가 시큰해져 엄마의 말에 대꾸하지 못하고 고개를 돌려버렸다.

"너 오늘도 엄마랑 같이 잘 거야?"

"응. 나 이제 엄마랑 계속 같이 자려고."

"얘가 고등학생 되고부터 이러네. 사춘기 끝나니까 엄마가 그렇게 좋아졌어?"

"네! 그럼요! 그러니까 좀 옆으로 가보세요! 저 누울게요!"

엄마와의 저녁 외식이 끝나고 집으로 돌아온 나는 엄마에게 어떻게 하면 그간의 일들을 잘 설명할 수 있을지 한참을 고민했다. 노트에 시간 순서대로 일어난 일을 적고 가장 중요한 '세 개월 후 사거리 교통사고'에는 별표까지 세 개나 그렸다. 황당해하며 믿지 않을 엄마를 납득시키기 위한 만반의 준비를 마치고 나는 안방으로 가서 엄마 옆에 누웠다. 애교를 부리며 엄마 품에 파고들었지만, 막상 이야기를 시작하려니 입이 떨어지지 않았다. 하지만 더는 미룰 수 없었다.

"엄마…. 아까 그 점쟁이 이야기, 있잖아…."

"점쟁이? 뭐 그 교통사고 난다고 얘기해 주면 어떻게 할 거냐 그거?"

"응…. 그 점쟁이가…, 사실, 나야…."

"……."

"세 개월 후 내 생일 이틀 전날에…, 엄마한테 교통사고가 나…. 그 보라마트 옆에 있는 수제화 가게에 엄마가 내 생일선물 가지러 가다가 사거리에서."

"……."

"그래서 나는 고2 여름에 엄마를 잃었고… 생일을 장례식장에서 보냈어…. 그런데 엄마 사십구재 지내고 집에 돌아왔는데, 화장실 거울에 마치 마법처럼 너무 신기한 광경이 보이는 거야…. 엄마랑 꼭 닮은 젊은 여자가 갓난아기를 업고 있었는데… 그게 엄마였어…. 그리고 그때부터 매일 오후 4시 40분만 되면 엄마 모습이 거울로 보여서 매일같이 거울 앞에서…."

"…… 그럼 그때 그 아가씨가 우리 슬이 맞았구나……."

갑작스러운 엄마의 말에 놀라 나는 말하던 것도 멈추고 엄마 품에 파묻었던 고개를 들어 엄마를 올려다보았다. 그간의 이야기를 전하던 나는 어느새 온 얼굴이 눈물로 엉망이었다.

"예전에 엄마가 신기한 경험을 했거든. 엄마는 처음엔 그 아가씨가 참 착한 귀신이라고 생각했는데, 다시 생각해 보니까 이상하더라고. 10년 동안 거울로 나를 지켜봐 왔다고 하질 않나…. 울기도 잘 울고….”

엄마는 온 얼굴이 눈물로 범벅인 내 등을 토닥이며 차분히 말을 이어 나갔다. 엄마는 내 생각보다 훨씬 더 많은 것을 거울을 통해 꿰뚫어 보고 있었다.

“그럼 지금 엄마 앞에 있는 윤슬이도 엄마가 원래 알던 윤슬이가 아닌 거지?”

아니, 사실 엄마는 모든 걸 다 알고 있었던 모양이다.

|

엄마가 그날들의 기억을 갖고 있는 건 내 지난 10년에 대한 보상인 걸까. 엄마가 떠나가시고 그렇게 휑한 가슴을 안고 살아왔던 지난 기억들이 스쳐 지나갔다. 현관문을 밀치고 들어서며 ‘엄마’하고 부르면 언제나 ‘학교 잘 다녀왔냐’시며 반겨주시던 그 목소리가 잊히지 않아 너무 그리웠다. 밥 한 끼 챙겨 먹는 것도 쉽지 않았던 삶에서 모든 방문을 열고 마지막 화장실 문까지 열어가며 엄마의 빈자리를 확인하는 것이 유일한 일상이었던 내 삶.

시간이 지나면 잊히는 기억들과 달리 사랑은 덮어지는 게 아니었다.

엄마의 흔적들이 담긴 모든 것들이 틈만 나면 스멀스멀 기어 올라왔다. 나 혼자만 열어보려던 비밀의 문으로 꼭꼭 닫아놨던 감정들은 오후 4시 40분만 되면 잠긴 자물쇠가 저절로 풀려 혼자 문을 열고 나오듯 넘쳐흘렀다. 그때 나의 감정들은 나만이 들춰 볼 수 있는 감춰진 일기장처럼 읽고 또 읽어도 엄마가 떠나던 그날은 더욱 또렷하게 뱅글뱅글 돌고 돌아 내 머릿속을 가득 채웠다.

'내가 모진 말을 했던 그 자리와 그 시간은 언제쯤 잊힐까….'

그 순간을 잊지 말라고 나에게 주어진 기회라는 생각이 스쳐서였을까. 나는 모든 것을 안고 가기로 했다.

'내가 죽는 한이 있어도 엄마를 꼭 살릴 거야.'

안고 가다 민들레 홀씨를 후 불어 날리듯 내가 사라져 버리더라도…

후회했던 그 시간을 다시 겪지 않기 위해 엄마를 향한 끝없는 사랑의 꽃을 날리며…

이 현실인지 아닐지도 모르는 삶을 누구보다 열심히 절박하게 살아가려 한다.

세월, 세월 덧입혀 그려놓고 간 내 가슴속에 엄마의 사랑 꽃 수채화를 시들게 내버려 둘 수는 없었다. 그렇게 내 마음 모든 감정들이 파도로 일고 그 파도가 잠잠해질 무렵, 나를 부르는 따뜻한 목소리가 들려왔다.

"우리 윤슬이 지금까지 얼마나 힘들었어. 내 사랑하는 강아지."

밤새 울어 퉁퉁 부은 눈을 비비며 등굣길에 나섰다. 어젯밤 모든 진실을 알게 된 엄마가 자꾸 '윤슬아 엄마가 미안해'하면서 우시는데 같이 울지 않을 수가 없었다. 그간 괜찮았냐는 엄마의 물음에 처음에는 하나도 안 힘들었고 잘 지냈다고 말하려 했지만, 이야기를 계속하다 보니 결국에는 그동안 힘들었던 것을 모두 털어놓고, 어리광도 잔뜩 피워버렸다.

"여기 오고 나서 나잇값을 못하는 것 같아."

"뭐라고?"

"어? 아, 아무것도 아냐."

내가 어색하게 웃자, 옆에서 같이 걷고 있던 도윤이가 나를 이상하게 쳐다보기 시작했다. 생각에 빠져서 옆에 도윤이가 있는 것도 깜빡했다.

"넌 참…."

"하하하…."

괜히 민망해서 하하 웃고 있자니, 도윤이는 작게 한숨을 쉬며 다 이해한다는 듯 어깨를 으쓱였다. 내가 과거로 오고 나서 하도 이상한 짓을 많이 해서 그런지 이제는 익숙해진 모양이었다.

"그보다 오늘 아침에 말할 거 있다는 건 뭐야?"

"맞아! 그거!"

손뼉까지 치며 잔뜩 호들갑을 떠는 내 모습에 여전히 모르겠다는 표정의 도윤이였다. 그런 도윤이에게 장난스레 웃으며 말했다.

"도윤아. 너는 미래의 널 만나면 어떨 것 같아?"

그렇게 나는 어제 밤새워 생각한 계획의 시작을 알렸다. 엄마에게 모든 걸 다 털어놓고 나서야 진정된 마음으로 구상할 수 있던 계획이었다.

'최해송 여사 살리기 프로젝트'

"나는 아직도 믿기지 않아…. 형이 나라구요…? 진짜?"

"나는 1년간 이 짓을 반복 중인데도 도저히 믿어지지 않는다. 과거의 나야."

서로 어이없어하는 과거의 도윤이와 미래의 도윤이. 그리고 그 사이에서 나는 안도의 한숨을 내쉬고 있었다. 왜냐고? 그 왜, 영화 같은 곳에서 그런 거 있잖아. 서로 시간대가 다른 동일 인물이 만나면 죽는다거나 하는 거. 도윤이에게 말한 이후에야 이게 떠올라서 혹시나 하는 마음에 수업 시간 내내 불안했는데 다행이었다.

"아무튼, 내가 오늘 이런 자리를 만든 건 중요한 계획을 위한 회의 때문이야."

"무슨 계획?"

처음엔 이 기묘한 상황에 호들갑을 떨었으나, 이제는 나름대로 진정하게 된 과거의 도윤이가 물었다.

"시간이 별로 없으니 본론부터 말할게. 원래라면 이번 여름, 그러니까 세 개월 후인 6월 24일에 엄마는 교통사고로 돌아가셔."

그 말에 미래의 도윤이는 아무 말도 하지 않았고, 과거의 도윤이는 많이 놀란 듯 눈을 크게 떴다. 나는 그런 도윤이에게 설명했다.

"도윤아. 하굣길엔 내가 미래에서 왔다는 말만으로도 네가 버거워 보여서 말을 못 했지만, 방금 말한 대로야. 나는 그날에 엄마를 잃었어."

도윤이의 표정은 심란했고, 그것은 당연한 일이었다. 우리 엄마가 돌아가시고 나도 힘들었지만, 도윤이도 얼마나 힘들어했던가. 지금 미래의 도윤이가 아무 말도 하지 않는 것이 그 점을 여실히 보여주고 있었다. 곧 5시가 다 되어가는 시간. 나는 과거에도 미래에도 여전히 내 옆에 있어 주는 감사한 그들에게 내 마음을 고했다.

"나는 그런 우리 엄마를 꼭 구하고 싶어. 도윤아, 도와줘."

미래의 도윤이는 여전히 말이 없었다. 생각해 보면 도윤이는 그동안 얼마나 힘들었을까. 그럼에도 도윤이는 이렇게 다시 내게 돌아와 주었다. 다른 일로 바빴을 텐데도 1년간 한 번도 빠짐없이 거울 속에서 내 이야기를 들어주었다. 어쩌면 도윤이도 많이 지치지 않았을까. 괜한 책임감으로 매일 같이 이곳에 와준 것은 아닐까. 끝도 없이 파고드는 상념과 이어지는 정적 속에서 과연 어떤 말을 해야 할지 고민하던 그때.

"일단은 시간이 없으니까, 자세한 계획은 내일 바로 이야기해줘. 내가 할 수 있는 일이라면 뭐든지 도울 테니까."

"어?"

내 얼빠진 표정에 미래의 도윤이가 작게 웃었다.

"어차피 또 '도윤이는 이렇지 않을까? 저렇지 않을까?' 생각하면서 삽질이나 하고 있었겠지. 야, 10년을 넘게 기다렸어. 동정심 그런 것도 아니고."

얼굴이 보이진 않았지만, 어째서인지 거울 너머의 지금 도윤이가 짓고 있을 표정을 알 것만 같았다. 나에 대해선 다 안다는 듯 살짝은 재수 없는 느낌으로 의기양양한 표정을 짓고 있겠지. 하지만, 도윤이가 말한 것이 전부 사실이라 그 재수 없는 표정조차 내겐 멋있게 보일 것 같았다.

"그러니까 괜한 생각 하지 말고 제발 무사히 돌아오기만 해줘라. 처음 집에 왔을 때 너 쓰러져 있는 모습 보고 내가 얼마나 놀랐는지 알아?"

그 많은 시간 속에서도 서로의 깊은 곳에 닿지 못한 채 쭉 겉돌기만 하던 우리는 하루 20분 동안 목소리만 들을 수 있는 이 지경이 되어서야 서로를 가장 잘 알게 되었다. 그것은 참 아이러니하면서도 동시에 매우 자연스러운 일일지도 모른다고 생각했다. 사람이란 언제나 잃고 나서야 소중함을 알게 되는 법이니까.

"나도 도울게. 윤슬아. 솔직히 너희 대화도 그렇고 아직도 뭐가 뭔지 잘 모르겠지만, 어머님 돌아가시는 건 싫다."

지금 여기에 있는 과거의 도윤이도 그리 말해줬으니, 더 이상 쓸데없는 생각을 할 때가 아니었다.

"둘 다, 고마워."

그날 이후 약 두 달 동안 우리는 매일 같이 오후 4시 40분에 모여서 짧은 회의 시간을 가졌다. 회의 내용은 거울로 벌어지는 초자연적 현상, 일명 '거울현상'을 연구하는 것. 그리고 그에 따라 엄마를 살리기 위한 방법을 찾는 것.

"어때 도윤아? 거실에 화분은 사라졌어?"

"응, 원래 화분은 없었어. 그런데 네 말대로라면 어제까진 있었다는 거지? 나도 그걸 봤었고. 그리고 오늘이 되니까 난 그걸 당연하다는 듯 없었다고 여기는 건가? 미치겠다 윤슬아."

어제 내가 깬 화분이 오늘 미래의 우리 집에서도 사라졌다. 분명 미래의 도윤이도 어제까지는 그 화분이 있었다고 말해줬다. 놀라운 점은 오늘에 와서는 그 화분이 원래 없었다고 말하는 것이었다.

"그러면, 다행히 두 시간대가 연결되어 있다고 봐도 좋은 건가? 어머님을 살리려면 그 점이 중요하잖아."

내 옆에 있는 과거의 도윤이가 말한 대로 시간대가 연결되어 있다는 것은 매우 중요했다. 그래야 여기서 엄마가 살았을 때, 미래에도 살아 계실 테니까. 그러나, 두 달간 도윤이들과 함께하며 내 생각은 조금 변했다.

"그렇겠지. 그런데, 나 이제는 꼭 시간대가 연결되어 있지 않아도 괜찮을 것 같아."

"뭐?"

두 도윤이 모두 갑자기 그게 무슨 말이냐며 물었다. 둘 다 그럴만도 한 것이 시간대가 연결 되어 미래에서도 엄마를 보고 싶다는 것은 지금까지 내가 강하게 주장했던 것이기 때문이었다. 나는 그들에게 차근히 설명하기 시작했다.

"요 며칠간 회의를 하면서 느낀 건데, 결국 우리가 이 거울현상에 대해 정확히 알 수 있는 건 하나도 없잖아?"

애초에 미래니, 과거니 하는 어려운 이야기를 고작 학생인 우리가 제대로 알 리가 없었다. 우선은 과거에 따라 미래가 바뀐다고 하는 것에 대한 가설도 열심히 조사해봤지만, 그것도 전문가에 따라 제각각이었다. 바뀐 과거에 따라 새로운 미래가 계속해서 생겨난다는 설도 있고, 이미 관측한 미래가 존재하는 한 과거를 아무리 바꾸려 해도 인과력이라는 것이 작용해서 미래는 바뀌지 않는다는 설도 있고. 이외에도 너무 많은 가설이 있어 결국 우리가 할 수 있는 것이라곤 보다 많은 가설을 공부하며 발생할 수 있는 경우의 수를 알아보고, 실제 어떻게 작용하는지 실험해보는 것뿐이었다. 즉, 가장 중요한 엄마를 살릴 수 있는지, 미래를 바꿀 수 있는지는 우리가 끝내 확실히 알 수가 없는 것이었다.

"그래서 생각했어. 과거에 올 수 있었던 것만으로도 기적인데, 여기에 더 확실한 것을 바라는 것은 욕심이 아닐까 하고. 지금은 그냥 현재의 엄마를 구할 수 있다면 그걸로도 충분해. 아니, 내겐 더할 나위 없는 기적이야."

"그래, 네가 그렇게 생각했다면 난 다 괜찮아. 그런데 나도 한마디만 해도 될까?"

말을 꺼낸 것은 거울 너머 미래의 도윤이었다.

"실은 이걸 계속 어떻게 말을 해야 하나 싶었는데, 네가 이야기를 꺼냈으니 말할게. 너 말대로 지금 우리에겐 하나 확실한 게 없어. 그러니까 내가 가장 걱정하는 건 너야, 공윤슬."

"어?"

"화분을 깨는 것으로 양 시간대가 연결되어 있다는 것을 알았고, 그래서 우리는 과거가 바뀜에 따라 자연스럽게 미래가 바뀐다는 것을 알았지. 그렇다면 더 큰 변화가 일어나면 대체 어떻게 미래가 바뀔지 모른다는 거야."

도윤이는 담담한 목소리로 말을 이었다.

"너희 집 화분이 하나 깨졌다고 해서 미래에 큰 영향을 미쳤을까? 아닐 거야. 그래서 아마도 내 인식이 변화하는 것만으로 끝났겠지. 그런데 윤슬아. 만약 어머님을 살리게 되면, 괴로워하며 10년 가까이 거울 앞에서 엄마를 보던 공윤슬이라는 미래가 부정되어야 하는 거야. 심지어 넌 그때 과거의 어머님이랑 대화까지 했다고 했지? 대체 얼마나 많은 것들이 변화하고 부정되어야 하는지 감이 와?"

꽤 구체적인 설명에 도윤이가 퍽 오랜 시간 고민했음을 알 수 있었다.

"그럴 경우에 그 부정 요소를 다 갖추고 있는 넌 대체 어떻게 되는 건데? 나는 어차피 원래 시간대에 있으니 나도 모르게 자연스럽게 변화하겠지만, 내가 조사하며 본 소설이나 영화 같은 곳에선 너처럼 시간을 이동한 사람은 영원히 돌아오지 못하고 표류하기도 하던데?"

"도윤아. 가설은 가설일 뿐이잖아. 결국 너도, 나도 어떻게 될지 몰라."

내 답에 말하기 힘들다는 듯, 잠시 뜸을 들인 미래의 도윤이가 내게 말했다.

"거울을 통해서 널 만났을 때, 네 팔이 거울을 통과했지. 그럼 아마 지금도 될 거라고 생각해. 윤슬아, 정말 미안한데. 정말 너한테 이런 말 하면 안 되는 거 아는데….”

아주 조심스러운 목소리에 도윤이가 얼마나 고심했고 말하기 힘들어하는지 느껴졌다.

“그냥 지금 돌아와 주면 안될까…?”

“… 미안.”

도윤이는 내게 이런 말을 하면 안 된다고 했지만, 적어도 도윤이만큼은 그럴 자격이 있었다. 그는 날 걱정한 것이었고, 날 중요하게 생각해준 것이었다. 내게 있어 정말 고마운 일이었다. 그러니, 이렇게나 나를 위해주는 너에게만큼은 제대로 설명해야 했다.

"나 예전에 민들레 씨를 되게 좋아했다? 마치 하얀 날개를 단 요정 친구들 같아서 매일 들고 다녔어."

"… 무슨 말이야?"

"어느 날 바람이 세게 불어서 씨가 날아갈까 봐 손으로 막았는데, 그걸 본 선생님이 민들레는 원래 그렇게 씨를 날려서 새로운 민들레를 만들어낸다고 하시는 거야. 그래서 난 막던 손을 치웠고 씨는 전부 날아가 버렸지. 근데 도윤아. 나는 후회했다? 새로운 민들레가 생기든 말든 나한테 소중했던 것은 손에 들고 있던 그 요정 친구들이었던 거야."

"… 너."

나도 모르는 사이 목구멍에서 올라오는 목소리에 힘이 들어가기 시작했다.

"나 이번에는 후회하고 싶지 않아. 물론 가설이지만, 가설이 아니라 확정된 미래라고 해도 좋아. 내가 부정당해도 좋으니까, 나를 위해 너무 많은 것을 희생한 엄마와 그 시간대의 공윤슬이 행복하게 지냈으면 좋겠어."

나는 어느새 펑펑 울고 있었다. 엄마에게 미안했다. 도윤이에게 미안했다. 어쩌면 도움의 손길을 내밀어줬을 사람들에게도 미안했다. 동시에, 나에게 가장 미안했다. 무엇보다도 소중한 나 자신의 인생을 그저 흐름에 맡겨 살아왔으니까. 부끄럽다는 이유로 소중한 이들에게 속마음을 전하지 않았고, 엄마가 돌아가신 뒤로는 아예 될 대로 되라는 식이었다. 목표도 없었고, 하고 싶은 일도 없었다. 그렇지만, 이곳에 온 이후에는 달랐다. 내가 생각하고 내가 행동하는 삶이었다. 엄마를 만나 끝내 전하지 못했던 진심을 전할 수 있었고, 도윤이에게도 제대로 감사를 전할 수 있었다. 거울현상은 그야말로 내게 기적 같은 일이었다. 그러니, 그 기적 속에서 마지막까지 내 선택으로 잘못된 모든 것을 바로잡고 싶었다.

“그러니까 이도윤. 그렇게 복잡하게 고민하지 마. 엄마를 구한다! 그리고 나는 돌아간다! 뭐, 그게 안 되면 어쩔 수 없다! 단지 그뿐이라고.”

그때, 조용히 듣고만 있던 내 옆에 있는 과거의 도윤이가 아무 말 없이 날 안아주었다. 이 착한 녀석.

“괜한 말 해서 미안. 그래, 네 말이 맞다. 어머님을 구하고 너는 원래대로 돌아오고. 그게 안 될 리가 없고. 그렇지?”

목소리의 변화로 봐선 다행히 미래의 도윤이도 기운을 차린 것 같았다. 날 안아주던 도윤이에게 이제 괜찮다며 작게 감사를 표한 뒤 거울에 대고 장난스레 말했다.

“당연하지. 그보다 나 돌아가면 모른 척이나 하지 마. 옛날처럼 유학이니 뭐니 하면서 또 떠나면 가만 안 둘 거야 진짜.”

“내가 뭐 때문에 1년 넘게 여기서 이러고 있다고 생각하는데.”

둘이서 그러고 있자니, 가만히 보고 있던 현재의 도윤이가 어이없다는 눈으로 지켜보며 말했다.

"분명 미래의 나일 텐데, 왜 이렇게 눈꼴이 시리지?"

"하하."

내가 생각해도 좀 그랬나 싶어 멋쩍게 웃어넘기자, 딱히 상관하지 않는 듯 미래의 도윤이가 상황을 정리하기 시작했다.

"어쨌든, 그러면 이제 사고 당일에 어머님이 집안에만 계시면 되는 거네? 그걸로 될지는 모르겠지만 이제 그런 건 고려하지 않기로 했으니까."

"맞아. 사고에 관해선 엄마도 알고 계시니까 설득하거나 하는 데도 문제없을 거야. 결국에는 이렇게 단순한 일이 되었지만, 다들 지금까지 같이 고민해줘서 고마워."

"저기, 마지막으로 할 말이 있는데."

말을 꺼낸 것은 여기 있는 과거의 도윤이었다.

"어머님을 구하고 윤슬이가 어떻게 되고 이제 더 이상 과학적인 것들은 신경 쓰지 않기로 한 건 알겠어. 그런데 일어날 사고는 반드시 일어난다는 그런 얘기도 있잖아. 어쩌면 교통사고 자체는 벌어져서 다른 사람이 다칠 수도 있지 않을까?"

"확실히 그런 가설도 있었지. 어떻게 생각해 윤슬아?"

내 대답을 기다리는 두 사람. 나는 빠르게 대답했다.

"가설은 가설이니까. 지금은 엄마를 살리는 것에만 집중하고 싶어. 괜찮을까?"

내가 곧바로 그렇게 말하자, 그에 어떤 생각을 하였는지 잠시 말이 없던 두 도윤이가 대답했다.

"윤슬이가 그렇게 말한다면야 괜찮지. 신경 쓰이게 괜한 말 해서 미안."

"나도 상관없어."

"아냐. 다들 지금까지 여러모로 혼란스러웠을 텐데 진지하게 생각해줘서 고마워."

그날의 대화를 마지막으로, 한 달이라는 시간은 빠르게 흘러갔다. 우선, 모든 방침을 정한 이후에도 우리 셋은 매일 같이 만나 대화를 나누었다. 대화의 주제는 보통 시시콜콜한 농담이나 오늘 하루는 어땠는지와 같은 그저 일상적인 이야기였다. 그럼에도 마음을 모두 터놓는 그 시간은 하루 중 내게 가장 즐거운 일과 중 하나였다. 각자의 마음속엔 여전히 불안감이 가득할 터였으나, 그래도 우리는 웃고 있었다. 그 짧은 20분 정도의 시간 속에서 우리는 어쩌면 다시는 일어나지 않을 그 마법 같은 순간을 흘려보내고 있었는지도 모르겠다. 물론 학교생활도 충실히 했다. 내가 뺏은 원래 이 시간대 공윤슬의 시간을 최대한 잘 써야 한다고 생각했기 때문이다. 이렇게 일방적으로 찾아와버렸지만, 모든 일을 마쳤을 때 만약 내가 떠난다면 그녀에게 피해를 주기보다는 좋은 환경을 주고 싶었다. 엄마와도 많은 대화를 나누었다. 엄마에게 모든 사실을 말한 지금, 우리는 더 솔직하고 서로의 마음속에 담긴 이야기를 나눌 수 있었다. 엄마는 내게 연신 고생했다고, 고맙다고 말했지만, 약 10년이란 시간 동안 엄마의 과거부터 천천히 봐온 내 입장에선 그 말들을 돌려드리고 싶을 뿐이었다. 편안한 삶보다 나를 선택했고, 날 위해 기꺼이 고난을 감수한 당신에게 나는 어떤 감사를 드려도 모자랄 테니까.

도윤이가 마지막에 꺼냈던 이야기에 대해서도 생각했다. 그때는 별로 개의치 않는다는 듯 말을 흘렸지만, 당연히 두 사람이 신경 쓸까 걱정되어 한 거짓말이었다. 이건 내 일이었으니 그것으로 인해 다른 누군가가 피해를 봐선 안 되는 일이었고, 그것은 도윤이도 마찬가지였다.

그러니, 내가 움직여야 했다.

"엄마. 오늘만큼은 절대 어디 나가면 안 된다? 문도 꼭 잠그고 있고 정말 급한 거 아니면 화장실도 자주 가지 말고. 알겠지?"

"그래그래, 알겠다니까. 그보다 급한 일 있다면서. 어여 가 봐."

오늘은 엄마의 사고가 있던 날. 아니, 있었던 날. 아니, 있어서는 안 될 날. 마음 같아선 정말 오늘만큼은 엄마 옆에 꼭 붙어서 온종일을 함께하고 싶었지만, 그럴 수 없는 것이 속상할 뿐이었다. 조금 시무룩한 기분으로 집을 나서려던 찰나, 엄마가 내게 말했다.

"엄마 구하러 이렇게 먼 곳까지 와줘서 정말 고마워. 우리 딸."

"흥! 당연한 일이야. 내가 누구 딸인데? … 다녀올게. 엄마."

"그러게. 조심히 돌아와."

어젯밤에 충분히 울었음에도 엄마의 한마디에 바로 시동이 걸린 내 눈물샘을 뒤로한 채, 급히 발걸음을 옮겼다.

그날의 사고 현장으로.

집과는 그다지 멀지 않은, 오가는 사람도 많고 차도 많은 시내 중심에 위치한 2차선 사거리. 그 사거리 신호등에서 나는 30분째 신경을 잔뜩 곤두세우고 가만히 서 있을 뿐이었다. 혹여나 엄마의 사고를 대신 당하는 사람이 있을지도 모른다는 생각에 나온 것이라 여태 아무 일도 일어나지 않은 것은 다행이었지만, 문제는 내가 정확한 사고 발생 시각을 모른다는 것이었다.

"2시에서 3시 사이는 확실한데…."

현재 시각은 오후 2시 43분. 이대로 아무 일도 없다면 가장 좋겠지만, 만약 정말로 사고가 발생한다면 나밖에는 막을 사람이 없었다. 내가 바꾼 결과였다. 내가 막아야 하는 일이었다.

"혹시, 나 때문에 누군가가 다치기라도 한다면…."

그리고 사건은 찰나에 일어났다. 생각에 빠져 내가 잠시 집중력을 잃은 순간이었다. 마치 운명이 있다면 나를 비웃기라도 하듯 보행자 신호등에 파란불이 켜지자마자 킥보드를 탄 한 아이가 건널목을 튀어 나갔다. 아무리 파란불이라지만 너무 급하게 달려 나갔다. 설마 하는 마음에 도로의 좌우를 살폈다. 그곳에는 마치 운명처럼 신호가 바뀌었음에도 충분히 속도를 줄이지 못한 승용차가 달려오고 있었다. 그 차를 본 순간 바로 알 수 있었다. 10년 전 엄마를 쳤던 그 차였다. 아이를 구해야 했다. 그러나, 내가 생각에 빠져있던 탓에 너무 늦게 알아챘다. 지금 당장 뛰어간다면 간신히 아이를 밀쳐 구할 수 있을 것 같았지만, 도저히 나까지 빠져나올 그림이 그려지지 않았다. 무서웠다. 날아가 도로에 추락하던 그날의 엄마가 떠올라 무서웠고, 아이조차 구하지 못할 것 같아 무서웠다. 그렇지만 달려야 했다. 내가 느낀 그 끔찍한 고통을 누군가가 대신 겪어서는 안 되는 일이니까. 그리고 오직 나만이, 내가 해야만 하는 일이니까. 그렇게 생각하며 도로를 향해 발걸음을 내디딘 순간.

"이 멍청아!"

어디서 나타났는지 모를 헬멧을 쓴 남자가 나를 인도 쪽으로 밀치더니 재빨리 몸을 날려 아이가 차에 치이지 않도록 밀치는 것에 성공했다. 그러나 그 남자는 그대로 차에 치여 날아가 버렸다. 대부분 사람은 차에 치이면 단순히 그 방향으로 밀린다고 생각하지만 그렇지 않았다. 실제로는 몸이 잠시 붕 뜬 채로 날아간다. 그리곤 머지않아 도로에 추락한다.

저렇게.

"꺄아아악-"

누군가가 비명을 지른 것 같았으나, 나는 전혀 신경도 쓰지 않은 채 헬멧을 쓴 남자에게로 뛰쳐나갔다. 정신을 차리니 지금에서야 알 수 있었기 때문이다. 내게 소리쳤던 그 목소리는 분명 도윤이었다. 말도 안 되는 일이었다.

"도윤이가…, 도윤이가……."

내가 어쩔 줄 몰라 하며 헬멧을 쓴 채 넘어져 있는 도윤이에게 다가간 그때.

"와, 겁나 아파 진짜! 윤슬아! 빨리 119 좀 불러줘!"

"도, 도윤아?! 너 괜찮아?"

"아니! 하나도 안 괜찮으니까 빨리 119 좀 불러줄래?!"

그렇게 말하는 도윤이의 얼굴은 반은 울상이고, 반은 웃고 있는 이상한 표정이었다. 우선은 도윤이 말대로 어서 구급대에 신고한 뒤, 다시금 그에게 다가가 자초지종을 물었다.

"내가 너 딱 봐도 이럴 것 같더라. 걔도 약간 불안한 눈치기는 했는데, 말하지 않은 건 너 때문에 그런 건지. 아무튼, 공윤슬. 너 미쳤다고 거길 뛰어드냐 진짜?"

아마 걔라는 건 미래의 자신을 말하는 듯했다.

"그럼 넌 어쩌자고 뛰어들었어! 도윤아. 나 진짜 너 죽으면…."

내가 더 뭐라 말하려던 찰나, 도윤이가 힘들게 팔을 움직여 손가락으로 자신이 입고 있는 엄청나게 두꺼운 옷을 툭툭 건드렸다.

"이거 충격 완화복이야. 그걸 다섯 겹이나 겹쳐 입었어."

그러더니 씩 웃으며 말을 이었다.

"그 덕인지 솔직히 지금 죽을 만큼 아프긴 한데, 그렇다고 진짜 죽을 것 같지는 않다. 아니, 그보다 이런 짓을 벌일 거면 나처럼 뭐라도 준비를 하던가…. 넌 진짜 무조건 일단 돌진부터 하는 그 성격은 변하지를 않냐? 엉?"

"여기서까지 잔소리하는 너도 그대로긴 한데…, 이번엔 너 아니었으면 진짜 죽었을지도 모르니까 순순히 인정해야겠지. 미안. 그리고 정말로 고마워."

내가 진심을 담아 감사를 표하자, 도윤이는 됐다는 듯 힘겹게 누워있는 상태로 고개를 끄덕였다.

"저기 구급차도 왔으니까 이제 빨리 가봐. 어머님 잘 계신지 확인해야지. 그리고 당연히 그렇겠지만, 잘 됐으면 꼭 연락해줘."

그 말에 마지막으로 다시 한번 고맙다는 인사를 한 뒤 가보려던 찰나, 도윤이가 잠시 나를 멈춰 세웠다.

"아, 그리고 걔한테 꼭 전해줘. 나한테는 유학 같은 거 가지 말고 윤슬이 옆에 꼭 있으라고 잘난 듯 말했지만, 네가 그렇게 아끼는 그

공윤슬을 구한 건 바로 나라고. 하하.”

어이가 없어서 실소가 터졌다.

“그런 대화를 했어? 그래, 꼭 제대로 전해줄게.”

그리고 나는 집으로 달려갔다. 모두의 도움을 받아 여기까지 온 지금. 내가 그토록 보고팠던 엄마를 만나러.

“아직도 많이 아파? 교통사고라니 별일이야 정말.”

“그러게나 말이다. 그래도 이제 일주일이면 퇴원할 거 같아. 그러니까 오늘 수업 노트 정리도 부탁할게!”

“또? 야, 나 오늘은 좀 졸아서 힘들 것 같…, 끊어버리네. 아오. 이도윤 이걸 확.”

“딸. 도윤이한테 그렇게 말하면 안 되지. 너 구하다가 다친 애한테. 그리고 수업 중에 졸았어?”

“아하하… 그냥 조금?”

내가 어색하게 웃으며 다가가자, 엄마는 어쩔 수 없다는 듯 한숨을 쉬시곤 이내 나를 안아주셨다. 원래도 다정하셨지만, 내가 기억을 잃은 후로 더 따뜻해지신 느낌이었다. 아, 기억을 잃었다는 것은 내가 최근 1년 반 정도의 일들을 제대로 기억하지 못한다는 것이다. 어째선지 내가 고등학교 1학년이 된 이후부터 기억이 없는데, 몇 달 전 정신을 차리고 보니 벌써 고등학교 2학년 여름이었다. 그나마 다행인 것은 기억이 없는 동안의 내가 어찌어찌 잘 살았는지, 주변 환경이 전과 크게 달라진 점은 없다는 것이다. 아니, 오히려 더 나아졌다고 해야 하나.

"딸. 무슨 생각을 그렇게 해?"

그 물음에 내 머리를 쓰다듬는 엄마의 손길과 그녀의 포근한 무릎베개를 만끽하며 내가 답했다.

"요즘은 엄마랑 대화하는 게 재밌다는 생각을 하고 있었어. 엄마가 내 이야기를 잘 들어주니까 나도 말하는 게 재밌고, 엄마랑 더 친해진 것 같아서 좋아."

"그래? 다행이면서도 미안하네. 엄마가 우리 윤슬이한테 못해준 게 참 많았지. 앞으로도 부족한 건 많을 테지만, 이런 엄마라도 괜찮을까?"

그런 엄마의 말에 잔뜩 당황한 나는 벌떡 누워있던 몸을 일으켰다.

"당연하지! 애초에 고맙다고 말하려던 거였어. 나야말로 잘한 것도 없었는데, 엄마가 전보다 더 잘해주니까 내가 기억을 잃었던 동안 뭔 일이 있었던 건 아닐지 걱정도 되고."

정말로 그랬다. 지금 우리가 이렇게 마음을 터놓고 이야기할 수 있었던 것은 전적으로 엄마가 먼저 다가와 준 덕이었다. 이렇게 재밌는 걸 여태까진 왜 이리 어려워하고 싫어했는지.

"뭔 일이 있긴 있었지. 미래의 윤슬이가 찾아왔었으니까."

"… 또 그 이야기야? 도윤이도 그렇고 엄마도 그렇고, 자꾸 이상한 말만 한다니까."

"진짠데? 우리 착한 딸이 엄마 구해주려고 찾아왔었어."

"예, 예, 그러시겠죠."

엄마도 도윤이도 내게 이렇게 이야기하니, 솔직히 처음에는 진짜가 싶었다. 하지만, 말이 안 되잖아. 시간 여행이라니 이게 판타지 소설도 아니고. 오히려 그 말을 들을 때면 스스로 궁금하기는 했다. 미래의 나는 과연 어떻게 살고 있을지.

"엄마. 나 미래에도 잘 살고 있을까?"

"당연하지. 엄마가 봤는데, 그렇게 똑 부러지고 총명할 수가 없어."

도대체 그 장난 언제 끝나는 거야.

"나 성격도 별로잖아. 다른 사람이랑 말도 잘 못하고."

"누가 우리 딸 성격이 별로래? 면전에서 그렇게 말하는 사람이 더 별로일 거 같은데?"

"아니, 그 들었다기보다는 그냥? 나 엄마한테 짜증도 잘 내고 그러잖… 알았어, 알았어."

더 말하려다가도 엄마의 째려보는 눈빛에 말을 거두었다.

"그리고 나 꿈도 없잖아. 그렇다고 공부를 잘하는 것도 아니고."

"꿈이라고 해서 뭐 거창한 게 필요한가? 자기가 당장 좋아하는 게 있으면 그게 꿈인 거지."

엄마의 말에 잠시 생각에 빠졌다. 좋아하는 일이라….

"그래. 도윤이! 너 도윤이 완전 좋아하잖아. 도윤이랑 행복하게 사는 걸 꿈으로 두면 되겠네."

"아, 엄마!!!!"

성질이 나다가도 내 반응에 킥킥 웃는 엄마의 얼굴을 보니, 좋은 게 좋은 거지 싶어 작게 한숨만을 쉬었다. 뭐, 아예 틀린 말도 아니니까. 그렇게 한바탕 소동이 있고 난 뒤, 엄마가 삐져서 뒤돌아 있는 내 어깨를 툭툭 치며 미소 지었다. 나는 못 이기겠다는 척 돌아앉았다. 엄마는 차분히 이야기를 시작했다.

"윤슬아. 그 어떤 미래가 와도 괜찮을 거야. 꿈이 없어도 좋고, 공부를 못해도 괜찮아. 대신 하나만 꼭 기억했으면 좋겠어. 언제나 별처럼 빛나는 네 주변엔 늘 소중한 사람들이 있을 테고, 너 또한 그들에게 소중한 사람일 거야. 소중한 사람이라는 것은 결코 쉽게 생기는 것이 아니야. 소중한 사람이 있다는 것 자체가 네가 이뤄낸 기적임을 기억하렴. 엄마는 그 기적을 이뤄낸 네가 무척이나 자랑스럽단다. 아무것도 없는 엄마 인생에서 몇 번이고 내게 찾아와 준 우리 딸. 엄마는 무척이나 사랑스럽고 고마워. 사랑해, 윤슬아."

엄마의 그 말에 나는 두 손으로 내 얼굴을 가릴 수밖에 없었다. 그도 그럴 것이 눈물이 왈칵 터져 나왔기 때문이다. 나는 별다른 말도 하지 않고서 그저 엄마를 꽉 껴안았고, 엄마 또한 마주 안아주며 내 등을 토닥일 뿐이었다.

어떤 미래가 다가올까?

세상 누구라도 그것은 알 수 없다.

그렇기에 우리는 계속해서 그리게 되는 것이다.

자신의 이상적인 미래를.

마치 동화책의 마지막 페이지와 같은 그런 미래를 말이다.

하지만, 세상은 잔혹하여 때로는 우리에게 절망을 가져다준다.

그리곤 말한다.

이제 그만 포기하라고.

더 이상 네가 할 수 있는 것은 없다고.

그러나, 나는 그런 상황에 처한 당신에게 분명 그렇지 않다고 말하고 싶다.

그 어떤 절망이 와도 그것이 당신이 무너질 이유가 되지는 않는다고.

당신이 아직 할 수 있는 일은 분명히 남아있다고 말이다.

나 또한 그러했다.

세상 모든 것이 나를 부정하는 듯했다.

대체 죽은 엄마를 보는 것만으로 뭘 할 수 있는 것일까.

이 상황에서 내가 할 수 있는 것이 있기는 한 걸까.

어쩌면 이건 엄마를 소중히 여기지 않았던 내게 주어진 벌은 아닐까.

그렇게 고민하던 그때, 나는 손을 내밀었고 그로 인해 바꿀 수 있었다.

그러니 당신도 힘껏 손을 뻗어 보면 어떨까?

모든 절망이 당신을 짓누른다 해도, 당신이 끝까지 포기하지 않고 뻗은 그 손이 닿는 순간.

그 모든 것은 마법처럼 기적으로 바뀔지도 모르는 일이니까.

Episode 3

참여한 작가

홍록기

00년생
필름 메이커

한고은

00년생
고양이 집사

남가예

93년생
프리랜서 모델

홍연우

07년생
고등학생 1학년

조광휘

93년생
헝가리 부다페스트
주재원

신유진

89년생
11년차 회사원

신소망

00년생
성균관대학교
경영학과 대학생

허진수

92년생
사업가

김비야

04년생
계원예술대학교
순수미술과 대학생

이정은

99년생
3년차 치과위생사

전 진

02년생
사회학부 대학생

서은선

78년생
14년차 퍼포먼스
마케터

이하영

01년생
불어과 대학생

송의현

50년생
39년차 자동차
부품 무역업

전 진

02년생
사회학부 대학생

message

알림 메시지

Episode 4

알림 메시지

"신희야, 얼른 일어나서 밥 먹고 물 받아와!"

엄마의 목소리가 집 안 전체를 쩌렁쩌렁하게 울렸다. 햇빛이 창틀 끝에 걸쳐 그림자를 만들었다. 방문을 열고 나오니, 아빠는 이미 밥을 먹고 있었고, 나는 아빠를 본체만체 식탁에 앉았다.

똑같은 식사, 똑같은 시간….

언제나 그랬듯 엄마가 만든 딱딱한 빵에 희멀건 잼을 듬뿍 발랐다.

"도대체 시계도 없는 세상에 엄마는 어떻게 칼같이 일어나서 아침을 준비하는 거야?"

빵을 베어먹으며 혼잣말을 웅얼거렸다. 엄마는 마치 내 옆에서 다 듣고 있는 양 그 말을 받아쳤다.

"내가 네 아빠랑 결혼하고 아침밥 만든 지가 벌써 19년이야. 너한테는 17년이고. 그깟 4년으로 내 일상이 바뀔 것 같니? 내 머릿속 시계가 그 어떤 시계보다 정확해."

"그니까 이제 그 시계 조금만 늦춰보라고. 이런 세상에 삼시 세끼는 사치 아니야? 아점이랑 저녁이면 충분하다고."

"이렇게 하루에 세 번, 다 같이 모여서 밥 먹는 건 우리 가족에게 아주 중요한 시간이야. 기도도 하고, 대화도 해야지."

어차피 결론이 나지 않는 대화였다. 언제 망할지 모르는, 어쩌면 이미 망했을지도 모르는 이 상황에서도 가정 유지에 최선을 다하는 엄마가 안쓰럽게 느껴져 속이 답답했다.

전기가 없어졌다.

전기가 없다는 건 인류가 원시시대로 돌아갔다는 뜻이나 다름없었다. 당연히 물도 나오지 않았다. 마치 전쟁통에 배급을 받듯 아침마다 나가서 식수를 받아와야 했다. 이미 미적지근한 물을 마시고 있으면서, 이것보다 더 미적지근한 물을 받으러 집을 나서야만 했다.

"갔다 올게. 설거지는 내가 와서 할 테니까 놔둬."

전기가 사라지자 마치 신이 지구에 다크 모드를 켠 듯 모든 곳이 어두워졌다. 해가 떠도 4년 전처럼 밝지 않았다. 한때 공원이라 불렸던 곳은 전기 공급이 끊긴 후 관리가 어려워졌다. 그때부터 무성히 자라난 나무와 덩굴들이 아무렇게나 방치되어 있었다. 누가 이곳을 서울이라고 생각하겠는가. 식수를 받으러 가는 길은 누가 버린 건지 모를 쓰레기들이 널브러져 있었다. 발에 쓰레기가 계속 걸렸다. 짜증이 나서 구석으로 쓰레기들을 차며 걸었다.

순간, 문명의 소리가 내 귀를 자극했다.

'띠-링'

핸드폰 알림 소리였다. 분명했다. 내 머리는 현재로서 들릴 리 만무한 소리에 어딘가의 전원이 켜진 듯 빠르게 회전했다.

'4년이나 지난 지금, 누군가가 일부러 꺼 놨던 것이라도 갑자기 혼자서 전원이 들어올 수는 없다.'

괜히 복잡한 일을 만들지 말자. 아무것도 못 들은 척 가는 것이 좋지 않을까. 이성은 그렇게 말하고 있었다. 하지만, 내 몸은 본능적으로 핸드폰 알림 소리가 들려온 곳으로 발걸음을 옮기고 있었다. 4년 만에 들린, 신의 구원일지 아니면 악마의 유혹일지 모를 이 기계음을 그냥 지나칠 수 없었다. 나는 천천히 소리가 났던 곳으로 걸어갔다. 쓰레기 더미들을 걷어내자 직사각형의 검은색 물체가 모습을 드러냈다. 분명한 스마트폰이었다. 아주 깨끗하고 내 손바닥보다 더 큰, 원한다면 무엇이든 알려주는 그 기계 말이다. 누군가가 나를 지켜보고 있는 것은 아닐까. 불안해져서 주위를 두리번거렸다. 떨리는 손을 붙잡고 조심스럽게 버튼을 눌렀다. 긴장한 탓에 힘을 너무 많이 줬다. 엄지손가락 지문이 검은 화면에 선명하게 남았다. 검은 기계는 환한 빛을 뿜었다. 4년 만에 보는 인공적인 빛은 정말 감탄스러웠다. 뜨거운 눈을 비비자 내 눈의 초점도, 화면도 조금씩 선명해졌다. 액정에 떠 있는 글을 읽으려는 그 순간.

'띠-링'

알림 소리가 다시 한번 울렸다. 새로 온 알림이 미끄러지듯 내려왔고, 내 의지와는 상관없이 그 메시지를 보고 말았다.

|

- 메시지 지금

내동생 형, 5분 뒤에도 연락 없으면 〈검색〉 시작할게. -

마치 절대 일어날 수 없는 일을 마주하고 있는 듯했다. 잠깐 사고가 멈춘 채로 그 자리에 가만히 서 있었다. 나는 황급히 주변을 훑었다.

“일단… 배급소에 가는 거야. 일단….”

우선 해야 할 일을 했다. 나는 온 신경을 곤두세운 채 천천히 걸었다. 식수 배급소에 가까워질수록 사람이 많아졌다. 나름 자연스럽게 행동하려고 노력했다. 물과의 사투를 벌이고 있는 사람들은 나를 신경도 쓰지 않겠지만, 도둑이 제 발 저린다 했던가. 늘 걷던 이 길도 오늘따라 낯설게 느껴졌다. 배급소에 도착해 줄을 서고 내 차례가 오기까지 식은땀을 얼마나 흘렸는지 모르겠다. ‘매일 하는 거잖아. 매일 하듯이 해.’라며 수없이 스스로 달랬다. 배급받은 식수를 받아 집으로 돌아왔다.

“설거지하겠다고 큰소리치시던 우리 따님. 일찍도 오셨네요?”

엄마의 핀잔에 미안하다고 했다. 대신 점심 설거지는 내가 하겠다며 방으로 들어왔다. 침대에 누워 상황을 되짚어보았다. 먼저 문제의 근원, 핸드폰을 꺼내 들었다. 오랜만에 느끼는 낯설고도 익숙한 촉감은 두려움과 호기심을 동시에 자극했다. 그새 화면 상단에 ‘

활성화됨'이라는 알림이 떠 있었고, 호기심은 두려움을 이겼다. 화면을 켜자 가장 먼저 눈에 띈 건 '사진' 애플리케이션이었다. 그 속에는 밀림이 되어버린 이 도시의 곳곳이 담겨있었고 간혹 사람들의 모습이 보였다. 비슷한 풍경으로 보이는 엄청난 수의 사진들은 하루 이틀 새 찍힌 것들이 아니었다. 나는 미간을 찌푸리며 '메모' 애플리케이션을 열었다. 메모도 앞선 사진 만큼이나 빽빽이 들어차 있었다.

[암전 D+1458 – F 구역의 나무가 단기간에 잎끝부터 타면서 시든다. 일조량과 공기 질 변화 없음. 샘플 확보, 추가 확인 필요]

환경과 사람들의 변화를 관찰한 일지처럼 보였다. 매일 기록된 것은 아니었지만, 전기가 완전히 끊긴 날부터 시작한 것 같았다. 구역을 구분해 둔 것을 보니 영역을 나누어 관리하는 것 같았다. 짤막한 메모들을 넘기던 중 눈에 띄는 메모가 나타났다.

[정부 쪽 사람들 확인. 동선 중 일부를 알아낸 듯. 깔끔한 옷차림, 주기적인 수화. 주의할 것.]

마침표는 곧 수많은 물음표로 치환됐다. 이 핸드폰의 주인은 무엇을 하는 사람일까? 정부와 대립 관계인 걸까? 정부가 존재한다고? 멈추지 않던 물음표는 다음 메모를 보는 순간 사라졌다.

[비상매뉴얼 - 〈외출〉시에는 반드시 위치 추적 태그를 부착할 것연락이 원활치 않은 경우 5분 대기, 이후 〈검색〉 시작 위치 파악 및 조치, 비상시 〈연락〉]

이게 전부 사실이라면 '내동생'은 이 핸드폰의 주인을 찾기 위해 위치 태그로 이동 동선을 파악 중일 것이다. 즉, 이 핸드폰의 주인인 '형'은 좋지 못한 상황에 처해 있을 것이 분명했다. 나는 해결되지 않는 고민과 추측을 반복하다 지쳐 잠이 들었다. 쪽잠에서 깨어나 돌 같은 빵을 저녁으로 먹고 나서야 마음속 소란이 조금 가라앉는 듯했다. 약속했던 설거지를 끝내고 다시 침대에 누웠다. 아무 일도 일어나지 않아서 다행이었다. 그때 삐걱거리는 소리와 함께 현관문에서 인기척이 느껴졌다.

한 치 앞도 보이지 않는 어둠 속에서 천천히 벽을 짚으며 현관문 쪽으로 걸어갔다. 몸을 기울여 문틈 사이로 얼굴을 가져다 붙였다. 문틈 사이로 보이는 것은 암흑뿐이었다.

'바스슥'

소리와 함께 다시 한번 인기척이 느껴졌다. 나는 빠르게 뛰는 심장을 쥐어 잡았다. 입을 틀어막은 채 달빛이 보이지 않는 어둠 속으로 한 발 한 발 조용히 뒷걸음질 쳤다.

'현관문 밖에 있는 사람은 누구지? 설마 아까 핸드폰 주인의 동생인가?'

평소라면 문을 열어 확인했겠지만, 무서워서 가까이 갈 수 없었다. 기척이 사라진 지 한참이 지난 후에야 겨우 방으로 들어왔다. 분명 핸드폰과 연관이 있는 것 같았다. 결국 아침이 될 때까지 잠은 커녕 눈조차 감을 수 없었다.

다음 날 아침, 오늘도 물을 뜨러 가야 했다. 나는 다 뜯어져 가는 신발을 꾸겨 신고 현관문을 열었다. 나는 무언가 잘못되었음을 느꼈다. 바닥에 빨간색 편지가 가지런히 놓여있었다. 혹여 누가 볼세라 주위를 살피며 재빨리 편지를 주웠다. 나는 아무도 없는 골목으로 들어가 몸을 숨겼다. 그리곤 바지 주머니에 구겨 넣은 편지를 꺼냈다.

<휴대전화를 주운 사람께

안녕하세요. 저는 휴대전화 주인의 동생입니다.

핸드폰의 위치 추적으로 이용하여 당신의 집을 찾아냈습니다.

저희는 당신이 이 편지를 보고 있는 시점부터 계속 감시하고 있습니다.

그러니 그 전화기를 편지 봉투에 넣어 처음 주웠던 그 자리에 놓아주시기를 바랍니다.

그리고…

당신이 그 휴대전화에 들어있던 기록을 보셨기에 어쩔 수 없이 계속해서 당신을 감시하게 되었음을 알려드립니다. 곧 찾아뵙겠습니다.〉

편지를 다 읽자마자 머릿속에는 온갖 생각들이 스쳐 지나갔다.

'일단, 얼른 편지 봉투에….'

나는 재빨리 손을 움직여 봉투에 핸드폰을 집어넣었다. 그리고 핸드폰을 주웠던 곳으로 뛰어갔다. 나는 숨을 고르기도 전에 이 자리가 맞나 몇 번을 곱씹은 뒤, 핸드폰을 담은 편지 봉투를 내려놓았다. 나를 감시하고 있다는 것이 께름칙했지만, 모두 내 업보려니 하고 넘겼다. 무엇보다 편지의 마지막 줄. '곧 찾아뵙겠습니다.' 다른 것보다 그 내용이 머릿속을 떠나지 않았다. '아, 몰라!' 더 이상 복잡한 생각은 하기 싫었다. 얼른 감시가 끝나기만을 바라며 발걸음을 옮겼다. 물을 떠서 집으로 돌아왔다. 엄마에게 꾸중을 들으니 점점 안정되는 것 같았다. 나는 방으로 들어가 빨래 한 번 돌리지 못한 이불에 누워 다시 편지 내용을 곱씹었다. 아니, 그보다 당초에 그 핸드폰은 뭐란 말인가. 어제와 똑같은 고민, 똑같은 불안에 골몰하다 잠이 들었다.

감기는 눈꺼풀을 붙잡고 터벅터벅 화장실로 향했다. 볼일을 보고서 다시 방으로 가려는데, 어째서인지 다리가 점점 뻣뻣해졌다. 겨우 방으로 들어오니 창밖에서 비치는 하얀 달빛을 누군가 막고 있었다.

'아, 왔구나.'

이런 밤에, 그것도 창문으로 올 줄은 몰랐지만 말이다. 나는 마치 예상했던 일이라는 듯 태연하게 창문을 열었다. 달빛 때문에 자세히 보이지는 않았지만, 남자인 것 같았다. 멍하니 남자를 바라보고 있던 그때, 그 남자가 말을 걸었다.

"안녕하세요."

"아, 네…. 안녕하세요."

"저는 편지로 말씀드렸던 사람입니…."

그가 자신을 소개하려던 찰나에 방문이 벌컥 열렸다. 엄마였다. 당황한 나머지 아무 말도 못 하고 굳어있는데 엄마는 태연하게 말했다.

"이 늦은 시간에 뭐 하는 거야? 추운데 창문은 왜 열어두고!"

"아…."

"얼른 창문 닫고 잠이나 자!"

엄마가 방문을 닫고 나갔다. 문이 닫히는 것을 확인하자마자 다시 창문을 돌아봤지만, 하얀 달빛만이 뿌옇게 내 방을 비추고 있을 뿐이었다.

|

여느 때처럼 회색빛 아침은 찾아왔다. 물을 받으러 걸어가는 길, 곰곰이 어젯밤의 일을 되뇌었다. '그 사람은 나에게 무슨 말을 하려던 걸까? 내가 본 메모장에 적혀있던 것들은 회색빛으로 바뀐 이 도

시와 도대체 어떤 연결고리가 있는 거지.' 생각에 빠진 채 길을 걷던 중 바로 등 뒤에서 누군가 나를 부르는 목소리가 들렸다. 내 몇 안 되는 친구 재용이였다.

"야, 신희야. 아까부터 불렀는데, 무슨 생각을 그렇게 하는 거야?"

"어… 그게 말이지."

"어제 물 받으러 언제 왔었어? 너 안 보이던데."

"어제 가는 길에 일이 좀 생겨서, 늦게 도착했어."

"일? 여기 물 받는 거 말고 다른 일이 어딨다고."

나는 재용이에게 어제 있었던 일들을 말해도 되는지 고민했다. 어젯밤에 왔던 사람이 이 사실을 알게 되면 해코지하지는 않을까? 하지만, 이 상황을 혼자 고민하기에는 내 머리가 너무 아팠다. 게다가 재용이는 아무 생각 없는 나와는 달리, 회색빛 도시로 변한 이 세상에 항상 의문을 가지고 있었다. 자세히 물어본 적은 없지만, 아마 재용이가 이렇게 의문을 가지고 있는 이유는 여동생 때문일 거다. 재용이의 여동생은 전기가 사라진 이곳에서 불의의 사고를 당했다. 전기가 끊긴 도시에서 제대로 된 치료를 기대하기는 힘들었고, 재용이의 여동생은 속수무책으로 죽어갔다. 같은 상황이 또다시 반복되지 않길 바라는 마음 때문인지, 재용이의 머릿속은 언제나 전기를 되찾으려는 생각으로 가득 차 있었다.

"재용아, 사실 내가 어제… 물 받으러 가는 길에 핸드폰을 발견했어."

"핸드폰? 어차피 켜지지도 않는 공기계 아니면 고물이잖아."

"아니. 알림 소리가 들렸어."

"뭐? 전원이 켜져 있었다고? 어디서? 지금 가지고 있어?"

나는 재용이에게 자초지종을 설명했다. 핸드폰, 알림 메시지, 메모장, 메모장에 적힌 정부와 관련된 메모들…. 내 이야기를 다 들은 재용이는 생각에 빠진 것 같았다. 어젯밤에 찾아온 사람이 알게 되면 어쩌나 걱정되었지만, 왠지 재용이가 함께라면 괜찮을 것 같았다. 그리고 어쩌면 이 상황을 해결할 수 있을지도 모른다는 생각이 들었다.

"흠… 어제 찾아왔다던 그 사람한테 뭔가 알아낼 수 있을 것 같은데…."

재용이는 한참 생각하더니 혼자 중얼거렸다.

|

그 순간.

'번쩍'

앞이 보이지 않을 정도로 큰 빛이 세상에 내려앉았다. 눈앞에 헛것이 아른거렸다. 전기도 없는 세상에 도대체 이런 커다란 빛이 어디서 생긴 것인지. 앞을 보기 위해 눈꺼풀을 바쁘게 움직였다. 이내 천천히 앞이 보이기 시작했고 나는 온몸이 굳어버렸다. 주변에 있던 사람들, 날아가던 새, 굴러다니던 쓰레기들, 심지어 내 옆에 있는 재용이까지 모든 것들이 빛이 내려앉기 전 그 모습 그대로 멈춰있었다.

"오래간만에 이런 빛을 봐서 이런 거지? 그런 걸 거야. 아니면 이거 혹시 꿈속…?"

"한신희, 조용히 해."

재용이는 자세를 유지한 채 떨리는 목소리로 나지막이 읊조렸다.

"신재용…? 야, 너…."

"입 다물고 멈춰. 절대 움직이지 마."

"뭐라고?"

재용이에게 되물으려던 순간 이질감이 드는 기계 소리가 들려왔다. 곧 어젯밤 달빛으로 사라졌던 남자와 그 무리가 다가오고 있다는 것을 알았다. 난 본능적으로 움직임을 멈췄다.

"ST-서울, NB. 0947 한신희 정상 중지."

"ST 재가동시켜. 그리고 NB. 0947 주기적으로 감시하고 매뉴얼대로 리셋 진행해."

"네, 알겠습니다."

"ST에 균열이라도 생기면 ST-서울은 즉시 폐기다. 이런 말도 안 되는 실수를 다시 일으키면, 너의 삶도 사라진다는 걸 명심해."

"네, 죄송합니다."

검은 형상을 한 사람들의 대화를 끝으로 다시 세상이 '번쩍' 빛을 뿜었다. 정신을 차리고 주위를 둘러봤을 땐, 모든 게 다시 아무 일 없다는 듯 움직이고 있었다.

'ST-서울? NB. 0947? 대체 그 사람들은 뭐야? 왜 재용이랑 나만 움직였던 거고?'

몸이 굳은 채로 그들의 말을 곱씹었다. 머릿속은 복잡한 생각으로 가득 찼다.

'털썩-'

재용이가 다리에 힘이 풀렸는지 넘어지듯 주저앉았다.

"하…."

몇 분이 지났을까. 초점도 없이 한참을 멍하니 앉아있던 재용이가 나를 쳐다보며 말했다.

"한신희… 너, 봤냐?"

"뭘…?"

"아까 세상이 멈춰버렸을 때, 우리 말고 움직이는 사람들이 두 명 더 있었던 거."

"뭐…? 우리만 움직일 수 있었던 게 아니었어?"

"근데, 그 두 명… 그 검은 사람들이 지나가더니 몸을 부르르 떨면서 쓰러졌어. 마치 감전당한 사람들처럼…."

"감전이라고…? 감전이라면 너 동생 사고…."

"맞아. 재은이 사인이 감전이라고 했지. 전기도 없는 이 세상에서 감전사라니. 의사들이 돌팔이라고 생각했지, 그땐."

"그러면 재은이도 검은 사람들을 만났던 걸까."

"모르겠어. 나는 이 상황을 어떻게 받아들여야 하는 거지."

우리는 늦어버린 탓에 평소보다 적은 물을 받고 각자의 집으로 돌아갔다. 시간은 평소와 다름없이 흘러갔다. 평소라면 뭐라도 할 걸 찾거나 거실이라도 나가 있었을 텐데, 감시당하고 있다는 생각 때문에 방 밖을 나갈 수가 없었다. 점심을 먹기 전 잠깐이라도 편하게 쉬고 싶어 침대에 누워 깜빡 잠이 들려고 할 무렵이었다.

'드르륵-'

창문이 열리는 소리가 들렸다.

"보고드립니다. NB. 0947 한신희 매뉴얼대로 리셋 진행하겠습니다."

"너 누구야. 왜 계속 나한테 와서 이러는 거…."

아까 봤던 사람들과 똑같은 옷을 입은 사람은 내 말은 듣지도 않은 채 나에게 걸어와 내 머리를 향해 손을 뻗었다.

'삐릭-'

작고도 센 기계음이 머릿속을 울렸다. 머리가 깨질 듯 아팠고 내 의지와는 상관없이 온몸이 웅크려졌다. 만약 누군가 찾아오면 어떻게 해야 할까 고민했던 시간이 무안해질 만큼 도망쳐야겠다는 생각밖에 들지 않았다. 겨우 몸을 일으켜 방문을 열기 위해 움직였다.

|

그러나 손을 뻗으며 잠깐 눈을 깜빡인 그 순간에 세상은 내가 알던 모습과 완전히 달라져 있었다. 주렁주렁 매달린 기계들과 '삐… 삐… 삐…' 주기적으로 울리는 소리, 약 냄새로 가득한 이곳은 분명 병실이었다.

4년 전, 전기가 사라졌을 때 병원은 빠르게 사라졌다. 병원의 부재는 수많은 사람의 죽음으로 이어졌고, 작은 사고에도 사람들은 쉽게 다치고 죽어갔다. 내 방에서 일어난 일은 도대체 무슨 일이었는지, 어떻게 여기로 왔는지 알 수 있는 게 아무것도 없었다.

"저기요? 아무도 안 계세요?"

침대 하나만 덩그러니 놓인 이 낯선 공간에 대답 없이 메아리만 울려 퍼졌다. 그 순간, 병실 문이 눈에 들어왔다. 뻐근한 몸을 일으켜 맨발로 차가운 바닥을 짚고 문 앞으로 걸어갔다. 여기를 나가면 무엇이라도 알 수 있지 않을까.

'달칵- 달칵달칵- 달칵달칵달칵-'

예상은 했지만, 문은 잠겨있었다. 그제야 문고리를 잡은 손을 타고 공포가 파도처럼 밀려왔다.

'누가 날 이곳으로 데리고 온 거지? 나를 찾아왔던 사람들은 누구고. 나는 앞으로 어떻게 되는 거야…. 아, 엄마 아빠….'

내가 잡혀 왔던 곳이 집이었다는 게 생각났다. 혹시나 내가 기절한 이후로 엄마가 방으로 들어왔었다면…. 엄마도 아빠도 위험해진 것은 아닐까…. 가족들에 대한 걱정에 더 이상 이곳이 어디인지는 중요하지 않았다.

"나가야 해."

공포로 하얘졌던 머릿속은 생각을 멈췄고, 탈출에 대한 의지만 남아있었다.

"누구 없어요?"

'쾅쾅쾅-'

"도와주세요!! 여기 사람 있어요!!"

손에 감각이 느껴지지 않을 만큼 한참 문을 두드렸다. 돌아오지 않는 대답에 지쳐 바닥에 쓰러지듯 누웠다.

'삐… 삐… 삐…'

기계음 소리만 들리던 조용한 병실에 작은 소음과 함께 사람의 형체를 한 무언가가 나타났다.

"시끄러워!"

기계음이 섞인 듯한 목소리, 온도가 느껴지지 않는 차가운 형태, 푸른 빛이 돌면서 지지직거리는, 이건 마치 홀로그램을 보는 것 같았다. 얼마나 더 말도 안 되는 일을 겪어야 하는 건가 싶어 누워있던 그대로 바보같이 입을 뻐끔거리고 있었는데, 상대방이 먼저 입을 열었다.

"금붕어 같네, 너."

빈정거리는 말투에 순간 짜증이 확 올라왔다가 다시 번쩍 정신이 들었다.

'어쩌면 저게 이곳에서 탈출할 방법을 알 수도 있어….'

현명하게 탈출할 방법을 찾아야 했다. 나는 차가운 바닥에서 일어나 그것에게 다가갔다.

"누구세요? 전 왜 여기에 있는 거죠? 여기는 뭐 하는 곳이에요?"

"아쉽게도 내가 대답해 줄 수 있는 질문이 없네."

"내보내 줘요. 부탁이에요. 화장실에 가고 싶어요."

"으음… 화장실을 가고 싶은 건 유감이지만 그것도 내 권한 밖이야."

"그러면 해줄 수 있는 사람을 불러주세요. 가족들이 걱정하고 있을 거예요."

"가족? 아아 그건 걱정하지 않아도 돼. 이미 다 해결했을 거야."

"네? 그게 무슨 소리예요? 다 해결됐다니요!"

"살고 싶으면 조용히 해! 여기 주인은 시끄러운 걸 아주 싫어하니까."

짧은 정적 후, 그는 나타났을 때처럼 깜빡이며 사라졌다. 그를 다시 만나야 했다. 나는 또 한 번 문을 미친 듯이 두드리고 소리쳤다. 그 순간, 거짓말처럼 잠겨있던 문이 열리고 누군가 앞에 서 있는 게 느껴졌다.

|

"NB. 0947 한신희."

무섭도록 고저 없는 목소리에 온몸이 얼어붙었다. 비명처럼 내지르던 목소리도, 문을 두드리던 손도, 눈앞에 남자를 보는 순간 손가락 끝 하나도 움직일 수 없었다.

"당신은 누구… 아악…!"

'쿵-'

옆구리에서 느껴지는 찌릿한 통증과 동시에, 나는 그대로 쓰러졌다. 온몸이 뻣뻣하게 굳어 움직일 수 없었다.

"이 정도 일도 제대로 처리하지 못하다니. 실격이네. 이딴 일로 ST에 던져버릴 수도 없고."

내가 의식이 있다는 것을 아는지 모르는지, 그는 감정 따위 없는 목소리로 연신 중얼거렸다. 혹시나 탈출에 도움이 될만한 정보가 있을까 싶어 가만히 듣고 있었지만, 별다른 내용은 없었다. 그때 버튼을 누르는 소리와 함께 통화 연결음이 들렸다.

'핸드폰을 사용해…?'

"나다. 마지막으로 기회를 주지. NB. 0947 완벽하게 리셋해서 다시 갖다 놔."

재용이랑 함께 있을 때가 생각났다. 그때도 리셋시키라는 명령을 했었지. 남자가 누군가에게 내린 지시, '리셋'이 무슨 의미인지 정확히 알 수는 없었다. 그러나 적어도 나에게 좋은 일은 아니라는 것은 짐작할 수 있었다.

"쯧. 그놈이랑 엮여있지만 않았어도 그냥 배제 시켜 버렸을 건데."

그는 누군가와 통화를 마치고 나를 쳐다보더니 이내 문을 닫고 멀어져갔다. 혹시나 그가 다시 돌아올까 봐 걱정했지만, 한동안 아무 소리도 들리지 않았다. 문을 다시 두드려볼까도 생각했지만, 불쾌한 그 남자를 다시 만나고 싶지 않았다. 탈출에 대한 의지는 여전했지만, 그전에 작은 단서라도 얻어야 했다. 그의 말대로라면 저번에 나는 리셋을 당했지만, 모종의 이유로 실패한 것 같았다. '전화로 리셋을 다시 하라는 지시를 내렸으니, 곧 누가 병실로 올 거야. 리셋을 당하면 어떻게 되는 걸까?' 나를 보자마자 공격했던 기억 때문에 안심할 수 없었다. 한참 생각이 많아지던 그때, 작은 소음이 울리며 홀로그램이 다시 나타났다.

"이제 좀 조용히 할 생각이 들어?"

"당신…."

"궁금한 게 많아 보이는데, 안 그래?"

어디서 지켜보고 있던 걸까? 처음 나타났을 때보다 입꼬리가 약간 올라가 보였다.

"방금 그 사람이 당신이 말한 이곳의 주인인가요?

"그랬다면 넌 이미 배제됐을 거야."

"배제는 뭘 말하는 거죠? 만약 당하면 어떻게 되는 거예요?"

"죽는 거지, 뭐. 아무도 널 기억하지 못하는 상태로."

"그게 무슨…."

죽을 수도 있다는 생각은 했었지만, 나를 기억하는 사람이 아무도 없을 거라는 것이 무슨 말인지 이해할 수 없었다. 그런 일이 가능한 건가.

"걱정 마. ST-서울을 없앨 게 아니라면 그럴 일은 없으니까."

"ST-서울이라는 게 도대체 뭐죠? 그리고 그게 제가 배제당하는 거랑 무슨 상관이고요."

"아까 말했잖아. 내가 말해줄 수 있는 게 많지 않다고. 조금만 기다려 아직 시간은 많으니까."

나는 이 녀석의 알 수 없는 대답 기준 안에서 최대한 많은 질문을 통해 정보들을 수집했다. 첫째, 배제를 당하게 되면 그 사람을 알고 있던 주변 사람들의 기억을 조작해서 존재 자체를 지워버린다. 그리고 불필요하거나 잘못 노출된 기억을 지워버리는 작업을 리셋이라고 한다. 둘째, ST는 셸터의 약자로, 그 뒤에 붙는 이름은 어떤 공간을 재현했는지 나타내는 것이다. 즉, ST-서울은 서울을 똑같이 만든 복사본이라는 말이었다. 셸터는 각각의 목적을 가지고 만들어졌다. 셋째, '그놈'에 대해서는 권한 밖이라서 말해줄 수 없지만, 나를 배제할 경우 셸터의 목적 달성에 차질이 생겨 배제할 수 없다고 말했다.

"왜 이런 걸 말해주는 거죠?"

"그걸 위해서 너를 여기까지 유도했으니까."

"저를 유도했다는 건…."

많은 질문을 쏟아냈지만, 알수록 더 복잡해지는 상황에 말문이 막혀버렸다. 지금까지 내가 겪었던 일들이 모두 나 하나를 위해 설계되었다는 건가.

"이상하다고 생각하지 않아? 우리는 암전의 세계에서도 병원을 유지할 수 있고, 심지어 서울을 똑같이 재현할 수 있는 기술을 가졌어. 고작 열일곱 살 소녀에게 꼬리가 밟힐 것 같아? 하다못해 네가 주웠던 그 폰이라도 무음으로 해놨겠지."

홀로그램의 말에 점차 수긍이 가는 중에, 닫혀있던 문이 열렸다. 아까 그 남자가 돌아온 것은 아니길 바라며, 돌아가는 고개보다 더 빠르게 옆구리가 욱신거렸다. 문 앞에 서 있는 사람은 지난번에 나를 찾아왔었던, 핸드폰 주인의 동생이었다. 그는 저번과 똑같은 말을 내뱉었다.

"안녕하세요. 저는 편지로 인사드렸던 사람입니다."

"아, 안녕하세요."

"곧 찾아뵙겠다고 했었는데, 예상보다 조금 늦어졌네요."

그는 아까 그 남자와는 달리 상냥하게 말을 건네며 미소까지 지었다. 마치 '나는 너의 적이 아니니 안심하라.'는 것 같았다. 하지만, 그 사람이 꺼낸 다음 말은 며칠 사이에 겪은 일들보다 더 나를 혼란스럽게 만들었다.

"그래서 ST-서울은 어떻던가요? 나름 선배에게 의미가 깊은 장소잖아요. 이런 곳에서 재회하긴 싫었지만, 이렇게라도 전의 모습을 보니 감회가 새롭네요."

"네?"

"아, 아담이 모두 말해준 건 아닌가 봐요? 누구보다도 선배를 따랐던 아이인데 의외네요."

이내 홀로그램이 더욱 지직거리며 거세게 반응했다.

"당연하죠! 제 권한 밖의 정보는 시도조차 못 하는데!"

분명 나에겐 금붕어라고 빈정거리며 자연스레 말을 놓던 홀로그램이 존댓말을 하는 걸 보니, 나도 모르게 속이 울컥했다.

"미안, 미안. 내가 권한을 정하는 것도 아니고 어디까지 말 할 수 있게 되어있는지도 잘 모르잖아."

"이름조차 말하지 못하는 기분을 아는지 참…."

단순히 재수가 없는 성격이라고만 생각했는데, 둘이 대화하는 걸 보니 이유가 있나 싶기도 했다.

"왜 저를 선배라고 부르시는 거죠? 전의 모습이라는 건 또 무슨 말이고…."

그는 머뭇거리며 그의 말을 짚어나가는 나에게 미소만 띤 채 아무런 말도 해주지 않았다. 문 앞에 서 있던 그가 나에게 다가오며 말했다.

"오랜만에 봐서 저도 하고 싶은 말은 많지만, 안타깝게도 시간이 별로 없어요. 마지막 기회라고 경고하시니 윗분들에게 제대로 리셋하는 걸 보여줘야 할 것 같은데…. 처벌이라고 해 봤자 강등되는 거겠지만, 강등되어서 선배를 기억 못 하게 되는 건 싫거든요.”

내 앞까지 다가와서 무릎을 꿇고 무언가 주저하는 모습을 보였다. 그리고 이내 각오를 마친 듯 내 눈을 마주치며 단호하게 말했다.

“들키지 않을 정도로만 기억을 남겨둔 채 리셋할 거예요. 여기에서 있었던 일들이 전부 기억나지는 않겠지만, 곧 다시 찾아갈 거라는 것만 기억하고 있어요.”

“그게 무슨….”

“그럼, 또 봬요. 선배.”

|

번쩍하는 빛과 함께 시야가 흐려지고 뇌를 바늘로 찌르는 듯한 고통이 몰아쳤다. 깨질듯한 두통에 시달리며 눈을 떴다. 나는 배급소와 얼마 떨어지지 않은 곳에서 누워있었다. 어딘가 기억이 지워진 듯한 매우 불쾌한 기분이었다. 우선 집으로 돌아가야 했다. 겨우 몸을 일으켜 천천히 걸었다. 그때 등 뒤에서 누군가가 나를 불렀다.

“야! 한신희!”

재용이는 나를 보고 매우 걱정하는 눈치였다.

|

"너 도대체 어디 있었던 거야? 벌써 일주일이 넘었다고! 너네 부모님이랑 이 주변을 얼마나 돌아다녔는지 알아?"

"그게 무슨 소리야 일주일이라니. 내가 일주일 동안 없어졌었다고?"

"그래. 네가 없어진 것도 그 이상한 사람들 때문인가 싶어 저번에 그 사람들이 왔던 곳을 계속 뒤지고 있었어. 지금도 핸드폰을 주웠다던 곳으로 가던 중이었는데 네가 보였던 거야."

믿기지 않았다. 일주일이란 시간이 어떻게 흘러간 건지. 왜 이런 상황이 벌어진 건지….

"근데 말이야. 너를 찾으면서 이상한 일들이 한둘이 아니었어. 그 사람들이 나타났던 수풀 사이를 보려고 하는데 아무리 파헤쳐도 거미줄처럼 늘어나면서 수풀들이 벌어지지를 않는 거야. 마치 보여주지 않으려 살아 움직이는 것처럼…."

그 순간 뒤에서 인기척이 느껴졌고, 뒤를 돌아보려 했지만 '딸깍' 하는 소리와 함께 밝은 빛이 눈을 비췄다.

다시 눈을 떴을 때 눈앞에는 익숙한 듯 어색한 공간이 펼쳐져 있었다. 무성했던 수풀들은 수많은 전선이 꼬여있는 모양새로 변해있었고, 마을에서 가장 큰 나무는 'G'라는 문양이 적힌 큰 콘크리트 기둥이 되어있었다.

"생각보다 빠르게 알아내고 있네. 재 눈에 띄면 안 될 텐데 말이야."

"네? 그게 무슨…."

"설명은 가서 할게."

|

나는 영문도 모른 채 처음 본 사람의 손을 잡고 달리기 시작했다. 이상하게 변해버린 마을을 지나며 혼란스러운 감정을 추스르지 못했지만, 이상하게 그와 손을 잡고 달리는 시간이 편안하게 느껴졌다. 아무리 기억해 내려 해도 만난 적 없는 처음 본 사람이었지만 만난 적이 있는 것처럼 편안했다. 우리는 한참을 달려 아주 작은 다락문 앞에 도착했다.

"여기가 F 구역. 우리가 만들어놓은 비밀 문이야. 버그를 막기 위해 관리자가 ST-서울에 들어갈 땐 시스템이 정지되게 설정되어 있지만, 이쪽으로 들어가면 정지시키지 않고 들어갈 수 있어. 기록에 남지 않아."

"그러면 저번에 세상이 멈췄던 때가…."

"네가 길에서 발견한 휴대전화 때문에 상태를 확인하려고 들어왔던 거였지."

그는 대화가 끝나기도 전에 허리를 굽히고 안으로 들어갔다. 의문이 다 풀리지도 않았지만 나는 그를 따라 들어갔다. 엄청난 공간이 나올 거라고 예상했던 것과 달리 평범한 가정집에 안방 같은 곳이 나왔다. 그는 익숙한 듯 나에게 침대에 앉으라는 말을 하곤 물을 따라 가져왔다.

"한꺼번에 모든 걸 설명하기는 힘들지만, 중요한 것은 너를 되찾기 위해 내가 온 거야. 도중에 전화기를 잃어버려서 일이 꼬여버렸지만…."

"저를 되찾으러 왔다는 게 무슨 말이죠?"

"신희야…. 우리는 도시계획 프로그래머였어. 모든 걸 우리가 만들어내고, 움직이게 했지."

|

'프로그래머?'

너무나 갑작스러운 말이었다. 도시계획은 무엇이고, 프로그래머는 무엇인지. 그도 이런 나를 눈치챈 듯 일어나 방 한편으로 걸어가며 말했다.

"세상을 얘기하기 전에, 네가 자신을 아는 게 우선인 듯해. 잠시 이쪽으로 와줘."

그는 방 한편에 세워진 전신거울 앞으로 나를 불렀다. 아무런 의심 없이 거울로 다가갔지만, 거울을 본 순간 나는 처음 핸드폰을 주웠을 때처럼 온몸이 굳어버렸다. 거울 속에 서 있는 사람은 분명 내가 맞았지만 열일곱의 내가 아닌, 세월이 많이 지난 듯한 모습의 '내'가 서 있었다.

"아니…, 이게 무슨…."

거울을 보기 전까지는 인지하지 못했지만, 목소리도 성숙해져 있었다. 분명 내가 맞는데 내가 아닌 듯한 이질감이 들어서 아무 말도, 어떤 행동도 하지 못한 채 그저 거울 속의 모습만을 빤히 쳐다보고 있었다.

"많이 혼란스럽겠지만, 지금 거울에 비치는 너의 모습이 진짜 너야. ST-서울 안에 있는 사람들은 모두 머리 안에 필터를 넣어놔서 실제와 다르게 보이거든. 좀 전에 말했듯이 우리는 도시계획 프로그래머였고, 신희 네가 강등으로 인해 리셋을 당하고 ST-서울로 가는 바람에 현실에서의 기억을 잃어버리게 된 거야."

"리셋이라는 건 불필요한 기억을 지우는 작업이라고 들었던 것 같은데…. 리셋된 기억은 절대로 찾을 수 없는 건가요?"

듣는 이 하나 없을 듯한 공간이었지만, 그는 누가 들을세라 조심스럽게 입을 뗐다.

"모든 것을 제자리로 돌려놓겠다고, 너를 되찾을 거라고 말했던 거 기억하지? 결정적으로 이 모든 것은 우리가 만들어내고 움직이게 했다고…."

'타닥. 탁….'

방문 너머로 인기척이 느껴짐과 동시에 바로 문이 열렸다.

"야, 윤해찬! 놀랐잖아. 노크할 줄 몰라?"

"미안, 미안. 나도 급하게 오느라 그랬어. 그래도 신희 선배 잘 찾아서 다행이야."

'윤해찬? 형? 내가 본 '내 동생'이라는 남자는 다른 모습이었는데, 누구지…?'

"오랜만이에요, 신희 선배. 아…. 제 모습이 낯설 테지요. 이게 제 진짜 모습이에요! 저는 선배나 해건이 형처럼 ST-서울에 공식적으로 등록되어있지 않아서 검은 모습이었어요. 해건이 형한테 어디까지 얘기를 들었는지 모르겠지만요."

"네. 안녕하세요…. 아직 별로 들은 얘기는 없었어요."

"해찬이가 갑자기 들이닥치는 바람에 놀라서 어디까지 얘기했는지 잊었네."

"아, 제 리셋된 기억을 되찾을 수 있는지 여쭤봤었어요. 찾을 수 있을까요?"

"우리가 처음 ST-서울을 만들 때, 만일을 대비해 ST 정기 점검 몰래 D 구역에 저장소를 만들어놨어. 거기에 접근해서 저장된 기억을 불러오기만 하면 되는데, 그게 쉽지 않아. 검은 형태로 접속하게 되면 무조건 기록이 남게 되고, 위치를 들킬 위험이 있어서 네가 직접 가서 찾아와야 하거든…."

"네? 제가… 직접이요? 위치도 정확히 모르고 방법도 모르는데…."

아직 나에게 무슨 일이 일어나고 있는지 정확히는 알 수 없지만, 적어도 ST-서울은 그저 서울의 복사본에 불과하다는 점이 나를 망설이게 했다. 진짜 나는 무엇이고 진짜 나의 세상은 무엇인지. 잃어버린 10년, 어쩌면 그보다 더 긴 세월의 기억을 찾고 싶지만 까딱하다간 배제되어 영영 사라지게 될 테니까.

"음…. 그런데요 해건님, 저를 찾으러 오셨을 땐 온전한 모습이셨잖아요. 저보다 ST-서울을 잘 아시는 해건님께서 다녀오시는 게 더 낫지 않을까요?”

“나도 차라리 그럴 수 있으면 좋겠어. 널 다시 그곳에 보내고 싶지 않으니까.”

|

그는 난감한 표정을 지으며 날 바라보았다.

“사실 이번에는 우연히 들어갈 수 있던 거였어. 감시도 느슨했고…. ST-서울의 정기 점검이 겹쳐서 갈 수 있었던 거야.”

그 말을 들으니 한숨이 나왔다. 길도 모르는데 어떻게 혼자 그곳까지 갈 수 있을까. 그냥 이 기억을 잊고 다시 돌아가 살고 싶었다. 며칠 전까지만 해도 그저 평범한 학생이었던 내가 너무 큰 일에 휩쓸린 건 아닐까. 나도 모르게 눈물이 흘러 급하게 닦았다.

“선배, 울어요?”

“제발! 그 선배 소리 좀 그만하면 안 되나요? 저는 당신들이 누군지도 몰라요. 기억을 되찾으면 이제 더 이상 안 봐도 되는 거 아닌가요? 왜 하필 저인 거죠? 상황을 제대로 알지도 못하는데 이거 해라, 저거 해라. 저는 우리 집, 내가 있던 그곳 기억밖에 없어요. 당신들이 아는 한신희가 아니라고요!”

쌓여있던 감정들이 한순간에 북받쳐 올랐다. 말하다 보니 계속 쏟아지는 눈물에 가쁜 숨을 내뱉으며 이제껏 참아왔던 말들을 쏟아부었다. 차분하게 하고 싶었던 말들을 울면서 내뱉는 자신을 보며 정말 최악이라는 생각을 하면서도, 이제야 마음이 조금 편해진 것 같았다.

"미안해. 그렇게 힘들어하는 줄은 몰랐어. 우리 입장에서는 가상의 인물이랑 가족이 된 느낌이라 크게 와닿지 않았던 것 같아. 우리가 너무 우리 입장에서만 얘기했나 봐. 사실, 기억을 되찾으면 우리가 하는 말을 전부 이해할 수 있으니까 그냥 넘어간 것들도 많아서 더 혼란을 준 것 같아. 차근차근 전부 다 설명해줬어야 하는데…."

나는 입술을 꽉 깨물었다. 그들이 지금 사과했던 것처럼 나를 배려하지 않은 것도 화가 났지만, 그들의 입장이 이해되어서 어떤 말도 할 수 없었다.

"일단… 기억만 찾으면 다 된다는 거죠?"

"응. 처음에는 좀 혼란스러울지 몰라도 이 모든 게 허상이란 걸 알게 되면 지금과는 다른 관점으로 이 상황을 볼 수 있게 될 거야."

"알겠어요."

"저, 신희야. 이거 가져가. 도움이 많이 될 거야."

그가 내민 것은 작은 태블릿과 인이어였다. 나는 조심스럽게 태블릿을 받았다. 그러나 그것을 어떻게 써야 할지 몰라 멍하니 바라보고만 있었다.

"우리가 같이 갈 수 있었다면 좋겠는데, 못 가니까 주는 거야. 한 번 켜봐."

핸드폰을 만졌을 땐 긴장한 탓에 아무것도 느껴지지 않았었는데 이제야 기기를 만지는 감촉 하나하나가 느껴졌다. 버튼을 누르는 감촉, 스크롤을 올리는 감촉. 전기가 없어지기 이전엔 얼마나 편한 삶을 살았었는지 다시 한번 실감했다. 그는 셸터에서 쓸 앱 몇 개를 간단하게 설명해주었다.

“지도로 저장소까지 갈 수 있을 거야. 경로 설정은 해놨으니까 보이는 그대로 가면 돼. 전화랑 메시지는 우리 통신 수단으로 쓰일 거야.”

“전화랑 메시지라니. 역시 어색하네….”

“인이어만 끼고 다니면 되니까 괜찮아. 그리고 지금 들어가면 필터가 꺼져있는 상태라 저번처럼 자연이 아닌 콘크리트 상태로 보일 거야. 복잡해 보이는 곳은 들어가지 않게 조심해.”

나는 고개를 끄덕이고는 심호흡했다. 기억만 되찾으면 모든 것이 원래대로 돌아올 거다. 인이어를 착용하고 내가 들어왔던 다락문 앞에 다시 섰다. 나는 진정되지 않는 마음을 달래보려고 애써 그들을 바라보며 인사를 건넸다.

“무사히 다녀올게요. 열심히 도와주셔야 해요”

나는 문을 열고 다시 조심스럽게 F 구역으로 들어왔다. 수풀처럼 얽힌 전선 사이에 숨어 조심히 지도를 켜서 안내 시작을 눌렀다. 시간이 표시되지는 않았지만, 거리가 꽤 남아있는 것처럼 보여 서둘러 발걸음을 재촉했다. 삭막했던 도시가 콘크리트로 더 삭막해진 풍경을 보면서 걷고 또 걸어 목표 지점까지 절반 정도 왔을 때였다.

‘띠링-’

갑자기 들린 알림음에 몸이 움찔했다.

- 메시지 지금

윤 해찬 선배, 할 말이 있어요. 읽으면 답장해주세요. -

내가 답장하려 문자를 읽자마자 윤해찬에게서 전화가 걸려 왔다. 주변의 인기척을 확인하고 조심스레 전화를 받았다.

"여보세요…?"

"어, 선배! 혹시 모르니까 말은 하지 마시고 인이어를 쳐주세요. '그렇다'라면 한 번, '아니다'라면 두 번, 잘 모르겠으면 세 번이요."

'톡'

"혹시 선배 ST-서울의 목적에 대해 알고 계시나요?"

'톡톡'

"선배가 배제당한다면 ST-서울이 사라진다는 이야기는 들으셨나요?"

내가 배제당하면 ST-서울이 사라진다는 이야기를 들은 것 같기는 한데 기억이 온전하지 않았다.

'톡톡톡'

"사실, 그거 때문에 전화 드렸어요. 선배의 존재가 ST-서울에서 굉장히 중요한데 지금 사라져서 난리거든요. 혹시 모르니깐 조심하시라고요."

지금 내가 위험한 상황이라는 걸 다시 한번 실감했다. 들키는 순간 리셋 당하고 내가 있는 곳이 완전히 사라질 수도 있었다. 다리가 떨려 제대로 걷기 힘들었다. 서둘러 기억을 되찾고 돌아가야만 했다.

“괜찮아요, 선배? 무슨 일 있는 건 아니죠?”

“아무것도 아니에요. 그냥 내 기억을 찾을 필요성을 한 번 더 절실히 느꼈을 뿐이에요. 알려줘서 고마워요.”

나는 전화를 끊고 저장소를 향해 곧장 달렸다. 쉼 없이 달려 폐가 찢어질 것 같았다. 주변을 둘러볼 틈도 없이 달려 마침내 지도에 적힌 곳에 도착했다.

‘목적지에 도착했습니다. 안내를 종료합니다.’

안도감에 거친 숨을 고르며 건물에 기대어 섰다. 건물은 생각보다 굉장히 평범했다. 수없이 지나왔던 콘크리트 소재의 네모난 건물이었다. 나는 진정하고 한 걸음, 두 걸음 조심스럽게 건물의 문을 열고 들어갔다. 안에 발을 들이는 순간 바닥에서 기둥처럼 길고 둥근 모양의 기계가 올라왔다.

‘홍채를 확인하였습니다. 도시개발 프로그래머, 한신희. 저장된 기억을 전송합니다. 전송 중 두통을 느낄 수 있으니 주의 바랍니다.’

말이 끝나자마자 빛이 반짝하더니 거센 파도처럼 기억이 밀려들어왔다. 사소한 것부터 해찬이와 해건이에 대한 기억까지. 내가 ST-서울을 만들 수 있게 되어서 기뻐하는 모습. 실험에 넣을 인공지능부터 지형까지 하나하나 설계하는 모습. 그래, ST-서울의 목적은 인간 사회에서 전기가 없어지면 어떻게 되는지 보려고 했던 거대한 실험 프로젝트였다. 처음 개발을 시작할 때 사회 유지를 위한 안전장치를 만든다는 설명과는 다르게 프로젝트 개발 도중 진짜 목적을 알게 된 우리는 ST 총설계자에게 반란을 일으켰지만, 결국 잡혀서 강제 리셋을 당하고 말았다. 심지어 그들은 실험 도중 희생은 당연하다는 듯 방해가 되는 사람들을 하나둘씩 리셋한 다음, 셸터에 투입하거나 방치시켰다. 재용이와 같이 겪었던 사건들, 같이 봤던 그것들도 거슬리는 사람들을 리셋시키는 정기 점검이었다.

"으윽… 머리야…."

기억을 잃기 이전과 그 이후의 기억이 기름과 물처럼 서로 충돌하는 것 같았다. 모든 게 나의 기억이라는 생각에 혼란스러웠다.

"하아… 순 거짓말쟁이들, 기억을 찾으면 어떻게든 될 줄 알았는데 더 머리가 복잡해졌어. 일단 돌아가자."

건물을 빠져나와 해찬이에게 전화를 걸었다.

"네, 선배! 저장소는 잘 도착했어요? 기억은 돌아왔어요? 아픈데는 없으세요?"

"어, 괜찮아…. 머리가 좀 아프긴 한데, 얼른 가서 쉬면 될 것 같아."

"다행이네요! 지도에서 경로를 반대로 설정하고 돌아오시면 돼요. 시간이 꽤 흘렀으니 얼른 오세요!"

해찬이의 들뜬 목소리를 들으며 잠시 주변을 둘러보았다. 필터가 꺼져있어 내가 알던 풍경과는 다르지만, 왠지 모르게 낯이 익은 길들….

"해찬아. 혹시 여기 어디야? 왜 낯설지가 않지…."

"아, 선배 그게…."

순간 과거의 기억이 머릿속에 스쳤다.

"우리 집."

내가 있었던 곳은 식수를 받으러 가는 길이었다.

나는 본능적으로 집을 향해 달리기 시작했다. 길과 주변이 조금

달라져 있었지만, 집 가는 길은 익숙했다.

"선배! 안 돼요! 언제 들킬지 모른다구요!"

"너 알고 있었구나. 여기가 우리 집 근처인 거."

"알고 있다고 한들 지금 집에 가는 건 무리예요!"

해찬이는 당황스러움을 감추지 못했다. 다급한 목소리로 나를 계속 말렸지만, 나 또한 흥분해서 해찬이에 말이 들리지 않았다. 어쩌면 저장소를 향해 달려가던 속도보다 더 빠르게 집 앞에 도착했다.

"미안, 해찬아. 금방 다녀올게."

"안 돼요. 선배! 그리고 그분은 진짜 엄마도 아니잖아요!"

문을 열려던 순간 해찬이의 말에 멈칫했다. 진짜 나의 엄마와 ST-서울에서의 엄마의 기억이 충돌했다. 과거 엄마와 함께했던 기억들이 깊은 곳에서부터 타고 올라오며 주마등처럼 스쳤다. 전기가 없어지기 전 대중교통, 스마트폰이 당연했던 시절부터 고등학교 때부터 개발자가 되기 위해 공부하며 대학을 졸업하고 회사에서 일하던 때까지. 기억은 끝없이 흐르다 셸터를 개발하던 시절쯤에서 멈췄다. 바로 그때 나의 진짜 엄마가 죽었다는 사실이 떠올랐다.

'아….'

머리가 아파서인지, 엄마 때문인지 나도 모르는 새 눈물이 뺨을 타고 흘러내렸다.

"나… 엄마 보고 올게. 미안."

"선배, 제발…"

"나도 잘 모르겠지만, 양쪽 기억 모두 나에겐 가짜라고 느껴지지 않아. 엄마도 마찬가지고."

나는 다시 집으로 들어가기 위해 문을 향해 손을 뻗었다.

"선배, 지금 들어가면 필터가 꺼져있어서 집이 다르게 보일 수도 있어요. 태블릿에서 필터 켤 수 있으니까 켜고 들어가요…."

"응. 고마워."

"빨리 돌아와야 해요. 선배."

태블릿을 열어 필터를 켜니 세상은 내가 원래 알고 있던 모습으로 보였다. 눈물을 급하게 닦고 문을 열었다. 집 안을 둘러볼 겨를도 없이 엄마가 달려와 아주 세게 안았다.

"신희야, 어디 갔던 거야!"

엄마는 나보다 아주 많이 울었다. 나보다 더 아파하고 힘들었던 것 같았다.

"일주일이 넘도록 어디 있었던 거야…."

"그게…."

"절대 말없이 사라지지 마. 신희야."

하염없이 울고 있는 엄마를 안고 같이 울었다. 이렇게까지 무거운 마음으로 들어온 건 아니었지만, 도저히 발이 떨어지지 않았다. 하지만 이 상황을 해결하지 않으면 ST-서울이 없어질지도 몰랐다. 서둘러 움직여야 했다.

"엄마. 진짜 미안해. 근데 해결해야 하는 문제가 생겼어."

"신희야…."

"나중에 설명해줄게. 엄마랑 모두를 지키기 위해서 가는 거야."

무뚝뚝했던 엄마가 내 팔을 꽉 잡고 놓지 않았다. 정말 가고 싶지 않았지만, 금방 돌아오겠다는 말을 끝으로 문을 열고 나왔다. 그리고 다짐했다. 이 프로젝트의 진실을 밝히고 ST-서울을 꼭 지키기로. 태블릿을 보니 해찬이이게 빨리 오라는 메시지가 와있었다. 필터를 끄고 다시 달려 다락문에 도착했다.

"선배, 수고했어요."

"고생했어. 밥 차려 놨으니까 같이 먹으면서 얘기하자."

"나는 기억부터 정리하고 먹…"

'꼬르륵…'

말을 마치기도 전에 배에서 요란한 소리가 울려 퍼졌다. 오늘 많이 달렸으니 배가 많이 고플 거라면서 해건이가 날 의자에 앉혔다. 평상시에 먹을 수 없었던 음식들이 한 상 가득 차려져 있었다. 나는 급하게 음식을 먹어치웠다.

"벌써 다 드셨어요? 한 그릇 더 드릴까요?"

"괜찮아, 얼른 기억을 정리해야 할 거 같아서 나중에 더 먹든가 할게. 너희는?"

"저희도 다 먹어서 제가 정리할게요. 선배랑 형, 둘이 대화 나누고 계세요"

해찬이가 그릇을 정리하는 동안 나와 해건이는 커다란 종이를 펼쳤다. 종이에 ST-서울과 내 기억을 하나씩 맞추어 정리해나갔다. 서로 알고 있는 것이 다른 것들은 따로 한곳에 모아서 정리가 끝난 뒤 다시 살펴보기로 했다. 둘은 내가 모르는 정보들과 내가 ST-서울로 들어간 뒤의 이야기들도 전해주었고, 현재 프로젝트의 상황이 훨씬 더 심각하다는 걸 알 수 있었다.

"잠시만, 그러니까 지금 ST 총설계자 자리가 한 달째 공석이고 내가 ST-서울 프로젝트에 들어간 게 우연이 아니란 말이야?"

"네…. 원래라면 선배는 다른 구역으로 갈 예정이었는데, ST 총설계자가 그쪽으로 넣었어요. 아마 처음부터 선배와 반란을 도모한 사람들을 가두려는 목적으로 만들었을 거예요. ST 총설계자는 뇌물을 받은 것이 들켜서 도망갔고요. 지금은 연락도 안 되고 생사도 알 수 없대요."

"하… 난 그것도 모르고 셸터 안에서 평화롭게 있었던 거네."

나는 지끈거리는 머리를 붙잡고 생각하다 문득 정기 점검 때가 생각났다. 움직이던 인간들과 재용이. 그리고 동생 재은이….

'그러고 보니 재은이는 내가 아는 인물이 아닌데 왜 죽은 거지?'

"혹시 반란을 일으키지 않은 사람들도 ST-서울에 들어가 있나?"

"아니, 반란을 일으키지 않은 사람들은 들어가지 않았어. 필터 때문에 네가 아는 얼굴이 아니었을 거야."

"근데 원래 기억을 되짚어봐도 기억나지 않는 아예 처음 보는 사람들도 있었어."

"뭐라고…?"

둘은 놀란 표정으로 동시에 나를 쳐다보았다. 나는 해찬이의 태블릿을 가져와 총 서버에서 인물 카테고리에 신재은을 검색해 보여주었다.

"뭐예요? 신재은? 얘가 왜 거기에 있었대요?"

"아는 사이야?"

"네. 홀로그램 개발 소속 연구원이에요. 어쩌다 셸터 안에 들어가게 됐는지는 모르겠는데…."

해찬이는 곰곰이 생각하더니 태블릿을 가져가 무언가 검색하기 시작했다.

"선배, 아까 정기 점검 날 선배랑 선배 친구 말고 움직이는 사람이 몇몇 있었다고 했잖아요. 혹시 기억나세요?"

"아니, 잘 모르겠는데…. 왜?"

"선배, 혹시 이 중에서 아는 얼굴 있어요?"

해찬이는 내게 실종자 목록을 보여주었다. 나는 찬찬히 한 명 한 명의 얼굴을 훑어보다가 내가 아는 몇몇 얼굴을 발견할 수 있었다. 해찬이는은 얼굴이 급격하게 일그러졌고 해건이도 마찬가지였다.

"형…. 이거 아무래도…."

"하… 진짜…. 세상이 미쳐 돌아가는구나."

"왜? 무슨 일인데."

해건이 심각한 표정으로 태블릿을 살펴보며 말했다.

"사실 실종자 대부분이 ST 총설계자나 상부랑 불화가 있었던 인물들이야. 전부 연구시설 내부에 들어가서 지속적으로 연구 결과를 상부로 보고하던 애들이라서 정기 점검에도 움직일 수 있었던 거지. 실종된 게 한둘이 아닌데, 위에서 아무 말이 없었던 거 보면 위에서부터 썩었네."

"그래서 이제 어떡하려고? 일만 계속 커지고 해결되는 건 아무것도 없잖아."

"잠시만 앉아있어 봐."

둘은 내 눈치를 살피고는 방으로 들어갔다. 방에서 얼핏 대화 소리가 들렸다 말기를 반복했다. 무언가 언쟁을 하는 듯했다. 나는 불안한 마음으로 그들을 기다렸다. 곧 문이 열리며 해찬이 해건이에게 소리쳤다. 해찬이는 분노한 듯 슬픈 표정으로 내 옆에 기대어 앉았고, 해건이는 미안한 표정으로 내 앞에 앉았다. 해건이는 해찬이를 바라보았고, 해찬이는 그런 해건이를 외면했다. 해건이 먼저 입을 뗐다.

"신희야. 네가 이런 부탁 정말 싫어하는 거 알고, 아직 정신도 없겠지만 잘 들어줘. 어쩌면 이게 기억을 찾을 때보다 험난할지도, 아니면 쉬울지도 몰라."

"뭔데 이렇게 뜸을 들여. 괜찮으니까 빨리 말해봐."

"신희야, 우리를 대표해서 ST 총설계자가 되어 줘."

|

10년 전, 서울.

"다음 뉴스입니다. 자가복원 중이던 오존층, 2060년에는 완전히 복원될 것이라는 소식 기억하시나요. 최근 오존홀의 크기가 예년 대비 10%나 커졌다는 조사 결과가 나왔습니다. 전문가들은 주된 원인으로 무분별한 환경파괴로 인한 온난화의 가속화를 지목했습니다. 앞으로 오존홀의 크기는 더욱 커질 것이며, 대비책을 마련해야 한다는 우려 섞인……."

그 당시 뜨거운 감자는 '오존홀에 대한 대비'였다. 불과 몇 달 새 폭등한 물가와 나빠진 경제 상황에 신경 쓰지 않을 사람은 없었다. 나 역시도 동료들과 열띤 토론을 펼치곤 했다. 인류의 미래에 대해서 말이다. 오존홀의 자가복원 소식이 무색하게도, 전 세계 많은 개발도상국들은 환경 문제를 뒤로 하고 자원 개발에 온 힘을 쏟았다. 선진국들의 제재가 들어올 때면, 이제 와서 환경을 운운한다며 거칠게 반박했다. 세계 곳곳에서 발생하는 이상기후로 '인간'이 몸살을 앓을 때쯤, 오존홀은 더 이상의 기회를 주지 않았다.

이 시기에 우리나라 정부는 한 가지 프로젝트를 준비하고 있었다. 프로젝트명 'ST-서울'. 이 야심 찬 프로젝트는 '인류의 미래는 지구라는 이 행성에 달려 있다.'는 나의 믿음과 결을 같이 했다. 지구를 떠나야 한다는 지식인들도 있었다. 하지만, 그 의견은 결국 또 다른 행성을 파괴하자는 것과 다름없었다. 반면에 나는 알 수 없는 믿음이 있었다. 지구에 최선의 해결책이 반드시 존재하며, 지구가 바로 최후의 미래라는 믿음이. 국가적 차원에서 분야를 막론한 연구 개발자들을 대거 고용했고, 뇌 과학을 전공하고 있던 나 역시도 그 명단에 이름을 올렸다. 이 분야에 몸담기를 잘했다는 생각이 들었다.

"프로젝트에 참여해주신 모든 연구자분께 감사드립니다. 우리는 ST-서울이라는 이름을 시작으로 새로운 터전을 개척해 가려고 합니다. 환경에 나약한 존재가 아닌, 차기 인류 터전의 기틀을 다지는 대의를 행하는 것입니다."

초창기 ST-서울 연구실은 골방과 같았다. 정부 고위 관계자들과 프로젝트 책임자들은 스스로도 민망한 듯 거룩한 목적을 주기적으로 상기시켰지만, 믿음에 대한 해답을 찾을 수 있다면 업무 환경과 조건은 아무래도 상관없었다. 그 열의의 반증으로 ST-서울의 설계는 빠르게 진행됐다. 실체적인 형태는 돔과 같았고, 유해 자외선을 걸러낼 수 있는 얇고도 견고한 막의 크기는 서울을 네 등분 할 수 있을 정도로 커졌다. 돔 안에서 살아남을 수 있는 생명체의 수가 늘어갈 때쯤 이상한 소문이 연구원들 사이에서 퍼지기 시작했다.

"요즘 알 수 없는 검은 형상이 돔 내부에 떠다닌다던데. 어제도 본 사람이 있었대. 신희 너 어제 셸터에 들어갔다 오지 않았어?"

오전 데이터를 함께 살피던 연구원이 물었다.

"아니, 나는 전혀. 그림자를 잘못 본 거 아냐? 필터 오류거나. 그런데 공중에 있을 수가 있나?"

"그림자 속성상 떠다닐 수는 없을 거야. 정말 다른 무언가가 있다거나.”

“에이, 그럼 잘못 본 거 아냐? 새로운 생명체가 나타난 것도 아니고.”

이곳 연구원들의 일과는 셸터의 전날 기록을 확인하며 시작된다. 설치되어있는 CCTV를 통해 모니터링 하기도 하고, 특수장비와 함께 돔에 직접 들어가기도 하지만, 돔 안에서 살아남을 수 있는 생명체의 수가 늘어갈 때쯤 연구원들이 직접 돔에 들어갈 일은 극히 줄어들었다.

“신희 언니, 나 검은색 물체. 그거 봤어.”

재은이가 상기된 얼굴로 내 자리를 찾아왔다. 재용이와 이미 비슷한 대화를 나눴던 터라 나는 대수롭지 않은 듯 의자에 기대어 앉았다.

“계속 도는 소문이 맘에 걸려서 유심히 살피면서 돌아다녀 봤거든. 근데 정말로 홀로그램 판이 설치된 곳이 있었어. 주변 환경도 이상하고. 식물들이 기형이거나, 아예 말라 죽어 있었어. 기분 탓인지 이상한 냄새도 나는 것 같았다고.”

가십거리로 끝날 줄 알았던 소문의 실체가 드러나기 시작했다. 돔 내부의 일부 구역이 연구원들에게도 공유되지 않은 채 숨겨져 있다는 것이다. 특정 구역에서 종종 자외선 수치가 위험 수준까지 치솟았고, 동식물의 이상 반응이 포착됐다. 안정화된 전기 공급에도 어찌 된 일인지 문제가 생기는 일이 잦아졌다. 정부가 연구원에게 공개하지 않는 보안 구역의 범위를 넓히면서 소문은 사실이 됐다.

정부는 모든 보안 구역을 해제하고, 이상 현상에 대해 소상히 밝혀라.

우리는 목적을 알 수 없는 연구는 진행하지 않겠다.

ST-서울 연구원 일동

이상 반응으로 인해 연구 자체가 무의미해지는 상황이 지속되자 연구원들은 진실을 요구하기 시작했다. 정부 측은 이 문제에 상당히 미온한 대응을 보였다. 몇몇 연구자들은 연구중단과 동시에 실험 데이터를 없애려 하기도 했다. 물론 정부 관계자들은 가만있을 리 없었고 반발의 대가는 잔인했다. 목소리를 내는 연구원을 감금하고, 아직 100% 안정화가 되지도 않은 셸터 안에 리셋시켜서 내던져버린 것이다. 나와 함께 자원했던 재용, 재은 남매도 이 처참한 일을 당했다. 반발 시위를 이끌었다는 이유였다. 그들의 상황을 목도했던 나는 부끄럽게도 침묵했다. 나처럼 주변 동료의 처지를 지켜본 이들은 각자 자기의 자리로 돌아가기 시작했고, 연구실 안에는 거대한 침묵만이 흘렀다.

몇몇 연구원들의 노력으로 정부가 숨기려는 사실을 유추할 수 있었다. 돔의 제작 결함으로 인해 외부의 에너지를 강하게 노출 받는 구역들이 생기기 시작했고, 이는 프로젝트의 결과가 물거품이 된다는 것을 의미했다. 사실상 국내에서 생산할 수 있는 남은 전기의 대부분을 끌어와 사용했기 때문에 지금까지 개발했던 기간과 금액을 생각하면 이 사실이 세상에 알려지는 순간, 프로젝트 전면 중단은 물론, 관계자들이 책임을 져야 하는 것이 뻔했다. 그래서 연구원들에게도 이 사실을 숨긴 채 문제없는 척 연구를 계속 진행한 것이었다. 연구원들의 사기가 떨어지는 것과는 달리 내부 사정과는 다르게 외부의 반응은 뜨거웠다.

"대한민국의 운명을 짊어진 프로젝트 ST-서울의 연구 결과가 매우 긍정적이라는 소식입니다. 금일 오전 청와대 대변인의 발표에 따르면, 오는 8월, 시범 구역을 확장하여 설치하고 시범운영을 통해 추가 연구를 진행한다고 합니다. 자세한 내용을 김재우 기자가 전합니다."

연구실의 연구원들은 어떤 감정도 없는 표정으로 뉴스 화면을 바라봤다. 취재를 나온 기자 무리가 정부 편이 되기를 선택한 자들과 정부 관료를 둘러싸 연신 셔터를 눌러 댔다. 그들의 검은 속내는 카메라의 빛에 철저히 가려진 듯했다. 고작 '긍정적'이라는 단어에 온 국가가 취해 있었으니까. 축포는 잘못된 시점에 터졌다.

암전 D+1.

정부의 감시하에 관리되던 구역 중 돔 밖의 상황과 별반 다를 바 없는 곳은 전기가 차단된 곳이었다. 최소한의 전기를 사용할 수 있는가, 아예 차단되어 있는가의 차이였다. 최악의 환경에서도 싹을 틔우고 열매를 맺는, 미래 먹거리를 찾기 위해서 자연의 빛 외 인공적인 것은 원천 차단한 곳이었다. 다양한 곡물의 개량을 시작으로 자급자족의 시대가 열렸다. 긍정적인 연구의 시작으로 보였겠지만, 그 안의 사람들은 모두 리셋된 채 투입된 연구원들이었다. 그렇게 시범운영은 겉으로 볼 때는 무탈하게 시작됐고, 셸터라는 이름에 걸맞게 국민들을 지켜줄 수 있을 것만 같았다.

암전 D+95.

[뇌 질환 정복 시대 머지않았다. 뇌 임플란트의 상용화 목전에 다가와… ST-서울 연구 다각화]

[ST-서울 연구팀, 알츠하이머 환자의 일부 기억을 돌려놓았다. 핵심은 뇌 임플란트]

정부의 언론 플레이는 기가 막혔다. 뇌에 칩을 심어 필터를 입히거나 기억을 조작하는 걸 저렇게 포장할 줄이야. 하지만 누구도 입을 함부로 열 수는 없었다. 이 프로젝트에서 내가 맡았던 부분은 뇌에 이식할 수 있는 칩의 이식 부위와 기억의 단계를 조정하는 것이었다. 칩을 이식하는 부위와 전기자극 강도에 따라 기억을 지우거나 옮길 수 있었고, 이 칩을 상용화시켜 프로젝트가 성공한 것처럼 조작하려는 것이었다. 목적이 뚜렷해 보이는 이 프로젝트는, 끝내 나의 반항심을 꿈틀거리게 했다. 임상 실험을 마치자마자 나는 칩과 실험실 컴퓨터에서 리셋된 연구원들의 기억을 일부 빼돌렸다. 프로젝트에서 명성이 자자하던 기술자 형제를 구출하기 위해서였다. 이 두 형제가 진실을 요구하는 움직임의 도화선이었다고 해도 과언은 아니었다. 기억이 돌아온 해찬, 해건 형제는 만감이 교차하는지 한동안 말없이 떨어지는 눈물을 닦고 있었다. 그간의 일을 얘기하며 빼돌린 칩과 설계도, 매뉴얼을 건넸다. 나는 그들에게 ST-서울의 정상화를 위해서라도 자료를 철저히 모으고, 비상시의 계획을

짤 필요가 있다고 설득했다. 그렇게 프로젝트 안의 또다른 은밀한 프로젝트가 시작된 것이다.

암전 D+730.

칩을 꽂지 않은 사람보다 꽂은 사람이 훨씬 많은, 정부가 원했던 '뇌 임플란트'를 장착한 인구가 전체 인구의 3분의 2를 넘어섰다. 이게 모두에게 꽂히면 쥐도 새도 모르게 조종당하겠지. 사람들을 전기자극만으로 조종할 수 있다는 이 매력적인 칩은, 미래 식량을 이어 국가들의 주 수입원으로 거듭났다. 각국의 수장들은 칩의 성능을 보기 위해 돔을 넘나들었고, 연구의 진행 속도는 자금이 늘어날수록 가속화됐다. 짓누르는 죄책감 속에서 잠 못 드는 밤을 위로해 주었던 것은 해찬, 해건 형제였다. 정부가 투명하게 그어놓은 돔의 경계를 찾아 연구하고, 자료를 차곡차곡 성실하게 수집했다. 소규모 돔이라고 해도 크기는 제법 거대했다. 크기 때문에 관리하기 어렵다는 것도 문제였지만, 단 세 명이서 정부의 감시를 피해 자료 조사를 하기는 더욱 힘들었다. 어느 정도 체계가 잡힐 즈음, 관리 대상에서 벗어난 몇 명의 연구원들을 구출할 수 있었고, 우리는 그들의 기억을 돌려주고 조사를 함께 할 수 있었다.

암전 D+1095.

"순순히 대답하십시오. 당신의 기억을 돌려준 사람이 누구입니까? 협조한 이를 알려주면 기억을 지우는 일은 없도록 하겠습니다."

"말한다고 해서 달라지는 건 없을 것 같은데. 그보다 셸터 안에 돌아다니던 그 검은 것들, 당신들이지? 몇몇 구역에서 숨어다니는 거 다 봤거든."

"질문에 답만 하십시오. 말이 길어지면 명은 짧아집니다."

비보가 들렸다. 함께하던 한 연구원이 정부 사람들에게 잡혔다는 것이다. 온갖 고문과 수도 없는 전기자극을 당한 끝에 그는 자신의 의지와 상관없이 한 명의 이름을 토해냈다.

"한신희 연구원, 저희와 함께 가시죠."

더 이상 연구실도 안전한 공간이 아니었다. 나는 정부 사람들이 들이닥치기 전 두 형제와 함께 수집한 자료와 기억을 백업할 장소를 찾고 있었다. 우리는 연구실이 아닌 ST-서울 한 공간에 저장소를 만들어 백업에 성공했고, 정부 사람들이 왔을 때 그 실체에 대해 의문을 품을 수 있게 근처에 사는 한 아이에게 정기 점검에도 정지되지 않게 해주는 프로그램을 심어두었다. 그나마 다행이라고 해야 할지. 셋 다 목숨은 부지했지만, 해찬, 해건 형제는 돔 내부의 접근이 불가한 채로, 나는 그간의 기억이 전부 리셋되어 가상의 기억이 입혀진 채로 '가족'을 얻었다. 흐릿해진 기억은 마치 꿈 같았고 눈을 뜨니 돔 안이었던 것이다. 형제는 돔 내부에 들어갈 수 있는 다른 방법을 찾아야 했고, 언제나 그랬듯 답을 찾았다. 셸터 가장자리에 빈틈을 이용해 다락문을 만들고 지형들로 가려 비밀통로를 만들었다. 그렇게 형제는 프로젝트를 이어가기 위해 정부 몰래 계속 달려왔다.

그리고 현재.

"우리가 신희 널 선택한 게 아니라, 네가 여기까지 만들어 온 거야. 그래서 더욱이나 총설계자를 맡아줬으면 해."

"음…. 내가 아는 한, 이 시스템 내에서 총설계자가 된다고 크게 달라지는 건 없어. 그 방법이 쉽지도 않고. 그건 너희들도 잘 알고 있을 것 같은데."

긍정도 부정도 아닌 나의 답변에 조금은 불안한 표정을 풀며 해건이가 말을 이었다.

"권한을 바꾸면 시스템 셧다운이 가능해. 복구하는 데는 몇 주 시간이 필요하겠지만, 우리에겐 충분한 시간일 거야. 안타까운 부분은 연구물을 걸어야 한다는 게…. 아무튼. 한 번에 모든 시스템이 다운되는 거라 환경이 급격하게 망가질 거야. 셸터 안에 사람들이 위험해질 순 있겠지만, 잘 대피하면 죽진 않을 테니까 괜찮을 거야."

무심한 해건이 말에 순간 짜증이 올라왔다.

"뭐라고? 내가 살았던 우리 집, 가족들은? 엄마, 아빠였어. 똑같이 생긴 무언가가 아니라 나의 엄마, 아빠였다고. 그게 지금 말이 돼?"

"신희야. 너 설마…. 해찬아. 신희 칩 체크 좀 해 줘. 우리가 미처 확인하지 못한 부분이 있는 것 같아. 이걸 기억 못 할 수 없잖아."

실험체들이 부족해진 돔 내부에 칩을 꽂은 일반인들을 더 많이 들이기 시작했다. 뇌 임플란트가 부정적 감정을 완전히 제어할 수 있는지에 대해서 확신이 없었기 때문이다. 이때 나는 '가족'이라는 설정을 제시했다. 감정적으로 부딪히는 빈도수가 가장 높은 관계를 극한의 환경에 놓고 전기자극을 주거나 덜 주는 방식으로 진행했다. 불쾌함이라는 카테고리를 담당하는 편도체와 오른쪽 전전두피질이 주 타겟이었고 실험은 성공적으로 진행되는 듯했다.

“아으…. 원래 이 정도의 두통이었던가? 훨씬 강한 것 같은데, 두통이….”

“칩을 심은 깊이가 확실히 다른 것 같아. 규정보다 더 깊이 심었네. 징그럽다, 정부 놈들.”

달래지도 못할 두통에 애꿎은 관자놀이를 돌려댔다. 간신히 정신을 잡으며 물었다.

“혹시나 해서 묻어보는 건데, 내 기억을 조작한 적은 없지?”

“선배, 무슨 말을!”

“우리의 제안만 보면 신희 네가 그렇게 말하는 게 이해 못 할 일도 아냐. 혼란스럽겠지. 그런데 우린 정부와 똑같은 짓을 하는 것 자체가 용납이 안 돼. 너 하나 속이려고 데이터를 바꿀 만큼 여유도 없어. 이런 상황이기 때문에 모든 것을 잃은 우리와 달리 너는 증명이 가능해. 정부의 만행에 대한 살아있는 증거니까. 그래서 너를 총책임자로 두려는 것도 있어.”

기억을 잃기 전 동고동락했던 때가 주마등처럼 스쳤다. 의심했던 것이 미안해졌다. 이해하려고 애썼지만, 머리와 달리 마음은 쉽사리 진정되지 않았다. 나의 기억을 되살린 것임에도 조작된 기억인 것은 아닐지. 이런 혼란스러운 상황도 모두 정부의 계산처럼 느껴졌다.

“우리가 이 프로젝트에 참여한 건 잘못된 선택일지 몰라. 하지만 아직 기회가 있어. 잘못된 선택을 바로잡을 기회가 분명히 있을 거야."

애석하게도 해건이의 말은 나에게 별로 큰 울림을 주지 못했다. 지금 나에게는 그 무엇보다 '가족'이 중요했기 때문이었다.

"우선 이 문제에 대해선 지금 당장 대답할 수 없을 것 같아. 나에게도 생각할 시간이 필요해."

두 형제는 불안한 눈빛으로 나를 바라보다 이내 목소리를 가다듬으며 대답했다.

"알겠어. 너도 짧은 시간 동안 여러 가지 기억들이 머릿속에 들어갔으니 많이 혼란스럽겠지. 하지만 우리에게도, 이 진짜 세상 속에도, 신희 너는 꼭 필요한 존재라는 것만 알아줘."

미동도 없이 이따금 내쉬는 한숨 소리만이 적막함을 깨며 방을 맴돌고 있었다. 그 모습이 얼마나 우울하고 무거워 보이는지, 누가 와도 건드리지 못할 분위기였다.

'똑똑똑'

내 생각이 정리되길 기다렸다는 듯, 바로 노크 소리가 들려왔다. 분명 해건, 해찬 형제일 것이다. 나는 더욱 커져 버린 스트레스 때문에 약간은 짜증 섞인 목소리로 대답했다.

"들어와."

형제는 경직된 발걸음으로 천천히 들어왔다.

"선배, 생각은 다 정리되었어요?"

"응. 괜찮아."

해찬이는 기다렸다는 듯이 말을 이어갔다.

"선배, 거두절미하고 바로 물어볼게요. 총설계자… 해주실 거죠?"

“그 전에 물어볼 게 있어. 너희 말대로 내 칩에 문제가 있는 것 같은데, 내 칩은 누가 건드린 거지?”

해건이는 예상했던 질문이었는지 바로 대답했다.

“네가 강등되면서 부설계자가 건드렸을 확률이 높아. 이 프로젝트에 참여한 수많은 연구진 중에 뇌 과학 분야에서는 신희 네가 최고였으니 잘 알 거 아니야. 뇌 임플란트 분야는 네가 혼자 거의 모든 걸 담당했으니….”

“선배, 내가 선배를 리셋시키라는 명령을 받고, 아담이 있는 병실에 갔었을 때 기억하죠? 그때 선배가 봤던 사람이 부설계자예요. 선배가 ST-서울로 보내질 때쯤, 이 프로젝트에 합류하게 된 사람인데 그 사람이 선배의 칩 이식을 담당했어요.”

그때의 기억을 떠올리니 갑자기 옆구리가 다시 아파 오는 것 같았다.

해찬이는 형의 말을 이어받으며 말했다.

“선배! 무슨 일이 있는 거죠? 우리한테 말을 해줘야 우리가 도와줄 수 있어요.”

“음…. 사실 지금 나에게 있어서 가족이란 ST-서울 안에 있는 부모님이라고 느껴져. 내가 분명 가족이라는 키워드에 집중했고, 그 완성도에 심혈을 기울였었지. 그런데 내가 저장소에서 기억을 되찾았음에도 지금 ST-서울 안에 부모님이 그리운 걸 보면, 이건 칩 문제와는 다른 감정 문제인 것 같아.”

해건이는 칩의 문제가 아니라는 내 말이 거슬리는 것 같았다. 다른 감정이라는 말을 무시하듯 말했다.

"칩의 문제라면 아마 부설계자의 짓일 거야. 그는 신희 너를 대체하기 위해 정부에서 직접 선별한 사람이야. 실력은 어떤지 우리로서는 알 수 없지만, 아부로 올라온 사람이라 들었어. 지금 네 상태를 봤을 때 그가 분명 네 칩을 잘못 건드린 것 같아. 지난번에 봤던 아담 기억하지?"

"병실에 있던 홀로그램?"

"맞아. 기억을 찾았으니 아담이 어떤 아이였는지 기억하지?"

"음…. 아담은 프로젝트에 참가한 연구원 중에 가장 어린 친구였어. 그만큼 똑똑하고 이해도 빠른 친구였지. 연구원들 사이에서도 천재라고 소문이 퍼졌었으니 말이야. 하지만 셸터 건설 과정에서 사고 때문에 몸을 제대로 못 쓰게 됐었지."

해찬이 말을 이었다.

"그래서 선배는 아담을 홀로그램으로 형상화시켜 연구실에서 보조업무를 할 수 있게 했죠."

"그건 그 아이가 원하던 거였어. 그땐 모두 이 프로젝트가 정말 인류를 위한 프로젝트인 줄 알고 있었으니. 나는 그 소원을 들어줬을 뿐이야."

해건이 차분하게 말했다.

"부설계자는 아담을 이용했어. 네가 가진 기술을 빼내긴 힘들었지만, 아담은 홀로그램을 만드는 과정에서 많은 기억이 컴퓨터에 기록되어있어서 그 정보를 어렵지 않게 빼낼 수 있었나 봐. 너와 함께 있던 시간이 많았으니, 아담에게서 가져갈 수 있는 정보도 많았겠지."

도와주려고 했던 행동 때문에 오히려 타겟이 되었다는 사실에 마음이 아팠다. 이제는 모든 일의 시작이 나인 것 같은 기분이 들었다.

"선배. 선배는 뇌 과학 분야에서 손꼽히는 연구원이었어요. 더구나 지금의 선배는 기억을 되찾은 상태니, 선배가 직접 설정을 바꿀 수 있을 거예요. 이전에 쓰던 연구실보다는 못하겠지만, 저랑 해건이 형이 사용하는 비밀 연구실을 이용할 수도 있어요. 시기를 잘 맞추지 않으면 며칠 동안 있어야 할 수도 있으니 짐부터 챙기고 가야 할 것 같아요."

"알겠어, 그러면 30분 뒤에 만나자."

해건과 해찬은 서둘러 연구실로 갈 준비를 했다. 나는 칩을 만들 때를 다시 떠올리며 어떻게 설정을 바꿔야 할지 고민했다.

30분 뒤.

나는 비밀 연구실 안을 보고 놀라지 않을 수 없었다. 수많은 자료가 쌓여있을 뿐만 아니라 그동안 프로젝트를 진행하며 통제되지 않는 구역에 비밀 연구실을 만들었다. 이곳 또한 정부 감시 구역이었으나, 사람이 없는 곳이라 거의 신경 쓰지 않았다.

"선배, 그래도 조심해야 해요. 정부에서 주기적으로 이곳을 청소하기 위해 오니까 인기척이 느껴지면 연락하거나 숨어요."

형제는 돔 안과 밖의 상황에 대처하기 위해 다시 밖으로 나갔고, 이제 연구실에는 나만 남았다.

'이제 내 칩을 한번 살펴봐야겠어.'

나는 컴퓨터를 켜고 바로 칩을 검사하기 시작했다. 칩을 검사하면서 부설계자가 단순한 실수가 아닌 의도적으로 가족에 대한 단계 설정을 높여놨다는 것을 알 수 있었다. 다행스럽게도 부설계자의 실력이 좋지 않아 어렵지 않게 파악할 수 있었다. 나는 마지막으로 형제의 말을 믿고 설정을 낮춰보기로 마음먹고, 뇌에 무리가 가지 않을 정도로 한 단계씩 설정을 낮추어갔다.

일주일이 지났다. 자려고 누웠을 때였다.

'똑똑똑'

해건이나 해찬이 온다는 연락은 없었다. 문을 열어볼까 싶었지만, 비밀 연구소의 존재를 들킬 순 없었다. 정부 사람이었다면 노크하지 않았을 거라 판단했다. 다시 한번 노크 소리가 울렸다.

'똑똑똑'

문을 열어야 할 것 같은 느낌이 들어 천천히 발걸음을 옮겨 문 앞에 섰다. 어두워 잘 보이지 않는 문틈 사이로 희미한 형체가 보였다. 청소하러 온 사람은 아닌 것 같았다. 나는 천천히 문을 열었다.

'끼이익. 쾅!'

너무 놀란 탓에 소리도 못 지르고 뒤로 넘어져 버리고 말았다.

"안녕하십니까. 한신희 연구원."

소름 끼치게 낮은 목소리를 가진 사람이 입을 열었다.

"옛날에 한 번 뵀었죠. 저는 ST 프로젝트의 부설계자 이광호라고 합니다."

"아…."

왜 문을 열었나 후회가 몰아쳤다. 그는 내 생각을 읽기라도 한 듯 말을 덧붙였다.

"너무 자책하지 않으셔도 됩니다. 매너 있게 들어오고 싶어 문을 부수지 않았을 뿐이지 문을 열지 않았더라도 전 이곳에 들어왔을 겁니다."

나는 굳이 입을 열지 않았다. 괜히 입을 잘못 열었다가 그들에게 해건과 해찬을 포함한 모든 일을 흘리고 싶지 않았다. 그는 다시 내 생각을 읽은 듯 대답했다.

"해건, 해찬 형제를 걱정하는 거라면 그들은 안전하게 잘 있습니다. 물론 연구가 끝나기 전까진 앞으로도 그들은 안전할 겁니다. 꽤 쓸만한 자원들이지요. 그리고 굳이 입을 다물지 않으셔도 됩니다. 저는 한신희 연구원에게 궁금한 것이 없습니다."

나는 믿을 수 없다는 표정으로 바라봤다.

"그렇게 경계가 된다면, 한신희 연구원이 저에게 질문을 해보시죠. 궁금한 게 많을 것 같은데."

부설계자의 말은 틀리지 않았다. 나는 그가 어떻게 이곳을 알았는지, 아니 그 전에 왜 우리를 지켜만 봤는지. 알 수 있는 게 아무것도 없었다. 이번에도 역시나 내 생각을 읽은 듯 그는 입을 열었다.

"우선 이곳을 안 지는 꽤 오래됐습니다. 정확히 말하면 두 형제에게 이곳의 존재를 알려준 사람이 저라고 볼 수도 있겠네요. 물론 그들은 내가 이곳으로 그들을 유도했다는 것을 알지 못하겠지만. 두 형제를 가만히 지켜봤던 이유는 단순한 호기심이라고 해두죠."

이제는 확신할 수 있었다. 부설계자가 내 생각을 읽고 있었다.

어떻게 이것이 가능한지는 알 수 없었지만, 우연이라기엔 너무나 정확했다.

"지금 한신희 연구원과 저는 칩을 공유하고 있습니다. 아, 정확히 말하자면 한신희 연구원의 칩을 제가 복사하여 공유하고 있는 것이지요. 이제 대답하지 않는 것이 의미 없다는 것을 아셨을 테니 한번 말씀해 보시지요."

불안한 감정들을 누르고 침착하게 물어보았다.

"무엇을 위해 내 칩을 복사한 거야?"

"하하. 아까 말했듯 단순한 호기심 때문입니다. 처음엔 한신희 연구원의 기술을 빼내기 위해 시도했었지만, 생각보다 쉽지 않더군요. 안타깝게도 제 기술력이 한신희 씨의 실력을 따라가지 못했나 봅니다. 그러다가 아담에게 빼낸 정보를 통해 한 단계 더 발전할 수 있었지요."

"나와 해건, 해찬 형제가 아담에 관해 얘기했던 것도 다 들었나 보지?"

부설계자는 웃으며 말했다.

"들었다기보단 공유받았다가 더 맞는 표현이겠지요? 아무튼 아담을 통해 기술적으로 발전한 저는 거기서 멈추지 않고 ST-서울에 있는 한신희 연구원의 기술력까지 가져가길 원했지요. 그러나 저도 ST-서울까지 들어가 한신희 연구원을 마주한다면 정부의 의심을 살 수 있었지요. 그런데 웬걸, 해건 해찬 형제가 한신희 씨를 밖으로 데려 나오는 게 아니겠어요? ST-서울엔 없는 휴대전화기를 이용해서 말이죠."

그는 흥분한 듯 침을 꼴깍 삼키며 말을 이었다.

"나는 그때가 기회다 싶었어요. 내가 접근한 것이 아니라 그쪽에서 먼저 사고를 일으켰으니, 그저 수습의 목적으로 한신희 연구원에게 마음껏 다가갈 수 있었고, 정부 쪽에는 한신희 연구원이 탈출했지만, 연구를 위해 지켜보겠다고 보고만 올리면 되니까요. 한동안 지켜본 결과 신희 씨의 칩이 어디에 숨겨져 있는지도 알 수 있었지요. 그래서 먼저 손을 썼습니다. 칩을 먼저 빼돌렸지요."

"내가 찾았던 건 칩이 아니라 기억이었어! 거짓말하지 마!"

"최초엔! 칩이었지요. 한신희 연구원은 기억하지 못하겠지만, 한신희 연구원이…."

'퍽!'

부설계자가 말을 하다가 고개를 푹 숙였다.

"신희야 얼른…!"

"네가 어떻게 여기?"

부설계자를 내리친 건 다름 아닌 재용이였다. 재용이가 어떻게 여기를 알고 온 거지? 재용이도 내 생각을 읽었는지 그동안의 사정을 설명했다.

"네가 없어진 이후부터 이 세상을 조사하기 시작했어. 여기에 사람들이 정기적으로 왔다가는 걸 보고 이곳을 알게 되었어. 그리고 모든 걸 알게 됐어. 사람들이 오고 있어서 도망칠 기회가 지금 밖에 없을 거야. 난 여길 처리할 테니 얼른 다락문으로 돌아가."

"어… 고마워."

나는 벙하니 재용을 보다가 이내 발걸음을 옮겼다. 형제에게도 이 소식을 전해야 했다. 이곳의 위치도 발각됐을 가능성이 컸다. 결정을 서둘러야 했다.

“선배! ST-서울은 가짜라구요! 그 가짜 기억 때문에 총설계자가 될 수 없다니요! 선배가 어떻게 그런 선택을 할 수 있어요!”

예상했던 대로 둘은 내가 한 말을 받아들이지 못했다. 집에 있는 내 가족과 재용이, 모두를 떠나 총설계자가 될 수는 없었다.

“선배. 이건 아닌 것 같아요. 우리가 같이 해왔던 연구는 어떡하고!”

“해찬아! 흥분하지 마. 우선 신희에게 뭔가 오류가 생긴 것 같아. 우리가 신희의 칩을 다시 한번 체크해 보자.”

말이 끝남과 동시에 해건이가 나에게 다가왔다.

“다가오지 마!”

해건이 다가오자 순간 겁이 나 크게 소리쳤다. 방 안이 메아리쳤다. 둘은 당황한 듯 조심스럽게 말을 이었다.

“왜 그래요. 선배….”

“나는 이제 마음을 굳혔어. 지금 내가 할 수 있는 건 그저 나를 기다리고 있을 가족에게 돌아가는 것뿐이야. 내 기억 속 가족들이 설마 가짜라 해도 이 기억을 지울 수는 없어. 내 가족이거든.”

지금까지 차분하게 나를 설득하던 해건이도 내 확고한 태도 탓인지 요동치는 목소리로 말했다.

“신희야! 그 가족들은 가짜라고! 그들은 그저 만들어진 로봇과 같아! 그리고 지금 네가 아니면 이 세상은, 네가 아는 가짜 세상 말고 진짜 서울은 없어져 버려도 된다는 거야?"

"내가 아는 진짜 세상은, 너희가 말하는 ST-서울이야. 내 가족들은 그곳에 있어. 내 세상은 그곳에 있다고!"

"선배! 미친 거 아니에요? 그 기억은 조작된 거라고요!"

해찬은 계속해서 흥분한 상태로 말했다.

"형. 선배가 기억을 찾으면서 오류가 생긴 것이 분명해. 우리가 강제로라도 원래의 기억을 모두 찾아줘야겠어. 어떻게 가족에 대한 기억만 오류가 날 수가 있지?"

"다시 한번 말하지만 내 몸에 손대지 마! 내 몸에 털끝 하나라도 건드리는 순간, 난 더 이상 너희의 말을 믿지 않을 거야."

크게 소리치며 말했지만 더 이상 해찬이에게는 내 목소리가 들리지 않는 것 같았다. 해찬은 억지로라도 칩을 보려는 듯 빠른 걸음으로 나에게 다가왔다.

"해찬아. 그만."

해건이 낮은 목소리로 말했다. 포기한 건지 화가 난 건지 알 수 없었다. 해건이의 차가운 목소리가 방 안의 공기를 무겁게 짓눌렀다.

"해찬아. 신희가 저렇게 생각하는데도 분명 이유가 있겠지. 우선 돌아가자. 생각할 시간이 더 필요한 것 같아."

"하지만, 형. 선배가 총설계자를 맡아주지 않으면 우리…."

"오늘은 돌아가자. 신희야. 내일 다시 올게. 너도 다시 한번 생각해봐. 우리가 왜 이렇게 말을 하는 건지는 신희 네가 제일 잘 알고 있을 테니."

나는 굳이 대답하지 않았다. 해건이도 내 대답을 기다리지 않은 채, 불안해하는 해찬이를 데리고 나갔다. 흥분했던 탓일까. 둘이 나가자 온 힘이 빠져 큰 한숨을 내쉬었다.

"하…. 어쩔 수 없는 선택이야. 분명 더 좋은 방법을 찾을 수 있겠지."

잠시 후. 딸깍 소리가 났다. 방 안에는 그 누구도 남지 않았다.

두 형제의 방. 정적을 깨고 해찬이 벌떡 일어나며 말했다.

"형. 아무래도 다시 선배에게 다녀와야 할 거 같아."

"아니야. 해찬아. 우리 신희에게 시간을 주자."

"아니. 형. 어떻게 그렇게 태평할 수가 있어? 이번에도 신희 선배가 기억을 리셋하고 돌아가면 어쩌려고! 이제 우리에게도 시간이 별로 없어. 난 가봐야겠어."

"해찬아!"

해찬은 해건이 말릴 틈도 없이 그 누구도 막을 수 없을 것처럼 방을 뛰쳐나갔다. 해건이 방문을 열었을 때, 아무도 없는 방 안에 편지 한 장만이 놓여있었다.

- 해건, 해찬에게

우선 독단적으로 행동해서 미안해. 너희와 대화로 풀 수 있는 얘기가 아닌 것 같아서 나 혼자 선택하고 결정했어.

ST-서울을 만들기 위해 했던 노력과 정부와의 대립, 다 너무 중요하지만, 그 전에 나에게는 가족이 가장 중요해. 물론 ST-서울 안에 있는 사람들의 생각도 중요하겠지.
그래서 나는 안에 있는 사람들에게 진실을 알리고 우리만의 해결책을 찾는 데 집중하려고 해.
너희도 분명 나 없이도 해결 방법을 찾을 수 있을 거야. 지금까지 잘 해왔잖아.

ST-서울 안에 있는 사람들이 모두 진실을 알고, 세상에 알릴 수 있는 방법을 찾았을 때 다락문 앞에서 다시 만나자.

- 신희 남김

'달그락달그락' 주방에서 요란한 소리가 들렸다.

"신희야! 얼른 일어나서 밥 먹고 물 받아와! 언제까지 잘 거야!"

"아, 엄마, 오늘은 좀 쉬면 안 돼? 한 끼 정도 굶어도 되잖아."

"우리 가족끼리 식탁에 모여서 기도하고 밥 먹는 걸 감사할 줄 알아야지! 자, 신희야 빨리 다녀와!"

나는 무거운 눈꺼풀을 간신히 들어 올리곤 눈을 비비며 나와 식탁에 앉았다. 똑같은 식사, 똑같은 시간…. 언제나 그래왔듯 엄마가 준비한 딱딱한 빵에 잼을 듬뿍 발랐다. 그렇게 우리 가족 모두가 식탁에 모여 식사하고 있을 때. 내 방 창문 쪽에서 바람이 불어왔는지, 살짝 닫혀있던 방문이 바람 소리와 함께 열렸다. 바람이 잠잠해지고 난 뒤, 많이 익숙하면서도 익숙하지 않은 소리가 들려 왔다.

'띠리링- 알림 메시지가 도착하였습니다.'

Episode 4

참여한 작가

김 담

02년생
프리랜서 PD

허수진

91년생
10년차 소프트웨어
엔지니어

손예림

07년생
고등학생 1학년

김지환

91년생
8년차 바리스타

하은서

99년생
디자이너

조경서

98년생
엔지니어

김태훈

00년생
5년차 육군 하사

허전정윤

00년생
응용화학공학과
대학생

정혜영

프리랜서

여현수

01년생
3년차 공군 부사관

김진희

78년생
요가강사

박수민

00년생
게임 전공 4학년

안휘

07년생
고등학생 1학년

허수진

91년생
10년차 소프트웨어
엔지니어

허진수

92년생
사업가

Taxi
할 증(割增)

Episode 5

할증(割增)

[명사] 일정한 값에 얼마를 더함

그날은 유난히 비가 많이 내렸다. 사람을 감상에 젖게 하는 새벽. 라디오를 끄고 달리는 택시에 떨어지는 빗소리를 들으며 여느 때처럼 손님을 태웠다.

새벽에 택시를 탄 사람들은 말이 많다. 독백인지, 하소연인지 묻지 않은 것들을 자꾸만 떠들어댄다. 그러다가 대화 말미에는 모두 비슷한 말들을 하곤 한다.

"그때가 좋았는데…."

시간은 거꾸로 돌릴 수 없기에 과거는 완전한 것이다. 그들은 각자의 삶을 후회하며, 돌아가고 싶은 순간을 얘기한다. 그때쯤 나는 그들에게 묻는다.

"그때로 돌아가고 싶으세요?"

"당연히, 돌아가고 싶죠."

"그래요?

그들의 하소연이 끝날 즈음 택시는 목적지에 도착한다. 오늘의 마지막 손님도 마찬가지였다.

"손님, 도착하셨습니다."

"네, 얼마죠?"

"1997년 2월 4일 새벽 3시 40분입니다."

"네?"

"손님이 가장 돌아가고 싶었던 그 목적지입니다. 안녕히 가세요."

그는 비가 내리는 창밖을 한참 바라보다가 멍한 표정을 지었다. 그러다 용기가 났는지 천천히 택시 문을 열고 걸음을 내디뎠다. 그 발걸음에는 두려움과 설렘이 섞여 있었다. 택시에서 내린 다른 이들은 주변을 살피기도 하고, 의심해보기도 한다. 그러다가 택시 창문에 비친 자기 모습을 바라보고는 소스라치며 그 자리에 주저앉는다. 사이드미러로 보이는 손님들의 반응은 늘 똑같았다. 그럴 때마다 나는 아무렇지 않게 택시를 출발시키며 미터기에 있는 리셋 버튼을 눌렀다.

할증 요금처럼 불어난 하소연을 들으며, 손님들이 가장 후회했던 시절로 그들을 데려다주는, 나는 '과거로 가는 택시 기사'다. 물론 모두가 과거로 갈 수 있는 것은 아니다. 택시 할증이 붙는 시간, 자정부터 새벽 4시까지, 손님들이 먼저 후회를 말하는 순간, 미터기의 말이 거꾸로 달리기 시작한다. 그러면 택시는 그들이 원하는 목적지의 시간을 바꿔준다.

새벽 3시 53분. 마지막 손님이 떠난 뒤, 텅 빈 도로 위에 차를 세우고 담배에 불을 붙였다. 택시 창문에 비친 무표정한 내 얼굴을 바라보다 문득 미터기의 말이 거꾸로 간다는 것을 알게 된 5년 전 그때가 떠올랐다.

'하…. 다, 부질없지….'

깊은 한숨만큼 짧아진 담배를 버리고, 택시에 몸을 실었다.

새벽 3시 59분. 유난히 피곤한 날이었다. 일찍 들어가는 게 낫겠다 싶어 곧바로 차를 돌렸다. 집으로 돌아가던 길, 갑자기 '삑-'하는 소리와 함께 미터기 전원이 켜졌다. 미터기 속 말은 거꾸로 달리기 시작했다.

'고장인가?'

다른 버튼을 눌러도 말을 듣지 않아 잠시 차를 세웠다. 어두운 도로 위에서 한참을 미터기의 버튼과 씨름하고 있던 그때였다.

'똑똑똑-'

누군가 택시 창문을 두드렸다. 나는 습관적으로 뒤를 바라봤다. '딸깍' 소리와 함께 뒷좌석 문이 열리고 있었다. 미터기 때문에 신경이 날카로웠던 나는 손님에게 다소 쏘아붙이듯 말했다.

"저 손님, 운행 시간이 끝났는데요. 다른 택시를…."

손님의 얼굴을 확인한 나는 한순간 어안이 벙벙해졌다. 선명하게 기억한다. 파란색 원피스와 긴 머리, 그때 그 손님이었다. 나는 5년 전으로 돌아왔다. 놀란 것도 잠시, 그때처럼 손님은 택시를 타자마자 웃으며 나에게 말했다.

"항상 이 시간엔 택시가 잘 안 잡히는 것 같아요."

'이 손님은 나를 모르는구나.'라는 생각과 함께 최대한 자연스럽게 목적지를 물었다.

"어디로 가드릴까요?"

나는 분명히 알고 있다. 그녀가 얼마나 터무니없는 곳을 가달라고 하는지, 왜 가야만 하는지, 내 지난 5년은 그녀로 인해 달라졌기 때문에 똑똑히 기억하고 있다.

"시간이 멈추는 곳으로 가주세요."

역시나 하는 속마음을 숨긴 채 손님에게 물었다.

"손님, 죄송하지만 조금만 더 자세하게 설명해 주실 수 있을까요?"

손님은 5년 전과 같이 자신의 이야기를 꺼냈다. 비가 내렸지만, 왠지 모르게 상쾌했던 아침과 직장 상사와의 다툼, 친구들과의 술자리 이야기까지. 도대체 시간이 멈추는 곳과 무슨 상관일까? 의문이 들 때쯤 손님이 당당하게 말했다.

"기사님께서 알고 있는 가장 멋진 곳으로 가주세요!"

그리고는 그녀는 가장 멋진 곳이 왜 시간이 멈추는 곳인지 설명했다. 우리는 살면서 수많은 선택을 한다. 그때마다 가장 옳은 선택이 무엇인지 고뇌한다. 설령 잘못된 선택을 하더라도 후회하지 않기 위해 하루의 끝을 멋지게 매듭지으려 한다. 마치 그것이 우리의 의무라는 듯이.

나는 한적한 도로를 지나 동네에서 별이 가장 많이 보이는 곳으로 택시를 몰았다.

그곳은 도시 한가운데 위치한 작은 공원의 전망대로 야경명소였다. 평소에는 찾는 사람들이 많았지만, 비가 오는 날이면 발길이 뚝 끊겼다. 그러나 나는 비가 그치고 구름이 갠 뒤 별이 더 빛난다는 것을 알았다.

10분 정도의 운행이 끝난 후 거짓말처럼 비가 그쳤다. 손님이 내렸고, 나 또한 피곤함을 떨치려 함께 차에서 내렸다. 습관처럼 담배에 불을 붙이려다 공원임을 깨닫고 담배를 다시 주머니에 넣었다. 5년 전과 다를 것 없이 똑같은 날이었다. 택시에서 내린 여자 손님은 쏟아지는 별을 하염없이 바라보다 근처에서 별을 구경하던 내게 말했다.

"후회는 지금을 사랑하지 않는 바보들이나 하는 거예요. 그런 바보들은 몇 번을 과거로 돌아가도 똑같을 뿐이에요."

'어? 지금 하는 말은 처음 듣는 거 같은데….'라고 생각하는 순간 주변을 돌아보니 손님은 사라져 있었다.

|

"후회…."

나는 택시 문에 기대어 후회라는 말을 곱씹었다. 동이 트면서 어슴푸레 별이 저물어갔다. 여자가 사라진 뒤 시간이 다시 돌아오고 있음을 느꼈다. 그녀는 미지의 존재였다. 택시가 손님을 과거로 보낼 수 있게 된 시작점. 그 시작점에 그녀가 있었다. 아쉽게도 의문을 해결해 줄 사람은 존재한 적도 없던 것처럼 사라졌다. 두 번째 만남이라 더욱 유심히 얼굴을 확인하려 노력했지만, 기억조차 나지 않았다. 시간을 확인했다. 이제 완전히 '되돌리는 시간'의 영역에서 벗어난 듯싶었다.

"후회라."

후회가 사람들에게 얼마나 영향을 끼치는지 잘 알고 있다. 그들의 후회를 돌이킬 수 있도록 지금껏 수도 없이 택시를 운행해 오지 않았던가. 나는 자연스럽게 운전대를 잡았다. 달리는 사이 주변은 서서히 밝아왔다. 피로에 젖어 집 주변까지 와서야 이상함을 눈치챘다. 모든 것이 그대로인데 그게 문제였다. 집에는 내 택시와 똑같은 차가 세워져 있었고, 누군가 타고 있는 듯했다. 집 건너편에 잠시 택시를 세워 놓고 다시 한번 시간을 확인했다. 시간은 그대로 흘러가고 있었지만, 날짜를 확인한 순간 등골이 오싹해졌다.

'2017년?'

서둘러 택시 미터기를 확인해 보니 아직도 말은 달리고 있었다. 분명 밖의 시간은 흐르고 있는데, 택시의 시간은 3시 59분에 멈춰 있었다. 할증이 계속되고 있었다. 리셋 버튼을 눌러봐도, 시동을 껐다가 켜봐도 소용이 없었다. 어디서부터 잘못된 것인가. 파란 원피스의 여자. 그 여자를 데려다주고 리셋 버튼을 누르지 않아서인가? 아니면 신의 장난인가? 나는 처음 능력이 생겼을 때를 돌이켜 봤다. 5년 전, 파란 원피스의 여자를 내려주고 그다음 날 새벽 할증 시간부터였다. 손님이 가장 후회스러웠던 때로 택시가 소환되듯 도착했다. 손님을 내려준 뒤, 미터기의 리셋 버튼을 누르면 다시 원래의 시간대로 옮겨졌다.

"그건 그렇고 내 집에 있는 건 누구지?"

아무리 5년 전이라 해도 이 알 수 없는 '할증'의 시간대라면, 그 시간의 나는 존재하지 않아야 했다. 그래야 후회의 순간을 되돌릴 수 있을 테니까. 바뀐 시간대의 사람과 택시에서 내린 사람이 교체된다는 것은 혼자만의 생각이었던 걸까. 만약 사라지지 않고 같은 시간대에 같은 사람 둘이 존재하게 된다면? 그러고 보니 한 번도 택시에서 내린 뒤의 상황은 신경 쓰지 않았다. 그저 손님들을 내려줬을 뿐. 생각이 거기까지 미치자 미칠 듯이 어지러웠다. 온몸에 소름이 돋으며 아찔해졌다.

어느 정도 진정이 되자, 나는 조심스럽게 집 문을 열었고 내 방으로 향했다. 제발 이곳에 있는 사람이 내가 아닌 다른 사람이길 바라면서……. 고양이 걸음으로 다가가서 덮여 있는 이불을 살며시 들쳤다. 그와 동시에 형용할 수 없는 공포감에 휩싸였다. 침대에 누워자고 있는 것은 과거의 자신, 바로 나였다.

|

'어떻게 이런 일이 일어날 수 있지?'

불행히도 이 모든 것이 현실이고, 또 꿈이 아니라는 것을 알았다. 이미 수많은 손님을 꿈만 같은 과거에 내려주지 않았던가. 어떻게 이런 일이 일어날 수 있는지 생각하는 것보다, 앞으로 어떻게 행동해야 하는지 고민해야 했다.

'어떻게 돌아가지? 돌아가기 전에 복권 번호를 알려줘야 하나? 알려주면 미래의 내가 부자가 될 수 있나?'

'돌아갈 수 없다면 어떻게 해야 하지? 설득해서 교대로 택시 운행을 해야 할까?'

'무엇을 먼저 해야 하나?'

수많은 생각과 기억들이 나를 부수며 지나갔다. 머리가 터져버리지 않도록 관자놀이를 검지와 중지로 꾹꾹 누르다가, 기억 하나가 머리를 스쳤다.

'침대맡에 내 노트!'

나는 기억하고 싶은 꿈들을 기록해 붙잡아보려 애썼다. 지금도 여전히 기록하고 있는 노트. 그 작업을 2017년에도 착실하게 수행했었다.

너는 돌부리에 걸려서 넘어진 나를 일으켜주지 않고 말했다.
헤어지기 전보다 안타까워졌다고. 무엇이 그리도 안타까웠을까.
너는 왜 나를 믿지 못했을까. 왜 떠나야만 했던 걸까?
믿음, 소망, 사랑 중에서 가장 최고는 사랑이라고 한다.
하지만 나는 믿음이 있어야 사랑을 할 수 있다고 생각한다.

노트에 적힌 문구를 본 나는 방문을 닫고 나와서 2017년의 복도를 달렸다. 가장 먼저 해야 할 일이 정해졌다. 과거의 나에게 가르쳐줄 것이 있다. 몇 번이고 깨지고 또 깨지더라도 다시 한번 믿게 하는 것이 사랑이라는 것을. 아직 과거의 나와 마주할 수 없었다. '하고 싶었던, 해야만 하는 일'들을 모두 마친 후에 다시 돌아오리라. 달라진 미래를 지금의 '내'가 만들어주고 싶었다.

2017년은 나에게 어떤 한 해였는가? 대통령이 파면되고, 원전이 멈춰 섰던 해이기도 했지만, 무엇보다 그녀가 살아있었고, 우리가 헤어진 지 얼마 지나지 않았던 해였다.

'보고 싶다.'

나는 그녀의 집으로 향했다. 전화를 걸어 너와 함께라면 아무것도 필요 없다고, 우리 행복해지자고 말하고 싶었다.

|

세월이 많이 흘렀지만, 그녀의 집 주소는 아직도 내 머릿속에 선명히 남아있었다. 미래의 내가 과거의 나를 위해 그녀를 만나는 게 어떤 의미가 있을까. 의구심이 들었으나 발걸음을 멈출 수는 없었다.

그녀의 집 앞이었다. 자주 가던 카페를 지나 골목으로 들어가는 길목, 그녀가 내 시야 안으로 들어왔다. 그녀는 다른 남자의 품에 안겨있었다. 낯설었다. 그녀는 행복하다는 듯 웃고 있었다. 나는 그녀의 행복을 망치고 싶지 않았다. 그러나 당장이라도 그녀를 향해 달려가고 싶었다.

고뇌하던 새 그녀가 사라졌다.

하염없이 걷고 또 걸었다. 거리에 수많은 연인이 있었다. 그 사이, 한심한 내가 과거의 나를 위해 무언가 해주겠다는 생각을 한 것 자체가 너무 부끄러웠다. 그러다 한 간판이 눈에 띄었다.

'중앙 수제 고급모.'

나는 너무 숨고 싶었다. 한 치의 망설임 없이 삐걱거리는 문을 한 번에 잡아당겼다. 가게는 늦은 밤임에도 아늑했고, 그 속에 백발의 중년 노인이 홀로 서 있었다.

"젊은이가 이 시간에 어연 일로 왔어? 할아버지 드릴 멋진 모자를 찾고 있나?"

나는 말없이 고개를 끄덕였다.

"그럼 이게 좋겠네. 요새 할배들은 챙이 넓은 걸 좋아하더라고."

급히 주인 할아버지가 추천해 준 챙 넓은 검정 중절모를 샀다. 그 모자를 쓰고 가게 앞 거울에 비친 내 모습을 바라봤다. 과거의 나조차도 나를 알아보지 못할 것 같았다. 가게를 나와 왼손의 손목시계를 쳐다보니 곧 택시 할증이 붙을 시간이었다. 나는 또 하염없이 걸었다. 모자로 나를 숨겼지만, 그게 전부였다. 내 마음 한구석은 여전히 무언가 큰 잘못을 한 듯 계속 불편했다. 신호등에 파란불이 들어왔고, 횡단보도를 건너려던 찰나 익숙한 번호판이 눈에 들어왔다. 내 택시였다. 나는 곧바로 택시에 올라탔다. 택시 안은 차가운 공기가 맴돌았다. 과거의 나는 나에게 행선지를 물었다. 나는 약간 낮은 목소리로 대답했다.

"그녀를 처음 만났던, 2014년 1월 17일 한남동으로 가주세요."

|

과거의 나는 당황한 목소리를 숨기듯 말했다.

"어… 한남동… 말씀하시는 거죠…?"

"네…."

"일단… 출발하겠습니다."

한참을 힐끔힐끔 룸미러를 쳐다보며, 운전에 집중을 못 하던 과거의 나는 생각이 정리된 것인지 나를 가만히 쳐다보며 말했다.

"2014년 1월 17일, 그날이 많이 그리우신가 봐요?"

나는 과거로 돌아가는 방법을 알고 있기에 그의 물음에 대답했다.

"그때로 돌아가고 싶습니다."

"… 그러시구나."

내 대답과 동시에 택시 미터기에서 '삑-' 소리와 함께 말이 거꾸로 달리기 시작했다. 손님들이 가장 후회했던 시절로 데려다만 주었던 내가, 과거의 나를 만나 시간 여행을 간다. 고요한 새벽. 한남동을 향해 가던 택시가 한강대교를 건널 때, 침묵만이 가득한 택시 안에서 과거의 내가 입을 열었다.

"선생님은 그 시절로 돌아간다면, 더 나은 결말을 맞을 수 있다고 생각하십니까?"

나는 선뜻 대답할 수 없어 그저 창밖을 보며 생각했다.

'더 나은 결말이라…'

'일어난 일에는 다 이유가 있을 텐데, 그게 최선일 수도 있는데,

그게 최선의 선택일 수도 있는데…….'

이제껏 이렇게 생각했던 내가 나의 택시를 타고 과거로 돌아가달라고 말했다. 돌아갈 수 없다 하더라도 나는 그녀와의 시간을 지울 수 없었다. 나는 그녀와의 더 나은 결말을 위해 그녀를 처음 만났던 날로 가려는 걸까. 오늘따라 한강대교가 더욱… 더욱 길게만 느껴졌다. 하얀 가로등을 따라 달리던 택시가 목적지에 이르자 천천히 멈춰 섰다.

처음인 듯 떨리는 목소리로 과거의 내가 읊조렸다.

"2014년… 1월 17일 한남동입니다."

낯선 듯 주변을 두리번거리며 떨고 있는 과거의 나에게 말을 건넸다.

"기사님은 어떻게 돌아가십니까?"

과거로 가는 택시를 처음으로 운전한 날, 파란 원피스의 여자 말대로 할증 시간대에 손님을 태웠고, 내가 처음으로 과거로 보냈던 어두운 그림자의 손님에게 들었던 말이다.

'그게 나였군….'

"어… 그러네? 근데… 그걸 어찌…."

과거의 내가 당황한 듯 말을 다 끝내지 못한 채, 그저 나를 쳐다보고 있었다.

"기사님 미터기에 있는 리셋 버튼, 그걸 꼭 눌러야 돌아가실 수 있습니다. 리셋을 하지 않으신다면, 누군가의 운명이 바뀔 수도 있으니 꼭 누르시길 바랍니다."

나는 나에게 누군가의 운명이 바뀔 수도 있다는 걸 알려주었다.

'운명… 그녀와의 나의 운명은 어떻게 되는 걸까. 이 문을 열고 나가면 그녀와의 이야기를 다시 쓸 수 있을까…?'

잠시 생각에 잠겨 들었다. 나는 택시 손잡이를 잡고 물끄러미 창문 밖을 바라보고만 있었다.

|

빗물이 창문을 때렸다. 과거의 내게 하고 싶은 말들이 가득했지만, 그녀에게 가야겠다는 생각에 급히 문을 열었다. 나는 미터기에 정신이 팔려있는 과거의 나를 내버려 둔 채 서둘러 내렸다.

분명 알 수 있었다. 확실히, 2014년 그날의 그곳이다.

잠시 후 택시가 교차로를 돌아 사라졌다. 나는 왠지 모를 서늘한 기운을 느끼며 주위를 살폈다. 막상 이 상황에 닥치니 꿈을 꾸는 것 같기도 하면서, 축축하게 젖은 어깨를 보면 또 날카로운 현실 같기도 했다.

나는 무겁게 내리는 비를 맞으며, 길을 건너 편의점으로 향했다. 늦은 밤까지 술을 마시는 사람들도 오늘만큼은 비를 피해 일찌감치 들어간 듯했다. 이른 아침 출근을 서두르는 사람들도 아직은 단잠에 빠져있을 시간이었다.

"어서 오세요."

목소리를 듣자마자 나도 모르게 금세 눈가가 뜨거워져서 모자를 깊이 눌러썼다. 유리문에 비친 그녀는 유령같이 창백해서 고개를 돌리면 그대로 흩어질 것만 같았다. 나는 당황하지 않은 척 젖은 옷을 털었다.

"예…, 비가 제법 내리네요."

목이 잠겨서 목소리가 이상했다. 나는 우물쭈물하다가 손에 잡히는 대로 음료를 하나 가져왔다.

"1,700원입니다."

허둥지둥 계산하다가 손이 살짝 닿았다. 그녀는 비를 맞고 온 나보다도 더 차가운 손으로 잔돈을 받았다.

"아…, 죄송합니다."

"괜찮아요."

나는 편의점 구석 간이 테이블에 앉아 덜 데워진 캔 커피를 따며 생각을 정리했다. 무턱대고 그녀가 있는 곳으로 오긴 했는데, 어떤 얼굴로 무슨 말을 해야 할지 고민이 되었다. 게다가 내가 기억하는 2014년 1월 17일은 춥긴 했어도 비도 눈도 오지 않았었다. 과거로 돌아오면서 비구름도 몰고 온 것일까? 알 수 없었다. 유리창에 비친 내 얼굴은 모자를 써서 늙은이 같기도, 자기가 어른인 줄 아는 10대 소년 같기도 했다. 그러나 스치듯 확인한 그녀는 내 기억과 똑같은 얼굴, 똑같은 분위기였다. 다만 늦은 시간에 방문한 손님을 맞이하는 것이 약간 피로한 듯했다. 하긴 날도 궂은데, 늦은 시간 덩치 큰 사내가 편의점에 와 앉아있으면 불편하긴 하겠지.

'그래도 그때보다는 낫지… 않나?'

실없는 웃음이 터졌다. 적어도 오늘은 그때처럼 난처하지는 않을 것이다. 오늘은 취객이 없으니 경찰을 부를 일도 없다. 아끼던 셔츠가 취객의 토사물로 엉망이 되어 그녀에게 못난 꼴을 보일 일도 없다. 그때 나는 사이즈도 맞지 않는 여벌 옷을 빌려 입고, 취객의 흔적을 치우는 것을 도왔다. 우리는 자연스럽게 말문을 텄고, 이런저런 이야기를 나누다가 해가 뜨는지도 모르고 함께 시간을 보냈다. 아침에 출근한 편의점 사장이 어처구니없다는 얼굴로 우리를 쳐다봤었다. 누구냐고 묻는 편의점 사장의 목소리까지 선명했다.

"저기요, 누구시냐구요."

"네…, 네?"

"왜 제 사진을 가지고 있으시죠?"

그녀가 무서운 표정으로 들이민 건 내 핸드폰이었다.

"아니… 그게 왜……."

"계산할 때 카운터에 두고 가셨던데요. 불러도 못 들으신 거 같아서 가져다드리려고 하니까, 어머, 떡하니 제 사진이 있네요? 너 변태야?!"

그 순간 번개가 내리쳤다.

|

머릿속에도 번개가 내리치는 것 같았다. 이 상황을 설명해 볼까. 아니다. 믿을 리 만무했다. 미치지 않고서야 두 번이나 시간을 건너 당신을 만나러 왔다는 말을 누가 믿겠는가. 짧은 순간 머릿속에 수많은 생각과 감정들이 스쳐 지나갔다. 가장 먼저 하고 싶었던 말은 그리웠다는 말이었는데, 보고 싶었다는 말이었는데. 시간을 가로질러 택시와 함께 타고 온 그리움과 설렘이 민망해졌다. 지금 그녀의 눈에 나는 한낱 변태 스토커일 뿐이다.

온갖 생각이 스쳐 지나가는 사이, 그녀의 눈동자가 또렷하게 나를 바라보고 있었다. 무슨 말이라도 해야 했다.

"아니요, 오해하신 것 같은데 그게…"

생각해내자. 정신 똑바로 차리자. 아무것도 모르는 그녀에게 내가 그녀의 사진을 가지고 있는 타당한 이유가 무엇일까. 순간 번개가 한 번 더 내리쳤다. 이전보다 더욱 강렬하게, 쩍 하는 소리와 함께. 이내 편의점이 어두컴컴해졌다. 정전이었다.

"어? 어? 으악!!"

어두컴컴해진 지 얼마 지나지 않아 중년 남성의 외마디 비명이 들렸다.

'와장창–'

웬 기계가 떨어지는 소리 같았다. 그녀는 테이블에 내 핸드폰을 올려 두고 주머니에 있던 자신의 핸드폰을 꺼내 불을 밝혔다. 소리가 난 곳으로 조심스레 걸어갔다. 나는 재빨리 테이블 위에 있던 핸드폰을 챙겨 주머니에 넣었다. 그리고 그녀의 불빛을 따라 두어 걸음 뒤에서 그녀를 쫓아갔다. 분명히 아까는 아무도 없었는데 무슨 소리일까. 궁금했다. 그녀는 떨리는 목소리로 정체 모를 중년 남성의 안위를 물었다.

"괜찮으세요?"

"아이고… 아이고…"

신음만 날 뿐 아무런 대답이 없었다. 누군가 넘어졌나 보다, 생각하는 그 순간 근처에서 또 다른 목소리가 함께 들려왔다. 어디선가 많이 들어 본 목소리였다.

"혹시 거기 누구 있나요?"

|

그 목소리는 나였다. 정확히 말하자면 그녀를 처음 만났던 그때의 나.

어떤 생각을 할 새도 없이 불이 다시 들어왔다.

외마디 비명을 지르던 중년 남성은 온데간데없었고, 떨어져 금이 간 전자레인지만 남아있었다. 편의점에는 그녀와 그때의 나, 그리고 나. 이렇게 세 명만이 있을 뿐이었다.

"에쎄 체인지 1밀리 하나 주세요."

그때, 또 다른 내가 말했다.

"아… 2,500원입니다."

그녀는 갑작스러운 정전과 정체 모를 중년 남성이 사라진 것에 적잖이 당황한 듯했다.

"혹시 도와드릴까요?"

또 다른 나는 담배를 챙겨 들고, 떨어진 전자레인지를 쳐다보며 그녀에게 말했다. 그 호의가 나쁘지 않았는지 그녀는 조심스레 고개를 끄덕였다. 자신에게 어울리지도 않는 중절모를 쓴 수상한 남성에게 부탁하는 것보다 그편이 훨씬 더 나은 판단이라 여겼을 것이다. 나는 전자레인지를 치우고 있는 그 둘을 뒤로하고 재빨리 편의점을 나왔다. 그리고 생각했다.

'무언가 이상하게 돌아가고 있다.'

두려움과 이질감이 내 몸을 감쌌다. 이 공간, 이 시간에 그때의 나와 지금의 내가 공존하고 있다. 그날과 다르게 비가 내리던 것도, 정전도 이 일의 복선이었을까. 아차 싶었다. 시간을 억지로 되돌린다는 건 그에 따른 부작용도 감수해야 하는 일이었다. 지금 이 일을 해결하지 못하면 계속해서 이 시공간에 두 명의 내가 공존할 것이다.

늦은 밤, 나는 종착지도 없이 하염없이 걸으며 생각했다. 내가 사라지면 미래의 나는 어떻게 되는 걸까. 그녀를 다시 붙잡기 위해 5년이라는 시간을 거슬러 여기까지 왔는데 쉽게 포기할 수는 없었다. 그녀를 다시 만날 수만 있다면 그때의 나 따위 아무 상관 없었다.

나는 결심했다. 나는 어떻게든 '그때의 나'를 없애야겠다고.

|

손목시계를 보니, 벌써 새벽 2시 30분을 가리키고 있었다. 내가 기억하는 그날은 취객의 난동으로 편의점이 전쟁터가 돼 있을 시간이었다. 그러나 취객은 없었다. 난동이 없었더라면 그녀에게 셔츠를 빌릴 일도, 해가 뜨는지도 모른 채 우리가 대화를 나누는 일도 없었을 것이다. 게다가 오늘은 비와 정전이라는 또 다른 변수까지 생기지 않았는가. 내가 알던 기억들이 실타래처럼 엉킨 듯했다. 모든 게 기억과 다르게 흘러가고 있었다. 나는 기억을 하나둘씩 되짚어보며 편의점으로 되돌아갔다. 비가 그친 후 새벽 공기는 시원하다 못해 서늘하게 느껴졌다. 머리가 복잡해 터질 듯이 아팠지만, 시간이 도대체 어떻게 흘러가고 있는지 확인하기 위해 발걸음을 더욱 재촉했다.

익숙한 골목길로 돌아오니, 저 멀리 편의점 간판이 보였다. 매장 안 카운터 쪽에 분명 누군가 서 있는 것 같은데, 문 앞에 가득 붙여진 이벤트 전단지 때문에 정확히 알 수는 없었다.

'저 안에 내가 없으면 그땐 어쩌지? 만약 있더라도 그땐 뭘 어떻게 해야 할까?'

'아니, 내가 나를 없애는 게 진짜 가능하긴 한 걸까…….'

그녀를 붙잡기 위해 '그때의 나'를 없애야겠다고 결심했지만, 구체적인 계획 하나 없었다. 이 상태로 매장 안에 다시 들어갈 수도 없었다. 아까 들킨 핸드폰 때문에 그녀에게 나는 한낱 변태 스토커일 테니까. 신고라도 당한다면 더 복잡한 일에 휘말릴 게 분명했다. 일단 안의 상황을 조금 더 지켜보기로 했다. 그때, 어디선가 벨 소리가 들렸다. 지나가는 사람 한 명 없는 이곳에서 정체 모를 벨 소리에 주위를 둘러보는데, 건너편에 세워진 검은색 차량 뒤에 숨어있는 여자와 눈이 마주쳤다.

'그녀다.'

그 순간 모든 시간이 멈춘 듯했다.

편의점 안에 있는 그녀가 아니었다. 분명 죽기 전 그녀의 모습이었다.

핸드폰 배경 화면에 넣어두고 하루에도 수십, 아니 수백 번은 본 얼굴이었기에 옷차림새가 달라도 나는 한눈에 알 수 있었다.

'도대체 그녀가 어떻게 여기에…. 과거로 돌아갈 수 있는 또 다른 방법이 존재하는 걸까? 그런 방법이 있다고 해도… 왜 하필 이곳에….'

그 짧은 몇 초 사이에 머릿속은 끝도 없는 질문으로 가득 찼다. 혹시 내가 잘못 본 건 아닐까 싶어 다시 확인하려는데, 그녀는 없었다. 시간을 넘나들다가 드디어 정신이 나가버린 걸까…. 그녀가 있었던 자리만 멍하니 바라보다가, 다시 정신을 차리고 골목길을 수도 없이 오가며 그녀를 찾았다. 어디로 숨어 버린 걸까. 아니면 진짜 내가 잘못 본 걸까. 아무리 찾아도 그녀는 보이지 않았다. 그녀를 봤던 곳으로 다시 돌아왔지만, 역시나… 아무도 없었다. 그녀와 다시 만나는 그 순간을 수도 없이 상상해 왔는데, 이 타이밍에 이런 모습으로 만날 줄은 생각지도 못했다.

'2017년에 내가 봤던 그녀의 모습은 분명 누구보다 행복한 모습이었는데, 만약 진짜 그녀라면 도대체 뭘 바꾸고 싶어서 온 걸까. 아니 그보다도 왜 온 걸까. 혹시… 아주 어쩌면… 그녀도 나와 같은 이유로 온 건 아닐까?'

그때, 다시 편의점 문이 열렸다. 술에 취한 남자가 소주가 담긴 흰 봉지를 손에 들고나오더니 비틀비틀 걸으며, 큰 길가로 나갔다. 사라진 그녀는 찾을 수 없었지만, 저 남자가 계산하고 나온 걸 보니 지금의 그녀는 다행히도 안에 있는 것이 확실했다. 얼떨떨한 정신을 부여잡고, 매장 안을 좀 더 들여다보기 위해 몸을 숙여 편의점 열문 쪽으로 조용히 다가갔다. 덕지덕지 붙어있는 전단지 틈 사이로 보니 쪼그려 앉아 음료수를 진열대에 채우고 있는 그녀의 뒷모습이 보였다. 말없이 그녀를 지켜보고 있으니 지옥 같던 기억이 되살아났다.

일방적인 이별 통보를 들은 날, 나는 그녀의 집에 찾아갔었다. 그녀는 눈길 한번 주지 않은 채 차갑게 뒤돌아섰다. 얼마나 충격을 받았는지 지금도 그때의 기억이 생생하다. 가슴이 타들어 갈 듯이 아팠지만, 우리가 왜 헤어져야 하는지 알고 싶었다. 미련하게도 그녀의 일방적인 통보를 받고도 두 달간 하루도 빠지지 않고 찾아갔다. 우리가 사랑했던 시간을 어떻게 쉽게 깨버릴 수 있는 건지, 도대체 내가 뭘 잘못한 건지 물어도 아무런 답을 들을 수 없었다. 그저 나를 없는 사람처럼 무시하고 지나가 버리는 그녀의 뒷모습을 보고 있으면, 그 뒷모습에도 표정이 있는 듯했다. 모든 것을 다시 시작하고 싶었다. 어디서부터 어떻게 잘못된 건지 알 수 없다면 차라리 처음부터 다시 쌓아가고 싶었다. 우리의 인연이 이렇게 쉽게 끊어져 버린다는 건 너무 억울했다. 어쩌면 새로 시작하고 싶다는 그 간절한 마음이 내 가슴 한구석에 남아있었고, 그로 인해 그녀를 처음 만났던 순간으로 시간을 되돌린 걸지도 모르겠다.

|

"……."

"제발 이유라도 말해줘! 그 정도는 말해줄 수 있잖아."

이별 통보 후 처음 그녀를 마주하던 날. 그녀는 나를 외면했다. 매정했다. 내 앞에 있는 이 사람이 정말 내가 사랑했던 사람이 맞긴 한 걸까.

과거의 그녀를 떠올리면서 편의점 안에 있는 지금의 그녀를 보고 있자니 머릿속이 복잡해졌다. 잘못 봤을 수도 있겠지만 현재의 그녀 또한 시간을 거슬러 돌아온 게 맞다면, 우리가 연인이었던 지난 2년은 없었던 일이 되어버린 것일지도 모르겠다. 우리가 함께 했던 그 시간은 2014년으로부터 따져본다면 미래의 시간이기도 하니까….

'과거로 가는 택시 기사'였을 뿐인 내가 과거에 머물게 될 줄은 상상해본 적도 없었다. 할증 시간에 만났던 손님들은 지금 어디서 무엇을 하고 있을지. 내가 살던 현재로는 어떻게 돌아가야 하는지. 그게 현재이기는 한 것인지. 다시 또 다른 내가 운전하는 택시를 할증 시간에 맞춰서 타야만 하는 것인지. 아니면 내가 또 다른 나를 정말 없애야만 현재로 돌아올 수 있는 것인지. 터무니없는 가정이었지만 생각을 멈출 수가 없었다.

그녀와 함께 보냈던 시간이 머릿속을 헤집었다. 여러 의문이 떠오르던 중 편의점 건너편에 '또 다른 그녀'가 다시 나타났다. 나와 마찬가지로 그녀 또한 편의점 안을 살펴보았다.

'내가 잘못 봤던 게 아니었어!'

편의점 창문 사이로 보이는 시계의 바늘은 새벽 3시 45분을 가리키고 있었다. 아직 할증 시간이었다. 시계에서 눈을 돌리던 그 순간 또 다른 그녀와 눈이 마주쳤다. 그녀다. 내 기억 속의 모습과 같은 그녀의 눈빛이 사정없이 흔들리고 있었다.

'네가 왜 여기에…?'

그녀도 나와 같은 생각을 하는 것인지 한참을 서로 쳐다보기만 했다. 이윽고 그녀가 사라지려 했고, 나는 다급하게 그녀를 쫓았다.

"잠시만! 얘기 좀 해! 보은아, 가지 마!"

내 목소리가 그녀에게 닿지 않는 듯 골목 안으로 그녀가 사라졌다. 허탈했다. 분명 편의점 안에 있는 그녀가 아닌 또 다른 그녀의 모습이었는데…. 허탈한 마음에 손목시계를 쳐다보니 그새 새벽 3시 59분이 되었고, 4시를 지나던 그 순간 주변이 바뀌었다.

'뭐야, 여긴 어디지?'

|

주변을 둘러보니 편의점은 사라지고 어두컴컴한 도로 위에 서 있었다. 도로는 당장 귀신이 튀어나와도 이상하지 않을 만큼 실안개가 가득했다. 서둘러 손목시계를 확인했다. 시계는 4시 15분을 가리키고 있었다.

"뭐가 어떻게 된 거지?"

분명 또 다른 그녀를 쫓고 있었는데 갑자기 변한 상황에 머리가 지끈거렸다. 4시 15분을 가리키는 시계가 고장 난 건가 싶어 시계를 한번 때려 보았지만 시간은 변함이 없었다. 두 번의 시간 여행을 통해 그녀를 만나러 왔는데, 이대로 현재의 시간이 흘러간다면 아무것도 바꾸지 못한 채 모든 게 끝나버릴 것 같았다. 서둘러 그녀에게 가야 했다. 맞은편에 세워져 있는 택시를 탔다. 아직 그녀가 퇴근하지 않을 시간. 조금만 서두른다면 그녀를 만날 수 있었다. 차 문을 열자 고개를 꾸벅거리던 아저씨가 놀란 듯 깨어났다. 이내 아무렇지 않은 척 내게 말을 걸어왔다.

"어디로 가드릴까요?"

"한남동 세븐일레븐 앞으로 가주세요."

"알겠습니다."

조용한 택시 안에서는 라디오 소리만 나오고 있었다.

"2015년의 새해가 밝았습니다. 여러분은 어떤 한 해를 보내고 싶으신가요?"

라디오에서 들리는 '2015년'이라는 단어에 두 귀를 의심했다. 2015년이라니 지금은 2014년일 텐데…. 라디오가 잘못된 건가 싶어 기사 아저씨에게 물었다.

"아저씨, 지금 몇 연도예요?"

"많이 취하셨네. 지금 2015년이에요."

2015년이라는 택시 기사의 말에 아무 말도 할 수 없었다. 나는 할증 이후의 시간이 어떻게 흘러갈지 생각해 본 적이 없다. 갑자기 바뀐 시간은 머리를 더 복잡하게 만들었다. 확실한 것은 우선 그녀를 만나야 한다는 것이었다. 창밖을 바라봤다. 깜빡이는 불빛들에 그녀와의 과거를 떠올렸다. 2015년. 그녀와 연애를 시작하고 가장 행복한 해였다. 남들과 크게 다르지 않은 평범한 연애였지만, 그 시간만큼은 애틋하고 소중했다. 2015년으로 온 지금. 나는 그녀와의 미래를 바꿀 수 있다. 어느새 편의점에 도착했다. 편의점 안에는 아까와 다른 차림의 노란색 원피스를 입은 그녀가 카운터 앞에 서 있었다. 막상 편의점 안으로 들어가려니 스토커 변태가 됐던 아까의 일이 생각이 났다. 발걸음이 쉽게 떨어지지 않았지만, 눈을 질끈 감고 문을 열었다. 딸랑 소리를 내는 종소리에 잘못한 사람처럼 흠칫 놀랐지만, 나는 자연스럽게 그녀의 앞에 섰다.

"보은아."

"누구세요?"

귀에 들리는 익숙한 음성이 내 마음을 가라앉혔다. 나를 가리고 있던 중절모를 벗으며 말했다.

"나, 진수야."

그녀는 내 눈을 바라보며 의아하다는 듯 고개를 갸웃했다. 그녀의 입에선 전혀 예상하지 못한 대답이 흘러나왔다.

"절… 아시나요?"

|

"아… 죄송합니다. 제가 사람을 잘못 봤나 봐요."

떨리는 한 손을 다른 손으로 부여잡고 아무렇지 않은 척하며 편의점을 나왔다. 생판 모르는 사람을 보는 듯한 그녀의 눈빛은 내가 지금 이 상황을 어떻게 받아들여야 할지 고민하게 했다.

2014년, 내가 두 명이었던 그날, 시계의 분침이 15분을 향해 가는 그 시간에 나는 무엇을 하고 있던 걸까. 다시 돌아가고 싶어졌다. 새벽 3시 58분. 나는 2015년의 '나'를 속이기 위해 또 중절모를 썼다. 내가 할증 시간이 끝나갈 때쯤 매일 들렀던 식당 앞을 서성거렸다. 할증 시간이 끝나기 1분 전쯤이었다. 역시나 내가 운전하던 택시가 그 앞을 지나쳤다. 나는 행여나 새벽 4시가 돼버려 다음을 기약해야 하는 절망을 마주하지 않기 위해 허겁지겁 그 택시에 탔다.

택시의 '내'가 물었다.

"어디로 가시나요?"

"그게… 어디로 가야 할지 모르겠네요. 혹시 과거로도 갈 수 있나요?"

내가 조심스럽게 말했다. 택시를 운전하는 '나'는 나를 흘긋 쳐다보고 있었다. 의아했을 것이다. 지금껏 누구도 이런 말을 하지 않았을 테니.

나는 중절모를 더 푹 눌러쓰고 표정을 숨겼다. 룸미러로 나를 주시하던 '나'는 고개를 주억거렸다.

"과거로 간다라…. 인생에 후회가 많으신가 보네요. 농담도 하시고. 그러면 어느 과거로 가고 싶으신가요?"

"갈 수만 있다면, 2014년 1월 17일로 가고 싶어요."

미터기 속 말은 태엽이 감싸지듯 뒤로 가고 있었다. 성공이다. 조금만 늦어졌더라면, 1년 전으로 돌아갈 수 없어 후회했을 것이다. 서서히 긴장감은 제 역할을 다했다. 심박수도 제 자리를 찾아갈 무렵, 나는 운전하고 있는 '나'를 보았다. 내 시선이 앞을 향하는 순간, 나는 온몸이 저렸다. 거꾸로 가는 말의 주인, 지금 이 택시를 몰고 있는 사람이 '내'가 아니었다. 내 택시를 다른 사람이 운전하고 있다니! 발끝부터 시작되는 공포가 머리끝에서 폭죽처럼 터지고 있었다. 당장 '당신 누구야!' 하고 소리치고 싶었지만, 이미 태엽은 돌아가고 있었고, 돌이키기에는 늦었다. 무엇보다 그날의 진실을 알아내는 것이 급선무였다.

"손님, 도착했습니다."

멈춘 택시 창밖으로 내 모습이 비쳐 보였다. 나는 택시 기사가 왜 '내'가 아닌지에 대한 의문을 뒤로한 채 택시에서 내렸다. 2014년 1월 17일은 '내'가 세 명이었던 걸까. 아니면 내가 모르는 '내'가 더 있을까. 머리가 깨질 듯이 아파 왔다.

일단, 새벽 4시에서 4시 15분 사이 나의 행방을 알아보기로 했다.

새벽 4시. '나'는 편의점 밖에서 창문을 바라보고 있었다.

그때였다.

"잠시만! 얘기 좀 해! 보은아, 가지 마!"

'내'가 외쳤다. 나도 그 소리에 놀라 편의점 쪽을 봤다.

'내'가 보고 있던 사람은 보은이가 아니었다.

'2014년의 나…!'

2014년에 있었던 '나'와 택시 운전으로 2014년으로 돌아간 또 다른 '과거의 나'. 그리고 '지금의 나'. 이 셋이 한 공간에 존재하고 있었다.

'이게 과연 가능한 일일까.'

모두 현재의 나와 같은 얼굴을 하고 있지만 다른 행색과 세월을 담고 있었다. '2014년의 나'는 모자를 쓰지 않았다. 지난번 택시에서 과거로 회귀한 나는 모자를 쓰고 있다. 덕분에 어렵지 않게 둘을 구분할 수 있었다. '2014년의 나'는 서로가 같은 존재란 걸 알아차렸다.

"안돼. 오지 마!"

'2014년의 나'는 살인마라도 본 것처럼 쫓아오는 '과거의 나'에게서 도망치려 했다. 나는 상황을 지켜보기 위해 두 사람의 뒤를 따라갔다. '2014년의 나'는 결국 막다른 골목에 다다랐다. 이제 그 두 사람이 마주하게 되는 것은 시간문제였다.

"보은아…, 얘기 좀 하자…."

'과거의 나'는 아직도 '2014년의 나'를 보은이로 착각하는 듯했다. 그때, 나 또한 내가 마주쳤던 이가 보은이라고 생각했다. 결국 같은 실수를 반복하고 있었다. 그 상황을 알 리가 없는 '2014년의 나'는 '과거의 나'에게서 벗어나려 발버둥 쳤다. 그러다 '과거의 나'는 그가 보은이가 아님을 알아챘다. 그는 기묘한 표정을 지었다. '과거의 나'는 '2014년의 나'를 죽이기로 마음먹은 듯했다. 나는 그때나 지금이나 과거를 죽이고 그곳에서 다시 새로운 삶을 살기로 한 것이었다. 2014년으로 회귀한 '과거의 나'에게 '2014년의 나'를 만난 것은 그야말로 가뭄 속의 단비와 같았다. 이제 결정의 시간이 다가왔다. '과거의 나'는 길바닥에 있던 유리 조각 하나를 잽싸게 집어 들었고, '2014년의 나'를 찌르기 위해 하늘 위로 손을 뻗었다.

|

유리 조각은 2014년에 살고 있는 진수의 목을 향해 꽂혔다.

'과거의 내가 2014년의 진수를 죽였다. 내가 나를 죽였다….'

순간 바람이 불면서 유리에 찔린 몸은 연기처럼 사라져 버렸고, 유리 조각은 바닥에 떨어졌다. 지켜보던 나는 생각했다.

'2014년으로 돌아온 나를 죽이면 모든 것이 깔끔해질 거야. 그리고 내 인생을 다시 바꾸고 보은이와도 다시 잘해보는 거야.'

나는 스스로 광기를 느끼며'과거의 나'에게 달려가 바닥에 떨어진 유리 조각을 들었다. '과거의' 내가 그랬던 것처럼 그의 목에 유리 조각을 찔렀다. '과거의 나'는 그와 똑같이 생긴 나를 돌아봤고, 눈이 마주쳤다. '과거의 나'는 바닥에 고꾸라지며 '2014년의 나'와 똑같이 연기처럼 사라졌다. 목에 찔려있던 유리 조각은 바닥으로 뒹굴었고 나는 혼잣말로 되뇌었다.

"이제 됐다. 과거의 나도 없고 2014년으로 돌아온 나도 없어. 과거의 나는 이제 없어 이제 내가 다시 바꿀 거야."

나는 바닥에 떨어진 유리 조각에 비친 나를 보며 웃었다. 그 웃음은 그 누구보다 사악하고 위험해 보였다. 그 누구도 나를 막을 수 없을 것 같았다. 누구든 나를 방해하면 다 없애 버릴 것이다. 순간 섬뜩했지만, 그것도 잠시였고 상관없었다. 지금의 나를 위해서라면 무슨 일이라도 할 수 있었다. 사람을 죽이는 일이라도.

문득 나를 돌아보게 되었다. 내 직업인 택시 기사의 삶과는 많이 멀어져 있었다. 과거로 태워 보낸 손님들이 이런 어려움을 겪을 수 있을 거라는 생각은 하지 못했다. 내가 하는 일이 무의미하게 느껴졌다. 어느 순간, 바보같이 좋은 기회를 놓치는 사람들보다 나 자신을 위해 쓰는 것이 낫다는 생각밖에 들지 않았다. 나는 다시 보은이를 만나러 가야겠다고 생각했고, 곧바로 편의점으로 향했다.

편의점 근처에 다다랐을 때 편의점 유리창 너머로 보은이가 보였다. 나는 화가 치밀어 올랐다. 다른 남자와 해맑게 마주하며 얘기하고 있는 모습조차 나는 용납할 수 없었다. 모든 사람이 다 방해꾼처럼 느껴졌다. 모두 다 없애버리고 싶었다. 편의점을 나온 그 남자의 뒤를 따라갔다. 그 남자는 골목을 벗어나 큰 대로로 나왔고 나도 그 남자 뒤를 따라 큰 도로로 나왔다. 그 남자와 약간의 거리를 두며 걸었고 그 남자는 대로 앞에서 택시를 잡아탔다. 나도 택시를 잡아야겠다고 생각했다. 그때 빈 차라고 적힌 택시가 내 앞으로 다가오고 있었다. 그 택시가 내 앞에 멈춰 섰을 때 나는 놀랄 수밖에 없었다. 내 택시였다. 그것도 아무도 운전하고 있지 않은 상태로…. 놀랐지만, 곧바로 택시 운전석에 타 그 남자를 뒤쫓았다. 그 남자는 20분 정도 떨어진 거리의 한 건널목 앞에서 내렸다. 지나다니는 사람이나 차는 보이지 않았다. 나는 한산한 이 거리에서 다시 한번 섬뜩한 생각을 했다. 그 남자가 건널목 앞을 건너려는 모습을 보자마자 액셀을 최대한 밟았다. 헤드라이트가 번쩍였고 내 택시는 그 남자와 점점 가까워졌다.

그 순간 갑자기 나의 5년을 바꿔 놓고 사라졌었던 파란색 원피스의 그녀가 다시 내 눈앞에 나타났다. 나는 그녀와 부딪히지 않게 곧바로 핸들을 돌렸고 가로수를 들이받았다.

'끼이익- 쿵'

다시 택시 안에서 눈을 떴을 때 내가 있는 곳은 아까 그 도로가 아니었다. 온통 하얀 공간. 택시와 조금 떨어진 곳에서 파란색 원피스를 입은 그녀가 보였다. 나는 상황을 파악하기 위해 다친 몸을 끌고 택시에서 내렸다.

“여기가 어디죠? 당신이 왜 여기 있죠?”

그녀는 뒤를 돌아봤고, 나는 그녀의 얼굴을 마주했다.

“지금, 당신 무슨 짓을 하고 있는지 알아요?”

그녀는 너무나 차가운 목소리로 말했다. 그리고 그녀는

|

나를 매섭게 흘겨봤다. 그녀를 잘 알지 못해도 그녀가 분노하고 있다는 사실은 알 수 있었다. 나는 당황스러웠다. 그녀는 짙은 한숨을 내뱉으며 나를 질책했다.

“도대체 얼마나 더 자신을 갉아먹어야 만족하실 건가요?”

“제가 저 자신을 갉아먹는다고요?”

나는 도둑질을 하다 발각된 초등학생처럼 뜨끔해서는 등에 식은 땀이 흘렀다. 내가 뭔가를 잘못했다는 것은 알겠지만 정확히 어떤 것을 잘못한 건지 분간하지 못하는 미취학 아동이 된 기분이었다. 혼란스러웠다. 내가 언젠가 얻게 된 그 ‘능력’에 대해 어떠한 정보도 없이 함부로 사용했던 지난날들이 떠올랐다. 아, 나는 대체 지금까지 무슨 짓을…….

“제가 무슨 짓을 한 거죠? 전 그저 모든 걸 제대로 돌려놓고 싶었어요.”

“그에 대한 책임은 누가 지는 거죠? 모든 걸 엉망으로 만들어 놓고, 정말이지 무책임하시네요.”

나를 쏘아붙이는 그녀의 말에 목이 잔뜩 움츠러들었다. 그녀는 아무런 감정 없는 눈으로 나를 내려다보고 있었다. 그녀가 입고 있는 파란 원피스가 더 파랗고 차가워 보였다. 그녀가 한 말 중에서 책임이라는 단어가 나를 아프게 찔러왔다. 낯선 이들을 과거로 데려다주기도 했고 나 또한 반복적으로 과거로 향했다. 단 한 번도 스스로 되묻지 않았다. 이를 행함으로 내가 지게 되는 책임은 뭘까, 나는 무엇을 위해 이 '능력'을 부여받은 것일까. 모든 순간에 해야 했던 고민을 이제야 하게 된 게 참 부끄러웠다. 쥐구멍이라도 있다면 숨고 싶었다.

"당신을 쉽게 용서할 수 없어요."

"…."

"당신에게서 '능력'을 빼앗고 모든 일을 영원히 기억하게 할 겁니다."

"네? 그게 무슨…."

"지금은 별일 아닌 것처럼 들릴지 몰라도 반드시 땅을 치고 이 순간들을 두고두고 후회하게 될 거예요."

떨려오는 몸을 감출 생각도 못 한 채 나는 그녀에게 매달리듯 빌었다.

"한 번만…, 한 번만 더 기회를 주세요. 정말…."

"한 번만 더? 당신은 기회를 준다고 변하는 사람이 아니에요. 기억은 못 하겠지만 과거로 돌아와서 사람을 해친 게 이번이 처음이 아니에요."

"처음이 아니라고요? 저는… 누군가를 해친 기억이 없는데…."

“당연하죠. 기억을 지웠으니까요.”

과거의 기억들이 머릿속이 터질 듯 채워졌다. 나는 나보다 몇십 배는 작은 벌레에도 벌벌 떨던 사람이었다. 그러나 다시 찾아온 기억 속에 나는 거친 숨을 뱉으며 사람을 해쳤다.

“당신의 과거에는 살인이 있었습니다. 모르는 사람과 친구들, 가족을 죽였어요. 그때마다 당신은 한 번만 더 기회를 달라고 빌었고요.”

“말도 안 돼. 이게 전부 내가 한 짓이라고? 내가, 사람을 죽였다고?”

“그러더니 이번엔 자기 자신까지 죽이다니 정말 끔찍하네요. 이제 당신에게 주어질 기회라는 건 더 이상 없어요.”

|

나는 아무 말도 할 수 없었다. 믿을 수 없었지만, 이미 나는 살인자였다. 피가 가득한 내 손을 보며 한동안 말을 잇지 못했다. 나는 그녀의 말처럼 모든 순간을 후회하고 있었다.

"그냥 다시 돌아가! 내가 너의 모든 기억을 지워서 보낼 테니"

"알겠어요…. 돌아갈 테니… 마지막으로 부탁 하나만 할게요."

"부탁? 이미 넌…!"

"이 모든 순간을 기억하게 해줘요. 평생 후회하면서 살게. 내가 한 이 말도 안 되는 일들을 기억하면서 살 수 있게…."

"……."

그녀는 생각에 잠긴 표정으로 나를 한동안 바라보았다. 곧 그녀가 서서히 사라져 갔다.

온통 하얀 공간은 점점 어두워졌고, 나는 택시 안에 앉아있었다.

나는 다시 평범한 택시 기사로 돌아왔다.

악몽 속에서 인생의 쓸쓸함을 느꼈다. 나는 다시 일상으로 돌아와 그날의 기억이 흐려지는 순간까지 매일 손님들을 태우며 하루하루를 보냈다.

20년이 지났다. 택시 창문에 비친 나의 모습은 어느새 흰머리와 주름으로 가득한 중년의 택시 기사가 되어 있었다. 많은 시간이 지났지만 지금도 할증 시간이 되면 그날의 기억들이 흐릿하게 떠올랐다. 바쁜 일상 속 그 흐릿한 생각들마저 조금씩 잊혀 가고 있었다.
항상 그랬듯 할증 시간에 많은 사람이 나의 택시에 탔다. 새벽 3시 40분, 나는 마지막 손님을 태우고 마지막 목적지로 향하고 있었다. 마지막 손님은 40대의 평범한 남자였고, 뒷자리에서 금세 곤히 잠든 걸 보니 만취한 듯했다. 혼잣말로 아까부터 뭐라고 하는데, 술주정이라는 생각에 별로 신경을 쓰지 않았다.

그때였다.

"과거로 돌아가고 싶다…."

그 남자의 혼잣말에서 그 말이 선명하게 들려왔다. 못 들은 척하려 했지만, 오랜 시간이 지난 지금도 이렇게 과거를 후회하는 손님을 만나면 나도 모르게 택시 계기판에 달리고 있는 말을 보며 긴장했다.

"과거로… 돌아가고 싶다고요…!"

"…."

"제 얘기 안 들려요?!"

술 취한 승객이 소리를 질렀다.

"과거로 돌아가고 싶은 이유가 뭐예요?"

"후회하는 순간이 있으니까요! 우리 다 있잖아요. 후회하는 순간들!"

"저는 없습니다."

"거짓말…."

"돌아가고 싶지 않습니다."

"에이. 거짓말이죠?"

“손님 도착했습니다. 3만 2천 원입니다.”

다행히도 곧 목적지에 도착했고, 이야기를 끝낼 수 있었다. 손님은 하고 싶은 말이 가득해 보였지만, 난 손님을 내리게 했다.

늦은 시간 아무도 없는 도로에 차를 세워두고 담배를 꺼냈다.

‘돌아가 봤는데…… 별로였어요….’

꺼내고 싶지 않은 그날의 기억이 다시금 선명해졌다. 그 기억은 모든 과거의 선택들을 미워하게 했다. 한참을 생각에 잠겨 담배를 피우다 고개를 들었다. 깜깜한 도로 위, 한 가게의 불이 켜져 있었다. 그 가게를 본 순간 나는 너무 놀라 담배를 떨어뜨렸다.

‘중앙 수제 고급모.’

나는 나도 모르게 그 가게 앞으로 향했다. 과거의 바보 같은 나를 숨기기 위해서 들렀던 그 가게. 반가움과 공포를 동시에 느끼고 있을 찰나 문이 열렸다.

“모자 보러 오셨나요?”

나이 드신 사장님이 말을 건넸다.

“그건 아닌데….”

“들어와서 구경하세요.”

나도 모르게 사장님의 손에 잡혀 가게로 들어갔고, 대충 둘러보는 척을 했다. 그때 사장님이 중절모 하나를 들고 오셨다.

“이거 써봐요.”

“괜찮습니다.”

사장님은 내 말이 끝나기 전에 내 머리 위에 모자를 씌워주셨다.

나는 습관처럼 모자를 푹 눌러썼다.

"모자는 가리려고 쓰는 게 아닙니다."

"……."

"뭘 이렇게 숨으려고 해요? 나를 가리기 위해서가 아니라 나를 드러내기 위해서 써봐요!"

나도 모르게 눈물이 흘렀다. 조용히 나를 보던 사장님이 웃으면서 말했다.

"그 모자, 선물로 줄게요"

"감사합니다……."

급히 허리 숙여 인사했다. 부끄러웠다. 모자를 쓰고 서둘러 나가려는데 사장님이 작은 쪽지를 건넸다.

"이제는 그만 숨어요. 잘 가요."

눈물이 계속 났다. 쪽지를 챙겨서 가게 밖을 나와 한참을 울며 걸었다. 얼마나 걸었을까? 눈물이 멈추고, 내 발걸음도 멈췄다. 그리고 손에 쥔 쪽지를 꺼내 보았다.

'이제는 그 모자가 잘 어울리는 나이가 됐군요. 젊은이, 잘 가요.'

다시 뒤를 돌아보니 가게는 보이지 않았다.

'젊은이? 어떻게 나를 기억하지?'

나는 다시 가게를 찾기 위해 왔던 방향으로 뛰어갔다.

한참을 뛰어가도 가게는 나오지 않았다. 가게가 있던 방향, 그곳에는 작은 편의점만 있었다. 이상해서 주변을 둘러보다 편의점에 있는 알바생을 보고 나는 그 자리에 주저앉았다.

그 알바생은 '그날'의 보은이였다.

'왜… 끔찍했던 그때로 다시 돌아온 거지?'

나는 다시 과거의 내가 이곳으로 돌아올까 조마조마했다. 나는 곧 편의점과 그 주변을 지켜보았다. 얼마나 지났을까. 편의점 앞에 모자를 쓴 수상한 남자가 보였다. 나는 일단 편의점으로 들어갔고, 물건을 고르는 척했다. 자연스럽게 행동하고 싶었지만, 너무 긴장되었다. 얼마나 지났을까. 편의점 과자만 의미 없이 만지며 입구를 주시하고 있었는데 문이 열렸다.

'띠링-'

역시나 문을 열고 들어오는 사람은 과거의 나였다.

'언제의 과거로 간 나일까? 보은이를 죽이면 어떡하지?'

초조해하며 멀리서 입구를 지켜보고 있었다. 과거의 나는 아무런 말 없이 물건을 찾고, 계산대로 향했다.

'응? 뭐지? 과거로 간 내가 아닌가? 진짜 과거에 있는 나인가?'

머릿속으로 무수히 많은 생각이 스쳤다.

"얼마에요?"

"3,700원입니다."

"네."

서로 얼굴도 보지 않고, 평범하게 계산했다.

'아. 진짜 보은이를 처음 만난 나구나….'

처음 본 그날처럼 그 순간 편의점에 있는 다른 손님이 토를 했다. 모든 게 원래대로 흘러갔다. 긴장이 풀리는 듯했다. 보은이가 토를 치우기 위해 이동했고, 나는 알고 있었다. 혼자 정리하는 보은이를 도우러 갈 과거의 나를…. 그런데,

과거의 내가 보은이를 한 번 보더니 신경도 쓰지 않고 편의점을 나갔다.

'뭐지? 왜 다르지?'

여기서 서로를 알게 되고, 사랑이 시작됐어야 했다.

'어? 이러면 안 되는데… 근데 저 둘이 만나지 않는다면, 지금처럼 힘들지 않을 것 같은데…?'

예전과 달라진 상황은 내 모든 날을 구원해줄 것만 같았다. 나는 자세를 고쳤다. 마음이 조급해 그랬던 건지 중절모가 벗겨졌다. 그때 조금 전 사장님이 해주신 말이 생각났다.

'이제는 그만 숨어요.'

20년이 지났는데 변함이 없었다. 그런 내가 너무 불쌍해 보였다. 그때 문이 열리는 소리가 들렸고, 과거의 나는 편의점 문을 나가고 있었다. 그 모습을 본 나는 급히 옆에 보이는 전자레인지를 바닥으로 밀며 소리 질렀다.

'쿵.'

"으악."

그 순간 편의점의 모든 전기가 꺼졌고, 깜깜한 편의점에서 보은이의 비명과 함께 과거의 내 목소리가 들렸다.

"괜찮으세요? 도와드릴까요?"

그 목소리를 듣는 순간 선명하게 기억났다. 보은이를 처음 만났던 날의 첫 대화 그리고 보은이에게 사랑에 빠진 나의 모습부터 보은이와 행복했던 모든 순간까지.

나는 옅은 미소를 띠며 대화하는 둘을 두고, 급하게 편의점을 빠져나와 정신없이 달렸다.

나는 다시 택시 운전석에 앉아있었다.

[04:00]

이게 꿈인지, 다시 기회를 준 건지는 모르겠지만, 창문에 비친 나의 모습이 편안해 보였다. 그리고 이제야 알게 되었다. 과거의 좋은 날과 힘든 날들 모두가 지금의 나를 살게 하고 있었다는 걸.

[덜컥]

생각에 잠긴 나를 깨우듯 늦은 시간 아무도 없었던 거리에서 택시 뒷문이 열었다.

고개를 돌려 손님을 보고, 편안한 웃음이 나왔다. 뒷자리에 탄 파란 원피스를 입은 여성 손님이 말을 걸었다.

"시간을 멈추는 곳으로 가주세요."

나는 그녀를 빤히 바라보고 웃으며 말했다.

"제가 알고 있는 가장 멋진 곳으로 가드릴게요!"

나는 가장 멋진 곳이 왜 시간이 멈추는 곳인지 설명했다.

아무도 없는 도로를 시원하게 달리는 택시 밖으로 지난날의 후회들이 날아가고 있었다.

우리는 살면서 수많은 선택을 한다. 그때마다 가장 옳은 선택이 무엇인지 고뇌한다. 설령 잘못된 선택을 하더라도 후회하지 않기 위해 하루의 끝을 멋지게 매듭지으려 한다. 마치 그것이 우리의 의무라는 듯, 살고 있다.

나는 과거로 가는 택시 기사다.

아직도 많은 사람이 할증 시간이 되면 나에게 과거에 대한 후회를 털어놓는다. 물론 그들이 원하는 과거로 보내줄 수도 있지만, 이제 나는 그들의 이야기를 들으며 그들을 위로한다. 그리고 그들이 후회를 택시에 버리고 내릴 수 있도록 도와준다. 우리 모두 그때가 좋았으면 추억이고, 나빴다면 경험이라 여기며 현재를 살아가기를…….

"손님도 혹시 그때로 돌아가고 싶으세요?"

Episode 5

참여한 작가

이원빈

91년생
7년차 문화기획자

강재원

96년생
행사 기획자

이승주

88년생
4년차 작가

임형규

95년생
2년차 사업부
생산라인 관리자

장용희

94년생
카이스트
바이오 및 뇌공학과
석사과정 대학원생

오 늘

96년생
수학강사

허시준

90년생
9년차 교도관

이지은

89년생
11년차 간호사

이지아

02년생
3년차 연구원

박혜인

91년생
5년차 선물
아티스트

양보은

85년생
16년차 간호사

김보미

00년생
에버랜드 알바생

김나연

03년생
경제학과 대학생

김지환

91년생
8년차 바리스타

이원빈

91년생
7년차 문화기획자

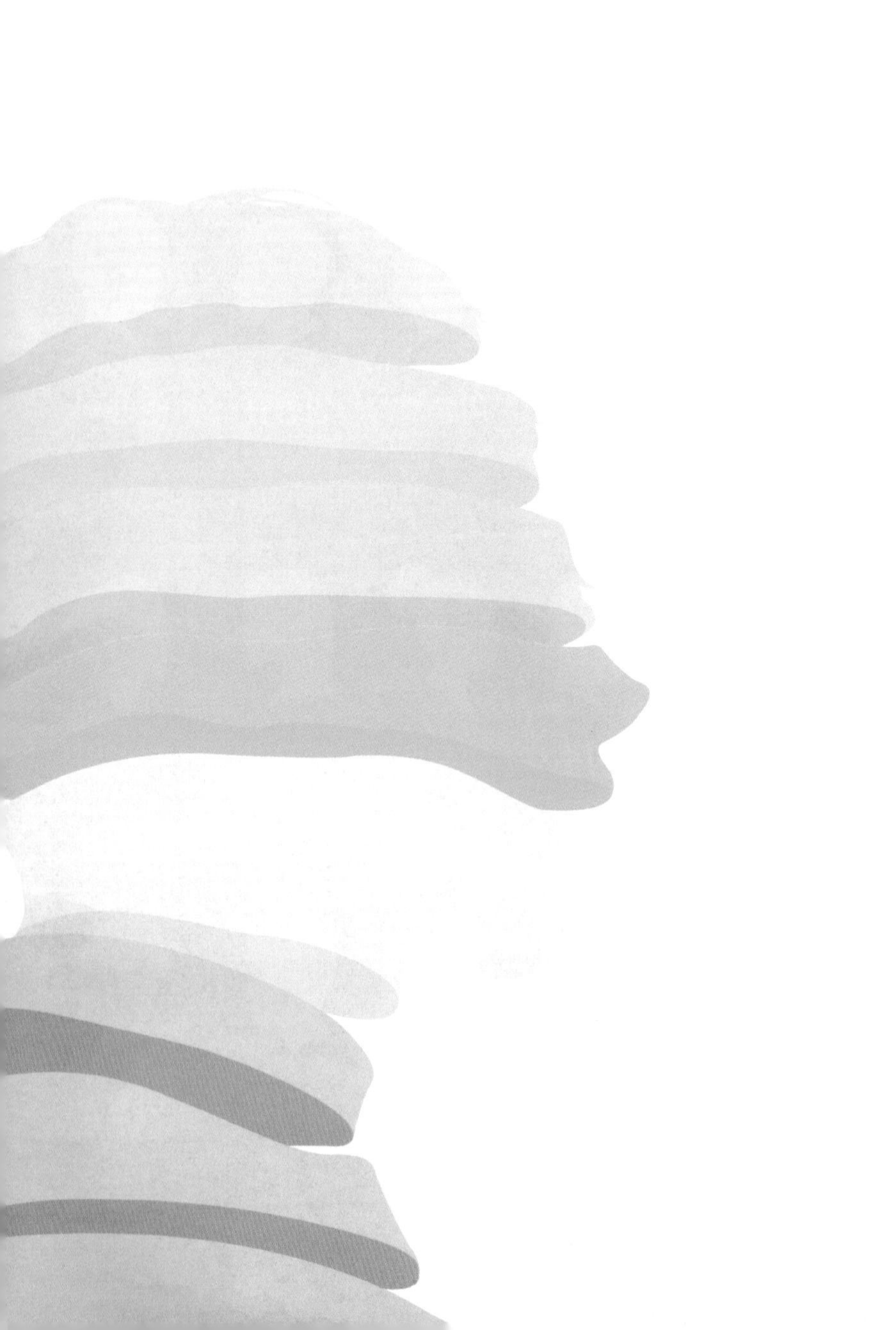

Epilogue

2020년, 코로나 바이러스가 본격적으로 유행하게 되면서 사람들은 접촉을 꺼리고, 만남을 미뤄왔습니다. 참여형 콘텐츠를 만드는 저희로서도 매우 어려운 시기를 보내게 되었습니다. 「바톤 – It's your turn」은 코로나 바이러스로 인한 거리두기 조치가 길어지면서, 청년 세대들 간에 소통이 줄어들어 청년 우울증이 높아지는 것을 보고 시작된 아이디어입니다.

릴레이 형식으로 70여 명의 참여자가 함께 소설을 써 내려가며, 코로나 이전 시대에 사람들과 나누었던 화합과 소통의 감정을 다시금 느낄 수 있도록 돕고 싶었습니다. 또한 누구나 마음속으로 꿈꿔봤을 법한 '작가'라는 꿈을 함께 이룰 기회가 된다면 좋겠다는 뜻도 담겨 있습니다. 혼자 꾸면 꿈이지만, 다른 사람이 인정해주면 현실이 된다는 말이 있습니다. 여러분이 이 책을 읽는 순간부터 이번 프로젝트에 참여한 사람들은 작가라는 꿈을 이뤘습니다. 꿈이 현실이 된 것입니다.

이 책은 다양한 사람이 쓴 만큼 모두의 표현 방식과 언어가 다릅니다. 하나의 소설 안에서 작가들이 각자의 언어로 어떻게 조화를 이루었나 느껴보시는 것도 이 소설을 즐기는 방법이라 생각합니다.

이제 코로나로 인한 여러 가지 조치들이 풀리면서 사람들이 거리로 나오듯이, 70여 명의 꿈도 세상에 나옵니다. 이 책을 통해 당신에게도 새로운 꿈을 이룰 수 있는 작은 동기부여가 되길 희망합니다.

많은 분들의 버킷리스트를 이룰 수 있어서 행복했습니다. 감사합니다.

-2023년 봄, 과감한 인생 대표 이원빈-

책을 펴내며...

릴레이 소설은 보통 커뮤니티 또는 동호회, 기타 문학 플랫폼 등을 통해 하나의 문학 놀이로써 향유되어 온 장르입니다. 그 장르가 지닌 특성상 아무리 정교하게 기획하고, 장치를 마련하더라도 세련되고 정갈하게 완성되기는 참 어렵습니다. 물론 그 취지와 목적을 어떻게 설정하는지에 따라 참여 작가들의 동기부여와 의지는 달라질 수 있겠습니다.

그런 의미에서 이번에 펴낸 '바톤 : It's your turn'은 특별한 소설입니다. 버킷리스트 프로젝트 단체인 '과감한 인생'에서 코로나 시대에 할 수 있는 활동을 고민하다가 기획하게 된 비대면 프로젝트입니다. 직업, 나이, 성별 등 조건에 상관없이 작가의 꿈을 가졌거나, 평소 글 쓰는 것에 관심 있던 사람들을 기념용 책이 아닌, 실제로 판매되는 상업 출판을 전제로 책을 내보자고 모집하여 출간한 작품입니다.

처음 우리 출판사를 찾아와 기획과 그에 대한 여러 아이디어를 들었을 때는 멋진 생각이지만, 현실적인 부분을 고려하자면 출판사 입장에서는 쉽게 진행하기 어렵다며 거절하였습니다. 친절하게 출판에 대한 기본적인 정보와 구조들을 알려주며, 중대형 출판사들을 찾아가면 참신성을 높게 사서 함께할 수 있는 곳이 있을 것이라며, 응원의 마음으로 돌려보냈습니다. 하지만, 한참 뒤 다시 저희를 찾아왔고, 다시 한번 도전 정신과 함께 수익에 대한 기부를 말하는 프로젝트 팀원들의 요청을 두 번 거절할 수 없었습니다. 인세 수익에 대한 기부는 참여자 모집 단계에서부터 이 프로젝트 전체를 관통하는 주된 가치이자 참여자들의 동력이었습니다. 과감한 인생에서도 프로젝트를 완성하기까지의 과정이 쉽지 않았지만, 기부의 가치를 기치로 걸고 마음을 다지고 힘을 냈다고 합니다.

아무래도 다양한 사람들이 참여하다 보니 관리자들의 도움에도 불구하고 릴레이 진행이 매끄럽지 못한 경우가 많았다고 합니다. 앞의 이야기를 꿈으로 만들어 그동안 만들어진 이야기의 모든 것을 무위로 만들거나, 지나치게 많은 설정과 인물을 부여하여 다음 전개를 힘들게 한다거나, 정해진 기한을 지켜야 하는 부담감으로 어려움을 호소하시거나 하는 등의 이유로 프로젝트를 관리한 과감한 인생 팀에서는 비대면 상황에서 얼굴도 모르는 참여자들과 전화로 짧게는 수십 분, 길게는 몇 시간씩 통화하며, 어르고 달래고 설명하고 설득하면서 진행한 애증의 프로젝트라고 합니다.

우여곡절 끝에 만들어진 이 이야기가 출판사 입장에서 '멋지다. 훌륭하다. 그럼에도 불구하고 완벽하다.'라고 할 수는 없습니다. 하지만, 참신하고 재미있는 것은 확실합니다. 참여 작가들의 주고받는, 이어받는 요소와 각각의 맛을 살리고자 교정, 교열을 제외한 윤문 작업은 최소화하였습니다. 다소 읽어나가시기에 불편하실 수도 있으나, 부분부분 각각의 맛을 느끼실 수 있을 것입니다.

매일 밤 한강 다리 위 사람들의 우울을 사려는 한 남자. 그들의 우울은 주머니 속 파란 알약으로 변한다.

사람들의 꿈속에 들어갈 수 있게 된다면? 좋아하는 사람의 꿈에 들어갈 수 있게 된 날부터 신기한 일들이 펼쳐진다.

하루에 단 한 번, 20분 남짓. 거울 속에서 돌아가신 어머니의 모습이 보인다.

세상에 전기가 사라진 지 4년. 폐허가 된 도시에서 작게 울리는 알림 메시지 소리가 들린다.

택시 할증이 시작되는 시간. 손님들이 후회했던 날들을 이야기하는 순간, 택시는 과거로 달려간다.

이 다섯 이야기들 끝에 독자 여러분의 상상력으로 바톤을 이어받아 그다음 이야기를 달려주세요. 아울러 기부의 뜻에 함께 해주신 구매자, 독자 여러분께 깊은 감사의 마음을 전합니다. 과감한 인생의 과감한 도전을 앞으로도 기대하며, 응원합니다.

-이상공작소-

바톤

It's your turn

초 판 1 쇄 2023년 4월 1일

지 은 이 과감한인생 (릴레이 소설 프로젝트 참여자)
펴 낸 이 김성태
엮 은 이 과감한인생, 김성태
편 집 김성태, 조종하, 신혜진
디 자 인 과감한인생 김수연 (표지, 삽화)
M4net 주예린, 오은진 (내지, 편집)
마 케 팅 M4net
펴 낸 곳 이상공작소

출 판 등 록 2019년 7월 12일 제375-2019-000058호
주 소 세종특별자치시 장군면 대학길 198-14, 403호
전 자 메 일 idealforge@naver.com
홈 페 이 지 http://idealforge.kr
전 화 번 호 050-6886-0906
팩 스 번 호 050-4404-0906
페 이 스 북 facebook.com/idealforge
인스타그램 @ideal_forge
유 튜 브 @ideal_forge

ISBN 979-11-970938-4-5

값 16,500원

※ 이 책은 과감한 인생 릴레이 소설 프로젝트를 통해 제작되었습니다.
※ 이 책의 판매수익 중 일부는 과감한 인생 프로젝트를 통해 기부됩니다. 함께해주셔서 감사합니다.
※ 이 책에는 서체 '마포 다카포', '순바탕', '교보손글씨 2020 박도연', 'KoPub 서체'가 사용되었습니다.